U0046367

現代文學典藏

綠蒂 主編

郭雪波 著

郭雪波小說選集

臺灣商務印書館

目錄

大漠之子——郭雪波

崔道怡

早在上個世紀八〇年代中期，我就被郭雪波的《沙狐》震撼過了，最近閱讀他的新作，我又一次次受到震撼。我用「震撼」來形容我的感受，是因為我找不到更恰巧的辭彙。孤陋寡聞，所讀有限，我不知道世界上還有哪一位作家、哪一篇作品，能夠像郭雪波這樣，把人類和自然親密無間、同生共死的關係，抒寫得如此瑰麗雄渾、動魄驚心。從開始起，他的目光、他的靈感、他的筆觸，就傾注於大漠。二十多年，初衷不改，他始終是大漠的歌者。他的汗水、淚水，他的愛心、憂心，他的情思、文思，全都奉獻給了大漠。他的小說，現實而神秘，剽悍而溫柔，粗獷而細膩，以新奇引人矚目，以深邃啟人思索。在中國當代作家群裏，在百花齊放小說家中，郭雪波是絕無僅有、獨具特色、技藝精靈的大漠之子。

大漠，茫茫無際的不毛之地。然而，一千年前，卻是沃野千里的富饒之鄉，兩百年前，還是水草豐美的狩獵之場。是人類盲目的、愚昧的、短視的私心物慾，使它變做了惡魔逞兇的人間地獄。人禍助天災，將我們賴以生存的地球糟蹋得滿目瘡痍。直到上世紀初，一些先進的人，開始有所覺悟，用綠色的衣衫，療救母親那些被不肖子孫傷害的創口。這是一次贖罪活動，關乎人類的吉凶禍福；這是一項希望工程，關乎自然的生死存亡。這活動，早一天進行早一天得救；這工程，早一天啟動早一天新生。而以關注人類生存狀態和生命價值為己任的作家，應該把喚醒和增強環境保護的意識與知識，也當做自己義不容辭的社會責任與歷史使命。郭雪波就是這麼做的，做得及時，做得堅定，出類拔萃，情深意重。

《沙狐》最初是投寄給《人民文學》的，它題材別開生面，主旨深沉凝重，曾令編輯刮目相看。但它沒能發出，而是轉發他刊。之所以這樣做，是因為希望它能獲獎。那時候，全國優秀短篇小說評獎活動是由《人民文學》具體操辦的。這使發於本刊之作，獲獎機會更少了些——不能讓獲獎作品大都出自《人民文學》。此前本刊曾經做過，轉發他刊而獲頭獎——卻不料這一次失誤了。《沙狐》雖然錯過評獎時機，但在世界範圍受到更大重視——聯合國教科文組織把它收入了《國際優秀小說選》。我之所以回敘那段經歷，源於一點感慨幽思——我覺得我們的環境保護意識與知識相對來說相當滯後。又例如其中篇《大漠魂》，臺灣聯合報文學獎則把該年度的首獎頒給了它。

如果說《沙狐》經由林場主任獵狐的槍響，發出第一聲保護綠色家園的警報，那《大漠魂》便是通過「安代」所傳達的「抬頭起身」精神，歌讚硬漢執著追求「天人合一」而臨危不懼、堅忍不拔的生命力、創造力。作為一種宗教與民俗相結合的、古老而又瀕臨湮滅的文化，「安代」在《大漠魂》裏第一也是唯一被生動鮮活地展示出來、留傳下來。僅僅從這一點來判斷，郭雪波也是功德無量的。何況，他所塑造的硬漢形象，從「老沙頭」到「老雙陽」，氣質既一脈相承，風采又各有千秋。及至長篇《大漠狼孩》出世，總體質量又上層樓，筆法更機智、更優美、更洗練、更圓熟。如果說此前只見過「狼孩」報導，那麼現在「狼孩」成為前所未有人與自然合為一體的形象，在藝術的畫廊上，這就又是一個第一。

這樣看來，郭雪波小說題材的背景，雖然沒有離開大漠，但他在這一塊對文學也似乎是「不毛」的荒野上，卻開墾出了一座又一座風景各異的園林。作品表達的主旨，雖然緊貼環境保護，但他面對這一份無論於人類、於自然，還是於文學都該是首要的拷問，卻尋求到了一題比一題紮實深沉的答案。這園林的詩意，這答案的哲理，只有他，也只有他，才能發現與發掘。因為，他是大漠之子，他跟大漠天生存在血緣親情，他對大漠知根知底、問寒問暖、盡心盡力。否則，那些細節、那種氣息、那般傳奇、那股神韻是不可能憑空編造得出來的。從這個角度看，郭雪波乃是一位天賦大造化的作家——上蒼把人類生存環境之藝術守護神的職責與能力，授予了他。正如〈安代曲〉所吟唱的：「天上的風無常，地上的路不平，我把這泉水般的祭酒灑給你，你好走過那不平的路，渡過那無常的風」。

不僅如此，郭雪波還是一位胸懷大慈悲的作家。大慈悲心，超凡脫俗，悲天憫人，慈航普渡，關切國計民生，憂慮命運前途。而近些年來，私心膨脹，物慾橫流，攪擾得文壇已不再是純美的淨土。有一些寫匠，唯利是圖，趨勢媚俗，致使甜膩膩或酸溜溜的假冒偽劣充斥精神產品市場。郭雪波則不為所動，潔身自好，堅持在被冷落的創作園地，辛勤耕耘，求新求深，為環境文學的繁榮發展，奉獻了一系列呵護生態、呼喚良知的別緻篇章。這是難能可貴的，這是應該倡導的。在新千年與新世紀之第一秋，國家環保總局和中國作家協會，聯合召開郭雪波作品研討會，表揚他的成就，總結他的經驗。在我看來，這既是對他個人的鼓勵，又是對所有作家的期望——請對環境保護給予更多關注。

代序：郭雪波創作語錄

薩特曾說：「人存在著，進行自由的選擇。」

馬布里咖啡館因薩特而著名。來自東方的我們這幾位作家誤打誤撞，盲目中選擇了薩特當年常待的這家咖啡館，他許多不朽之作就誕生於此。手捧法式紅茶，我想起了薩特著名作品《為什麼寫作？》。

那麼，我們是為什麼寫作的呢？不該是問題的問題，一下子困擾了我。國內文壇紛雜而多變，甚至齷齪。身體寫作、為錢寫作、為名為官寫作比比皆是。最令人不齒的一種寫作是：虛偽的寫作。為討巧西方，或為討好時尚、為應和某種政治教義而虛偽地寫作。其「政見」也未見有多大「不同」，只是以「師爺」心態嘲諷他人，以文壇座次取人論人而已。其行動也只不過是些小把戲子玩藝罷了。有時我想，難道被西方捧起的真的都是「寶」嗎？事實證明，他們揀起的是中國普通百姓都認為是渣滓，如什麼「寶貝」之類的。相比起來，更顯出薩特這位獨眼老頭的偉大。他把人家主動送上門來的諾貝爾文學大獎拒之門外，如見了「蒼蠅」般「噁心」。世人稱他為「二十世紀人類的良心」，一點不為過。

靜靜地坐在這位偉人曾坐過的木椅上，我思緒萬千。我想起了張承志的《清潔的精神》。

——郭雪波《巴黎：薩特咖啡館》

陰錯陽差的事常發生。一九四八年那料峭的春季，當過激的東北「土改」運動席捲庫倫旗鄉下時，有個叫巫蘭嘎的積極分子舉起手中的鞭子朝我母親鼓起的肚子上抽了三下，我就這樣被提前催生下來了。此事我曾寫成散文〈父親的故事〉（《新華文摘》二〇〇一・九）詮釋了一下。當然，至今我一點沒有怨恨那位巫蘭嘎老漢，只是感悟到了一種生命的荒誕而已。

人的一生經常遭遇各種荒誕。

或許是這一次次荒誕弄得我身上常顯現出一種叛逆性。如中學讀書時不忍寄宿大廟的冷餓常翹課，被父親用鞭子抽著押送回學校；如「文革」中「紅五類」組織「紅衛兵」卻不要我們這些「黑七類」，我不服把「黑七類」也組成個「赤衛隊」也想一樣紅色鬧革命，結果被人家「革」了自己的命；別人燒「封資修」圖書時，我卻偷偷收藏，後被班幹們發現給辦了一個「竊書展」，差點不讓畢業；如參加工作後又被下放到農村當「五七」戰士接受勞動改造，可我就是從農村出來的農家子弟；如後來因家庭問題果然把我從區社科院某研究所送到農村沙坨子裏接著改造，似乎農村就是「煉獄」，我得不時地在那裏「煉」。

荒誕的歲月遭遇無數荒誕的經歷，恐怕每個人都能說出一大堆。天助自助者，天不滅人。因而我要感謝文學。是文學，在我遭遇荒誕時，就如東方遠處的啟明星，給了我希望和力量；因而我要感謝天——大自然，就是在那沙坨子，在那不枯不竭不滅的生命群體中間，我感受到生命的含意、生命的哲學以及生命的偉大。那是一個孕育過程。於是誕生了我的《沙漠文學》、《沙狐》、《沙狼》、《沙棘》、《蒼鷹》、《皈荒》、《狐嘯》、《火宅》、《大漠魂》、《大漠狼孩》等長、中、短篇小說，幾百萬字的東西就那麼噴薄而出了。

自始至今，我一直有個感覺，那就是我在荒誕中跋涉。當然，我感謝這些荒誕，感謝生活，感謝生命進程。

——郭雪波《我在跋涉》

我不知道自己何時被人稱之為「生態文學作家」或「沙漠文學作家」的，當一九八五年首次發表《沙狐》時，自己並沒想過什麼「生態文學」之類命題，那會兒也沒有這類提法，我只是想著把老家的人、社會、自然的生存狀況及農民問題展現給世人而已。其實把文學分成這個領域那個地區的文學，或乾脆說成「都市文學」、「農村文學」、「婦女文學」、「兒童文學」等等，顯得簡單了些機械了些。令我們驚訝的是，被人貼標籤為「生態文學」、「非生態文學」的《沙狐》居然還能登堂入室，發表十幾年後被人偷改成「廣播劇」還獲了國家「五個一工程獎」，基本一個字未改，也沒署原作者名字。我驚奇盜用者的大膽的同時，也竊喜《沙狐》將近過了二十年時光還有可讀性，還有點藝術價值和生命力。

——郭雪波《哭泣的草原》

我生長在科學的沙地。後又背著酒壺走遍了那片神奇的土地——由草原變成沙漠的土地。那裏走過成吉思汗的戰車，馳過努爾哈赤的戰馬；那裏誕生過孝莊皇后、僧格林沁、嘎達梅林，還有後來的咱們第四野戰軍的騎兵師團，那裏的一草一木都能訴說出一段傳奇的令人熱血沸騰的故事。

儘管我現在生活在北京，但我的文學創作源泉依然在我那遙遠的故鄉——科爾沁沙地。那是一片神奇而令人神往的土地。

比起新人類、新新人類，我們算是半老人類了。但我們有我們的經歷和感悟，我們有我們的生存特色；我們的色彩或許更斑斕、更濃烈，就像一瓶老白乾酒，六十五度，辛辣而久香。

——郭雪波《我的那片神奇的土地》

郭雪波作品選錄

長篇小說：

《狼孩》、《火宅》、《銥狐》、《錫林河女神》、《紅緣盤》

中短篇小說：

《郭雪波小說自選集》（三卷本）（百花洲文藝出版社二〇〇二年出版）
《大漠魂》（臺灣聯經出版社一九九六年出版）
《沙狼》（中國農村讀物出版社一九九三年出版）
《沙狐》（中國外文出版社一九九九年出版）
《父愛如山》（臺灣《中央日報・副刊》二〇〇二年連載）
《沙漠傳奇》（日本株式會長福音館書店二〇〇一年出版）
《沙狼・沙狐》（法國中國之蘊出版社二〇〇一年出版）

獲獎作品：

1.《狼孩》曾獲全國民族文學「駿馬獎」（長篇小說第七屆二〇〇〇年）
2.《大漠魂》獲臺灣聯合報聯合文學中篇小說獎（第十八屆一九九六年）
3.《父愛如山》獲臺灣中央日報宗教文學獎（二〇〇二年度）
4.《沙狼》獲全國民族文學「駿馬獎」小說集獎（第五屆）
5.《沙狐》入選聯合國教科文組織出版的《國際優秀小說選》
6.《大漠狼孩》獲中國首屆環境文學獎（二〇〇三年度）
7.《沙狐》根據該小說改編成廣播劇獲國家「五個一工程獎」（一九九九年度）
8.《哺乳》入選《德國之聲文學大獎優秀作品文集》（二〇〇一年）
9.《銀狐》獲第九屆中國少數民族文學「駿馬獎」

父愛如山

1

父親十八歲娶我十七歲的母親那天起，就等著我的誕生。這一等就是八年。我都為自己的姍姍來遲不好意思。

父親說，這也不能怪我，那八年裏他當了三年半的「國兵」，追了一年多的「鬍子」，剩下的兩三年鬧大饑荒，身體也不行。

新婚燕爾，就去給偽滿洲國當「國兵」，父親很是覺得吃虧，挺恨那個名叫愛新覺羅·溥儀的人不在他的故宮好好待著，跑到大東北給小日本當兒皇帝，害得他們這些靠近東北的大好蒙古青年都抓壯丁，連人帶馬被徵去駐紮在王爺廟，天天喊「伊戚！尼！伊戚！」（一、二、一），讓小鬼子教官拿藤條抽屁股。父親的老團長當年曾給造反的嘎達梅林當過衛兵，文武雙全，父親給他當通信兵，不僅從他那兒學會了騎術槍法，還學會了一手拉胡琴說唱的本事，一有空就「嘎吱嘎吱」拉胡琴寄託想家的情思。後來，終於找到機會，出去給老團長採購時買來一堆紅辣椒，用煮辣椒的水洗眼睛，搞出了一雙爛眼紅眼病。偽滿洲國終於放他回家。父親夠心狠，居然採取這種自殘的方式達到目的。

父親回來的第二年，蘇聯紅軍打進來，父親的老團長率團起義，參加「八路」，後來當了大官。我取笑父親，要不是想媳婦回來得早，說不定如今也是個中校團副什麼的呢。父親拍一下我後腦勺，說：「凡事都有定數，也有可能哪場戰鬥飛來一顆子彈要了你的小命，我不回來，你更沒影了，那個魂兒不知飄到哪裏去了呢。」

父親認為女人生產時，外邊飄盪著無數個要轉世的靈魂等待求投，哪家女人發出尖叫要生時，這些小魂就撲過去，誰搶先就算誰的，就如市場搶購一般。也有撞車的，那就成了雙胞。我聽後哈哈笑，投娘胎整個如早晨上班擠公共汽車，父親摸著下巴說差不離。

接下來就是東大荒的土匪「獨眼鬍子」捲走了家中賴以耕地的三頭牛，父親和爺爺追蹤一年多時間，然後是三年大饑荒，按父親的說法人比猴子瘦，一陣風能把人吹到樹上去。這其間我始終了無蹤跡。家族裏甚至認為我媽身上出了問題，不能生育。那個年代這對女人是最大的否定。為此我奶奶曾三次跪拜著去庫倫大廟做求子法事，颳著塵沙的土路上，奶奶跪倒爬起，跪倒爬起，一步步走向大廟的樣子十分令人感動。大饑荒的末年，母親終於懷上了我。然而，剛八個月趕上村裏搞「土改」，家裏被錯劃成「富農」成分，說是雖然窮村也要矮子裏拔大個兒弄出一兩戶「地富」。為革命運動獻禮。我們家就是那個「禮品」。

男人女人挨個兒被提審，過堂鬥爭，逼交浮財。可兩頭牛兩間土房幾畝沙地全被分光，祖上也沒有人發過財，哪裏還有掩藏的浮財？人家不相信，把大人小孩都關起來，隔離審問。母親正懷著我，大腹便便，也被喚去。她挺著大肚子站在烙鐵、鞭條、老虎凳之類的前邊，周圍有如狼似虎的大漢圍著。母親後來跟我說都是些村裏不務正業的閒散爺們兒，有的賭輸了家產，有的是好吃懶做的青皮二流子，他們突然遇上這種說一聲「剝削」便平白無故分別人財富的天上掉餡餅的好事，都有些瘋了。當然媽媽的說法帶有階級色彩，當時那叫「革命」。「財富」是革命的對象。不過這種革命道理，讓大字不識的母親弄懂它，實在有些困難，她只知道村裏比他們還窮的這些人要分他們的那點財產。要「革」她的「命」。

「你出嫁時穿來的小羔皮大衣，還有那頂紅狐皮帽子，都哪兒去了？交出來！」有個叫巫蘭嘎的老光棍衝媽媽喝叫。此人平時討飯熬日子，我媽結婚時的穿戴對他印象深刻，據說婚慶時他在我們家整整吃了三天。

「穿爛了，戴爛了，我嫁過來都八年了！鐵衣銅帽也該磨爛了！」母親說。

「嘴還挺硬！媽的！」巫蘭嘎翻白眼，他是個愣頭青，操起皮鞭就朝我母親鼓著的大肚子上抽下去三鞭。「撲哧撲哧」，隔著棉袍和肚皮，我在裏邊承受他一個大男人狠狠掄動的三鞭，嚇得圍觀的人都閉上眼睛。巫蘭嗄似乎也被自己的舉動給抽愣了。

我母親「哎喲」一聲捂著肚子軟軟地倒下去，當場昏厥。猶如一頭受傷的母獸癱在那裏，披頭散髮，面無血色，褲管那兒流溢出羊水和血水的混合液體。有人發慌，叫來了隔壁被審的我奶奶，又讓她用一輛獨輪推車把我媽弄回家去。當時的家是一間碾道房，從自己的兩間房被趕出來後，一家幾口人寄住在村西頭這間別人遺棄的舊碾房，暫時棲身。母親肚痛難忍，沒多久我便呱呱落地。舊碾房新搭的土炕上，鋪一層厚厚的細沙子，我就落在那細軟沙子上。由此村人常取笑我是三鞭打下的娃兒。娘肚裏挨三鞭，提前把我給打出來，我招誰惹誰了？巫蘭嗄這小子，幹嘛這樣狠呢。

我這早產兒，第三天便奄奄一息。

父親是在東村「牛棚」集中營聽到盼了八年的兒子出生消息的。當夜他偷偷溜出來看我時，我正氣若游絲，離死不遠。他急了，用棉被包裹起我就往外跑，庫倫鎮上有個老喇嘛大夫名叫德吉德。父親每次把好山柴送到他家，有些交情。父親相信老喇嘛大夫能救活兒子，他不能眼瞅著等了八年的兒子就這麼飛走了。伴著星光，聞著狼叫，父親一路小跑，三十里沙坨子路一口氣兒跑到，「咚咚咚」

敲響了老喇嘛大夫的黑漆大門。

我命不該絕。父親在老喇嘛大夫的熱炕頭，一層層打開破襖破被時，我居然在裏邊睜著眼睛四處張望。父親感動得熱淚盈眶，當即給老喇嘛大夫跪下了：「喇嘛，快救救我兒子，求你救救我這盼了八年的兒子！」

老喇嘛大夫給了父親三粒「桑布拉‧諾爾布」，這是神奇的藏藥。仗著這三粒神藥，仗著父親的真誠和努力，或許感天動地，我真的轉危為安，撿了一條小命維持到如今。後來上中學時，我恰好與老喇嘛大夫的小女兒同班，我對她尊敬如仙，三年中沒衝她說過一句重話。說起來，我從出生到長大跟「鞭子」挺有緣，母親常這麼說。後來是父親的鞭子。

為了讓我這個「三鞭打下的娃兒」能有出息，能離開貧瘠愚昧的沙窩子村，父親送我去讀書。當時我還不到六歲，村裏有一所剛成立的只有四個年級的小學，就一個老師也是新近從廟上還俗的中年喇嘛。父親向他說了不少好話，還給他家砍了兩天柴禾，才把我送進去，安置在一張白泥搭的土桌後邊。

那是個金黃色的秋季。學校門前有一棵大柳樹，葉子密密黃黃的，樹根部還有個大洞，一下課我和同學都鑽進樹洞玩，你爭我擠的。這時我瞅見父親從地裏幹完活兒回來，遠遠站在那裏看我。看半天。眼神癡癡的。別看是破破爛爛的兩間泥房，一張張土桌土凳，可在父親眼裏那是神聖的。父親一天書也沒念過，為了養家糊口，我爺爺從八歲起便讓父親扶犁杖下地，人還沒犁把高。後來父親騎馬挎槍走過世界，知道外邊的天地有多大，讀書多重要。我小時淘，不懂事，學不用功，不識字的父親也能分辨「〇」的含意。這時他的鞭子就落在我身上。

常常把我從那個大樹洞裏拽出來狠狠抽一頓。

我後來上鎮上中學住校。父母省吃儉用，秋天揀杏核割麻黃，冬天砍柴到鎮上賣錢籌學費。那會兒生活艱苦，中學在一座大廟裏，冬天也不燒火，加上吃不飽餓肚子，村裏好多同學熬不住退學了，有一次我和兩位同學也往家跑，正趕上村前的那條冰河初春開河，冰面上流淌著新融化的冰水，變酥軟的河冰面撐不住人的重量，不小心人就會掉進冰窟窿裏，急得我和兩位同學衝著對岸喊話，通報家人。

父親聞訊趕來，一瘸一拐。他腿上長一癤子正發燒躺在炕上。他站在對岸一邊脫鞋挽褲，一邊喊讓我等著。他找根棍敲打冰面試探著，光著腳下河而來。他顧不上刺骨的冰面冰，顧不上不小心會掉進冰窟窿，一步一步渡到這邊岸上，在我面前一蹲說趴背上。見我不肯，又見我脫鞋挽褲，他衝我喊一句：「你找死啊！凍病了咋上學？」便不由分說背起我就下河。

父親的光腳伸進冰水和冰碴兒裏，探尋著能撐住人的冰面，一步步小心翼翼顫顫抖抖地走著，踩得冰碴兒在他腳下嘎吱嘎吱發響。尖利的冰碴兒割破他的光腳，鮮紅的血流進冰層浮面的冰水裏，如蚯蚓般扭舞。浸在這極度寒水裏，父親那雙腳如煮透的蝦般通紅。我趴在父親堅實的後背上，強忍住淚水。蹚過冰河，父親喘著氣，臉色蠟黃，蹲在地上搓搓凍僵的雙腳，又摸了摸大腿上鼓腫的瘤子。河那邊還有兩個孩子，他們家人還沒來，父親看我一眼，沒說話又轉過身一瘸一拐地走下冰河去。

望著他寬厚的背影，我頭一次體會到「父親」的含意。心裏有股暖流往上湧，視線變得模糊。

我和村裏兩個同學這次翹課回家，是不準備再念書的。開始沒敢跟父親說，他從母親嘴裏得知後，立即牽出毛驢讓我騎，要把我送回學校。我不吭聲，默默抵抗，我實在不願意再回到那座大廟凍屋子受冷挨餓了。父親拿話哄著，講著道理。爺爺也從旁說孩子不願意念就算啦，正好幫家裏掙工分。父親仍不鬆口，望了望遠處的沙漠，說讓我考慮三天，後自言自語他不能像爺爺那樣不讓孩子讀書，一個一個老死沙窩子。

三天後的早晨，我乾脆扛著鐵鍬去下地。那兩個同學在院外等我，準備一塊兒去生產隊掙工分。門口套犁杖的父親攔住我問：「還是不上學？」我噘著嘴點點頭。他冷冷地說一句：「跪下。」懼於他的威嚴我跪下了。他手中的皮鞭飛舞起來，劈頭蓋臉，一鞭一條血印。母親跑來要搶他手中的鞭子，被他一把推倒在地，弟弟妹妹都嚇得哭成一團。

母親喊：「傻兒子，快起來跑啊！別傻跪著了。」

可我沒跑，只是用雙手抱著頭臉。我本已令父親傷心，讓他發洩吧，打夠了他會好受些。後來爺爺過來奪走了父親手中那條如蛇般舞動的鞭子，說打壞了孩子學上不成、工分也掙不上。爺爺很實際，較看重工分，父親兄弟姐妹七人，一個也沒讓讀書，都幫他下地，入社後幫他掙工分。也許鑑於此，父親才不想步爺爺後塵讓我也成文盲，尤其當年他的老團長始終是他心中偶像，甚至企盼著把我也培養成一個像老團長那樣的人物。

半夜，我聽到輕輕的抽泣聲。土炕的那頭，父親正用被子蒙著頭哭泣，寬寬的肩膀在被子下面一聳一聳的。我心猛然一哆嗦，我拖著鞭痕累累的身體爬過去，給他跪下了。我輕聲對他說：「我明天就去上學。」父親抱著我的頭就大哭起來。這是我有生頭一次見父親的哭，哭得像個小孩兒，哽咽著。

第二年我考取一所由國家負責學費食宿的中專學校。父親左看右看那張錄取通知書，一張黑瘦的臉笑成了花，說：「我兒終於成了國家的人，國家管了。」

後來，有一年暑假回家，父親領著我去見爺爺，正好村口碰見了那位當年把我三鞭打下來的巫蘭嘎。這麼多年他還是孤家寡人，把土改分得的財產全部揮霍完畢後又重操舊業，各村流浪，輪流騷擾沾邊的親戚朋友，這兒三五日那兒三五日，生產隊讓他回來掙工分，他也懶得下地，覺得還是討飯省心省力，一跑出去沒影，天南海北地轉。

「巫老哥，抽袋煙吧。」父親邀他，一塊兒蹲在路邊。我站在旁邊饒有興趣地看著此人，衣衫襤褸。躬著個水蛇腰臉呈菜色，豁牙漏齒，眼神空空盪盪。

「這年輕小哥是……」他沒認出我。也難怪，他常年漂泊在外，我跟他除了那次「三鞭」之緣的最「親密接觸」外，還真沒有常見到的機會。我也是頭一次如此近處面對他、端詳他。

「他、就是當年你……那個娃兒，我的兒子。」父親把「我的兒子」說得偏重。

「唔，唔……都這麼大了……」他的眼神兒飄過我頭頂，有一絲驚愕。

「是，都這麼大了。」父親說。

「外邊讀大書哪？」

「讀大書呢。」

「出息了。」

「是，出息了。」

接著便是一陣沈默。他沒有再看我。父親和他默默地吸著煙袋。吸得煙袋油子吱吱響。是父親的煙袋，父親裝了一鍋煙袋遞給他吸的。這是東蒙地帶蒙古人見面的習慣，拿自己喜愛的煙袋裝鍋子煙敬給對方，以示誠意和尊重。巫蘭嘎身上沒有象徵東蒙男人的煙袋，唯有感動。

「好好讀書吧。」巫蘭嘎不知是對父親還是對我說了這麼一句，因沒有牙口咬不住煙袋嘴，用枯柴似的手端著，嘴邊冒著濃濃的嗆人的煙。

「是，好好讀書。」父親答應著，好像讀書的人是他。

「唉，那會兒的事，我都不記得了。唉，不記得那會兒都做了什麼……唉，孩子出息了就好。」巫蘭嘎以忘卻迴避歷史，也是個無奈之詞。他把煙袋還給父親，又說：「煙葉子挺有勁，嗆人呢。哦，我該趕路了，路還挺長呢。」

爾後，巫蘭嘎站起來，慢慢地抬步走了。拄著根棍子，走路有些顛，風頭再是強勁些能把他吹倒的樣子。

「他多大年紀了？」我問。

「比我大兩歲。屬狗。」

「哦，屬狗的五十五。」

父親望了一眼他遠去的孤影，沒再說什麼，喚我繼續趕我們的路。我們和巫蘭嘎走的是兩個方向，只是中途偶遇而已。冥冥中，命運的安排也很有意思。被父母及家族期盼了八年的我最終居然被他那支如根枯枝般的手提前打出來面對這大千世界。默望著他的背影，我心中頗有些感慨。我也一直琢磨父親的舉動，誠邀這窮困潦倒的流浪漢巫蘭嘎抽煙，只是默默地抽煙袋，淡淡地說幾句無關痛癢的話，然後各自走自己的路。當然我隱隱能猜到父親的心思。我甚至有些懷疑，父親是不是知道巫蘭嘎這會兒路過村口，特意帶我來展示一下，展示一下自己長大的兒子。只是展示一下，沒有別的，向他展示一下自己活著的兒子，「讀大書」的兒子，這已足夠了。父親是個願意較心勁的人，這我清楚。

● 2

那年我的姥爺趕著勒勒車去百里外的哈圖塔拉甸子拉鹼土，路過錫伯屯，車輪子正好在一家農戶門口壞了。姥爺的脾氣急，一邊踹著車輪，一邊罵罵咧咧，十六歲的我媽媽旁邊乾搓手也幫不上忙。

這時從這家農戶的院門裏走出一位高個兒壯年漢子來，他就是我爺爺。背著手，見姥爺著急的樣子安慰他說：「先進屋歇歇腳，喝口熱茶再說吧。」爺爺為人好客又豪爽，好結交朋友。

著急上火的姥爺覺得一時拿那破輪子也沒有轍，不如索性進屋歇歇再說，見這家主人如此熱情，反正又饑又渴的，這一決定非同小可，關係到我父母命運，甚至關係到未來的我。

兩個壯年男人互報姓名，相互敬煙，倒了熱茶拉呱起來。

越聊越投緣，熱茶換成燒酒，好交朋友的爺爺非要結交同樣好交際的姥爺不可。兩個人喝得昏天黑地，早把外邊的壞了的車輪子忘得一乾二淨，急得十六歲的媽媽一個勁拉姥爺的袖子。她擔心不趕緊趁日落前修好車走人，非得住在這生人家裏不可。

從地裏幹完活兒回來的十七歲的父親，知道情況二話不說幫修起車輪子。其實也簡單，把磨損壞的一根木製輪輞卸下來，換進一個新的就成了。父親從小幹家活，又心靈手巧，農家院的這點事難不倒他。他先拿出自家勒勒車常備輪輞給換了上去。見到修好如初的車輪子，我的那位喝高興的姥爺更高興了，一個勁兒誇我父親能幹。最後誇著誇著，靈機一動，心血來潮，衝我爺爺說：「你兒子訂親沒有？如果沒有，我們老哥倆乾脆割親家算啦！」

我爺爺一聽也樂了：「我兒還沒訂親，正好，那咱哥兒倆就朋友加親家吧！」

兩個壯年男人邂逅門口，說得投機，一頓酒席再加豪爽脾氣，便決定了他們的兩個孩子一生命運。也沒有問一問十七歲的父親和十六歲母親同意不同意。母親說：「那會兒，誰還問孩子們的意見啊，你姥爺趁著酒勁沒把我嫁給瞎子瘸子就不錯了。你爸看著還順溜不是？」

天啊！幸虧那天姥爺的車壞在一個正常人家門口，酒後也辦對了這件事；要不然，我還不知道自己飄落何處呢。

儘管我父親五官端正，身體零件都屬正常，可父親有狐臭。這點令我母親頭疼了一輩子，也變成了他們常常吵架的一導火線。

我五歲那年，有一次父母用家裏唯一那頭驢馱著我，去沙坨中的地裏割穀子。開始時兩個人有說有笑的比著割穀子，我媽很能幹，幹活兒一般男人都比不上她。我在地頭抓蟈蟈。不知什麼事，兩人後來爭吵起來。

「是你爸騙了我爸，灌醉了我爸，要不我能嫁你？」

「是你爸主動提親，你們有意把車壞在我們家門口！」

「得了吧，要是事先知道，我才不嫁你這狐臭漢呢！」

這句惹急了父親，上去就搧了母親一耳光，於是兩人廝打起來，扭成一團，莊稼被糟踏一片，嚇得我哭叫起來。才五歲的我不知道怎麼勸，只知道哭。這時沙坨頂上出現了幾個鄰村農民，拍手樂叫：「打起來了嘿！小倆口子打起來了嘿！女人褲子撕破了，哈哈哈。」

父親這才住了手，母親也去管她的褲子，遮掩著已露的部位，有些羞赧地躲進旁邊的樹叢中。回家的路上，他們誰也不說話，我在驢背上一仰一合地顛悠。這時小路旁出現了一片水泡子。渴急的黑驢突然起動，顛跑著奔向水泡。沒有幾下把我顛下驢背，摔在地上，那是個挺硬的泡子邊鹼地，摔得我頭昏眼花岔了氣兒，一時喊不出聲。

正賭氣的父母這下慌了神，圍著我長呼短叫，又拍又揉，終於把我喚醒過來。我睜開眼衝他們說的第一句就是：「什麼是狐臭？」

母親輕輕抿嘴笑起來，父親拍一下我後腦勺。其實我真的想知道這經常惹他們爭吵的「狐臭」是什麼東西。

「狐臭就是胳肢窩有狐臊味兒。」媽媽忍住笑，氣著父親說。

我聞了聞自己的胳肢窩，說：「我怎麼沒有那個味兒啊？」

「這孩子淨胡說，你還喜歡有狐臭啊？」我母親笑罵起來。

「我爸有，我當然也得有啊！」

「哎嗨咧！這才是我兒子！」

母親怪怪地瞪我一眼：「有狐臭，長大了找不著媳婦的！」

「我爸不是找到你了！」

「那是騙到手的。」

「那我也騙一個來唄。」

父母親終於捧腹大樂，覺得我有志氣，將來不愁沒媳婦。

那會兒，不知怎麼搞的，母親三天兩頭跟父親鬧彆扭。有時稱父親村裏的老爺們壞，「土改」時鬥過她，連肚裏的孩子都是打下來的；有時說父親的村子土地薄，生活窮，她要搬回娘家村子住。一日賭氣，她抱起我就往姥爺那個村子跑。

有一次，她抱著我三十里沙路走了一半兒，被我父親騎馬趕上了。父親對母親說：「你回娘家可以，但把我兒子給留下來。」母親把我往地下一放，扭頭就走人。父親看著倔強的母親背影，很無奈，把我挾在馬背上就回走。我不幹，哭著喊著要跟媽媽走。父親先是哄，哄不動就手裏馬鞭落我身上。那時我又懼又記恨我父親。

母親想定的一件事，一般是不回頭的。最後還是父親妥協，把家搬到母親娘家村子住了。可這又出現了新問題，父親這人故土情結重，又很惦念爺爺奶奶他們，於是他也三天兩頭帶著我回老村。有一次看望爺爺奶奶時，路上下大雪，那時家裏的那頭黑驢還在，我騎在驢背上，父親怕我凍著，拿床大棉被裹著我，前邊自已牽驢繩趕路。雪越下越大，飛飛揚揚，雪片如楊樹葉那麼大，很快荒野和樹林全被大雪覆遮住，一片白茫。走在前邊的父親身上落滿了雪，眉毛和鬍子上也掛滿雪霜，好似一個活動的雪人。我透過只露出眼睛的雪被子縫隙看著父親的背影，看著他在雪路上困難地邁動腳步，手裏還緊緊攥著毛驢韁繩唯恐驢受驚顛摔我，心裏覺得父親真不容易。離開故村，離開老父母，隨老婆去住外村，對於一個蒙古男人來說，是一件很難為情的事情，怕老婆在男權極盛的蒙古族社會裏是挺丟人的。父親說，這一切都是為了我，怕我失去媽媽後傷心。結果他把傷心留給自己。

出於「為了我」的目的，父親往往會做出令人意想不到的事情。

「文革」後期我從中專學校畢業，分配到達爾罕旗，後又把我下放到該旗的農村「插隊鍛煉」，說法叫「五七」戰士。那時候講究階級成分，我家的「土改」後期復查時降下來的「上中農」，「文革」中又升上去成了「漏劃富農」，再加上是一位下放人員，我在村裏很受冷落，安排我住在隊部院子裏一個不燒炕的東下屋裏，夜裏睡覺時凍得我腰都直不起來，只好向家裏寫信訴苦。

當時父親也在村裏受難。給偽滿洲國當過「國兵」，當「國兵」時又給成吉思汗像鞠過躬，回村後還成了「民間藝人」說唱「封資修」，造反派把他打成「內人黨」關進了牛棚。父親在千里之外的牛棚想解決我腰直不起來的問題，防寒保暖鋪下邊最好是羊皮。可那會兒農村，家裏連豬都不讓養，哪兒還有羊。生產隊裏有羊群，接待各方來人三，天兩頭殺隻羊，羊皮掛在倉庫牆上，都生了蛆。父親壯著膽子向當時的掌權者滿隊長求要一張羊皮，那怕是生蛆的。說出了讓兒子直起腰的理由。滿隊長聽後哈哈大笑。他奇怪我父親居然能提出這樣的要求。一個牛棚中的「內人黨」要給遠方的也正接受「再教育」改造的兒子申請一張革命生產隊的「紅色」羊皮。這不是膽子大小的問題，而是一個荒唐得令人捧腹的事情。

可父親也強，連求了三次。最後一次居然還跪下了。

滿隊長他們愣住了。不過羊皮依舊不給，依舊在牆上生蛆。這是個原則問題。革命的紅色羊皮豈能鋪在黑色的革命對象「內人黨」分子接受改造的兒子身下呢？當然，我的腰依然直不起來。

於是，父親採取了非常行動。

半夜逃出牛棚，鑽進了生產隊倉庫，「偷」——應說「借」了一張生蛆的羊皮，連夜奔向千里之外的達爾罕旗鄉下前進大隊。

那天已經是晚上十點鐘了，我鑽進冰冷的被窩正準備用我年輕的身軀焐熱並抗衡那冰窖般的凍炕時，有人「噹噹」敲響了我的窗戶。是生產隊看屋子的孤老頭趙大爺，他進屋後打一哆嗦，又摸了摸土炕，笑說真是「傻小子睡涼炕全憑火力旺」啊！我問他什麼事，他說：「你老子從大林火車站來電話，他在大林火車站等你去接他。」我一聽，頭都炸了。父親怎麼這兒來了？家那邊出什麼事了？這麼大老遠他幹什麼來了？

我一頭霧水，心中七上八下不踏實，連忙起身穿衣，向趙大爺打聽去大林車站的直路。十九歲的我年輕力盛，還一股子勇氣。帶著手電筒，拎根木棍，一頭扎進夜色茫茫的荒野路，奔向二十多里外的大林火車站。我一路小跑，幾次走岔了路，幸虧遇見挑燈夜戰的「學大寨」社員，才摸到那個一天才走一趟火車的沙地小站大林。

我氣喘噓噓地跑進黑咕隆咚的候車室，借站臺透進的燈光依稀看見屋裏只有兩個人。一個乞丐，另一個就是我父親。沒有燈光的空盪盪的候車室最裏邊一角，乞丐和父親正說著話。似乎乞丐不相信父親是來尋找兒子的，說逃荒避難的倒十分像，就是有個兒子在前進社，也不會這麼黑燈瞎火的夜裏跑來。乞丐還相中了父親抱著不鬆手的那張羊皮，纏著父親把羊皮送給他，稱像他這樣常年在外討飯的人十分需要這張羊皮，他甚至準備拿自己討飯傢伙——一個破了邊兒凹了底兒的洋鐵盆來換。弄得父親哭笑不得，也感嘆自己沒有人樣的破落相，連乞丐都欺負自己，好在我及時推開候車室那扇門，出現在他們倆的面前。

「你看，他就是我兒子，他到了。」父親說。

「哦，哦……還真有個兒子，還真的來了……」乞丐顯得失望。

「爸——」我撲過去，抱住父親，熱淚盈眶。「出什麼事了?你怎麼到這來了?」我拉著父親，避開那個乞丐坐到另一頭椅子上，急切地詢問。

「沒出什麼事啊。」父親的臉色很鎮靜。

「那你幹嘛大老遠到這兒來看我?」

「給你送羊皮。」

「羊皮?」

父親就打開了那個懷裏緊抱不放的「包領皮兒」。一張白白暖暖毛兒順順溜溜的羊皮就展現在我的眼前。那邊的乞丐眼睛變得更是賊亮賊亮。

「你不是來信說睡不走火的冰炕嘛，現在剛入冬，要是這一冬你都睡那冰炕，你的腰這一輩子都別想直起來了。你真是傻小子，怎麼不要求睡火炕啊？」父親責怪我。

「要求了，人家說生產隊沒有火炕給我睡。」

「真是坑人，『改造』也沒這麼『改造』的。不要緊，下邊鋪上這張羊皮就管用了，羊皮羊毛又防潮又生暖呢。」父親撫摸一下我的頭。我感到他的手很粗很硬，還有些微微的顫抖，也有一絲絲的暖意。

「爸，家裏沒事吧？媽媽他們好吧？」我忍住淚水問。

「家裏都好，什麼事也沒有。放心吧。」父親說，他的眼睛一直看著我，充滿了疼愛。

父親是在車站旁邊的小郵局打的電話，打算等我來後就一塊兒在這候車室裏熬一宿，說說話，然後第二天傍晚乘唯一那趟火車再回家，我一想還有一天一夜的時間，還不如連夜趕回我下放的那個前進社待一待呢。還可以在我那做頓熱飯吃吃。父親猶豫了一下，還是贊同了我的提議。

「爸，家那邊真的沒什麼事吧？」我隱隱感覺到父親神態閃爍不定，有些壓抑。

「真的沒什麼，我們一個農民，能有什麼？不像你們這些讀書人，一會兒一個運動。」父親笑了笑，安慰著我。「家裏人唯一惦記的就是你，出門在外不容易，又派到鄉下工作。」

他把我的下放農村，說成派到下邊工作。好聽一些，又不會刺傷了我。

我們走出幽暗空盪的候車室，外邊是滿天星空。那個乞丐一直跟出候車室，徹底失望地看著我懷裏的羊皮。

「唉，有兩張羊皮就好了，我就留給他一張，那這一冬他就好熬多了。他這種人，不定哪天夜裏凍死在牆角呢……唉。」父親嘆口氣。父親是菩薩心腸。也只是泥菩薩，還不知道自己怎麼過河呢。

外邊很冷，剛才跑一路出的汗，此刻衣服沾在身上變得冰涼冰涼，我不禁打了個哆嗦。我和父親邁開腳步，默默地走在漫漫夜路上。儘管冷，我們父子相見，心情輕鬆了許多，熱乎了許多。

回到前進村時，已經是後半夜了。

我點著屋裏的土爐子，屋裏頓時暖和了許多。父親從背來的舊包裏拿出豬膀蹄、灌血腸、還有炒米，最後居然掏出了一瓶庫倫老白乾。父親說豬膀蹄是大舅舅家的，血腸是姑姑給的，炒米是咱們自個兒家的，酒是從庫倫鎮上車時買的。

圍著火爐，父親和我一邊喝一邊拉起家常。驚動了看屋子的老趙頭，過來加入了我們喝酒的行列。趙大爺人挺好，喝熱了腸子能說些實話。父親一邊看看我睡覺的土炕，一邊又看看我們圍坐的土爐子，對趙大爺說：「趙大哥，這土炕過去走過火吧？」

「走過呀。」

「這不結了，那現在為什麼不走火了。」父親似乎發現了另一星球，拍一下腿。

「炕洞塌了，土坯和炕灰填滿了，沒法走火了。」

「那就把炕洞扒開，清理一下不就行了？再從這土爐子上接過一節爐筒子塞進炕洞，那這鋪土炕就暖和了，我兒子的腰也無憂了！」

趙大爺看了看父親，又看了看我，最後壓低了聲音說：「說起來容易，做起來不簡單呢。告訴你們實話吧，我們的貧協主席韓真理說了，要好好改造改造你這兒子，說你兒子長了一雙狼眼睛，看人狼似的……哈哈哈哈。」

我想起韓主席真的有一次當眾這麼辱罵訓斥過我。我不會揚場子，用長把木鍁往上逆風撩揚帶皮兒黃豆時，把豆粒兒全撒到皮殼兒堆裏，叫韓主席撞見不高興了，厲聲訓斥起我光會讀「封、資、修」，不會幹「工農兵」。我沒有說話，只是漠然地看了他一眼。他便火了：「還不服是吧？看人狼眼似的，一個漏劃富農的崽子，又讀了『封資修』，不好好改造哪兒成？都讓這種人去當國家幹部，咱們這天不得早變了？咱們貧下中農還不得吃二遍苦、受二茬罪？」

我想一想就心裏發堵。此時問我父親：「爸，你知道嗎，什麼樣的眼睛是狼眼睛？什麼樣是狼一樣看人？」我當時真弄不懂，自己怎麼會長了一雙狼眼睛，看人狼似的呢。

父親笑了笑告訴我，按一般來講人的白眼球多黑眼球少，而且平時黑眼球往上貼上眼皮的叫狼眼睛，至於狼一樣看人，可能就是黑眼球貼著上眼皮，翻著白眼球看人，就叫狼一樣看人吧。

後來我無數次照過鏡子，想看清一下自己這雙「狼眼睛」，找一找那個狼一樣看人的感覺，可始終沒有成功。我始終沒有從自己臉上找到父親說的那種標準的「狼眼睛」和「狼式視覺」，屬於那種靈光一閃的事吧，平時潛伏著，遇到極度不平、羞辱、苦痛或極度壓抑時才會閃現出那種獨特的狼般毒光。

那一夜趙大爺告訴我們，是貧協主席不讓凍炕走火，為的就是治治我這不服的「狼眼睛」。趙大爺還讓我們明天防著點他，他會查問父親的來歷和來此目的，他知道父親是漏劃富農。

好心的趙大爺回去睡後，父親安慰我又教我如此這般去做。

第二天一早，我就去韓真理貧協主席家裏，彙報父親來看我的事。我告訴他，我媽媽家是貧農，我爸的「漏劃富農」也沒有最後定論，最後又拿出兩瓶父親帶來的庫倫老白乾，說這是家鄉那邊釀的特產酒，請韓主席品嚐品嚐。那會兒前進村生活很苦，根本喝不著酒，喝也是過年時喝點「地瓜乾」，苦苦的如豬膽釀的。一見兩瓶純正的老白乾，韓主席的眼睛亮了，倒像狼眼睛也像貓頭鷹眼睛。他的態度緩和了許多，改稱我郭同志。「畢竟是下派來鍛煉的國家幹部，不是地富反壞右『黑五類』，基本上我們還是一條戰線的。」於是我順竿爬趁機提出了讓我父親幫著修炕通火的請求。他也滿口答應，兩瓶老白乾真的起作用。其實，窮人是最經不住物質誘惑的。

父親在我這兒待了三天。修好了冰炕，又把地中央的土爐子移到炕洞口，煙火直接通炕洞，既可以屋裏取暖又可燒熱冰炕。清理炕洞時，父親扔出好幾隻凍死的大耗子，灰土也足有一車多，最有意思的是還翻出好幾本生產隊「四清」時的帳本，我猶豫著是不是交給貧協主席他們時，父親一把拿過去扔進呼呼燃燒的爐子裏，轉眼間化為灰燼。父親感嘆一句，翻出來的要是那些「四不清」幹部的錢財就好了。我忍不住笑了。

父親還挺幽默。

弄炕時我發現，父親不時抖動一下或摸一下左肩背。我問他怎麼了，他說沒事，閃了一下。趁睡覺時，我撩開他的衣服看了一眼他左肩頭。這一下我倒吸一口涼氣。父親的左肩頭上，有一塊小茶杯粗的圓圓的烙印，上邊有清晰可辨的兩個字：三隊。

我問父親：「怎麼回事？誰在你肩頭烙下這印跡？而且發炎後滲著黃水。」

「狗咬的。」父親冷冷地說。

「我不信，這明明是人拿烙鐵烙下的印嘛。」

「就是狗咬的，一群瘋狗！」父親幾乎嚷起來。

在我的一再追問下，父親終於告訴我他在村裏被打成「內人黨」挨打受刑的情況。那烙鐵是生產隊給馬群分群時用的鐵烙印，在紅紅的炭火中燒紅之後往馬的後臀上狠狠地一按，便留下那種「一隊」「二隊」「三隊」之類的標記。父親是第三生產隊的「內人黨」分子，故印有「三隊」字樣。

我無言以對。憤怒和受辱感如炭火般燒著我的心胸。我輕輕撫摸著那個又圓又大的流著黃水的烙印，眼淚如泉水般從眼窩裏湧出來，滴落在父親的肩頭。父親卻沒事一樣拍拍我的手，說一切都會過去。我又擔心，偷了羊皮，逃出牛棚，父親這回可怎麼回去呀？我一想起來，心就揪成一團。

父親說，不用擔心，他有辦法對付。

我甚至提議，讓他到東北大興安嶺林區那邊躲一躲，避過這一陣子再回去。

父親說，他可不想當盲流。而且家裏還有你媽媽弟弟妹妹他們，天塌下來自己回去頂著。

我又讓他把羊皮帶回去，還給生產隊就沒事了，反正我現在不需要鋪羊皮了。

父親說：「拿也是拿了，回去還給他們照樣脫不了干係。我乾脆不認帳，他們也沒逮著，奈何我？我來個死豬不怕開水燙，死不認帳！」說著，父親自個兒也樂了。見他還挺樂觀，我心裏也稍稍寬下來。

送走了父親，我鋪著他帶來的羊皮，睡著他搭好的暖暖熱炕，我卻夜夜睡不安穩。

我唯恐從老家那兒來人調查羊皮的下落，甚至好幾次我差點扔掉那張羊皮，以消滅父親的「罪證」。我幾次寫信詢問，父親請人寫來的信都說沒事，家裏一切都好，他還關在「牛棚」，羊皮的事跟他沒關係，他只是受不了「牛棚」裏的苦逃出去躲了幾天而已。他壓根兒沒告訴他們，他來看過我。我這才睡那羊皮踏實了點。

我心中祈禱著但願父親真的沒事。很多年後，我問過他一次回去後的事。父親閃避著不回答，始終沒有告訴我，他回去後怎麼渡過那次劫難的。反正最後是撿了一條命出來，這是萬幸。八十萬「內人黨」裏有我父親，被打死的「十萬」裏沒有我父親，這是上天的恩賜。畢竟，他只是一個農民，一個愛自己兒子的蒙古農民。愛子應無罪。從我出生到如今，我時時刻刻無不感覺到他的愛，即便他故去好多年，我依然感覺到他的無處不在的父愛。如山的愛，父愛如山。我真是很幸運，由衷感謝上蒼。

3

父親有一把胡琴。準確地說，四弦琴，東蒙地帶較流行的那種。大號四弦琴是民間藝人說蒙古書——《烏力格爾》用的。父親擁有的也是大號，但他很少說《烏力格爾》，他拉四弦琴唱蒙古民歌。追根溯源，蒙古人近現代的說唱藝人「胡爾其」，嚴格來說就是早先蒙古人崇拜的原始宗教「薩滿・孛」教的一種變異。「薩滿教」的「孛師」當年成吉思汗時代被尊為「國師」，騎白馬穿白袍舉白色的「蘇力德」（纛），主持出戰時的祭祀、占卜、慶典之類的大事。薩滿教宗旨是崇拜長生天長生地、崇拜山川草木萬物自然、崇拜自然之神，倒與現在提倡的環境保護十分吻合。有人說如今蒙古草原大面積沙化，就是由於蒙古人失去原先崇拜大自然的薩滿教信仰有關，近二三百年改信喇嘛教之後，只求來世之福，顧不上現實的草原沙化這些小事了。

記得小時，天黑後，屋裏點著小油燈，外邊颳著風沙，父親靠著炕上的被摞坐著拉起他的胡琴，吟唱哀婉的民歌。如〈嘎達梅林〉、〈陶格陶〉、〈孤獨的駝羔〉等。唱著唱著他的眼角或媽媽的眼角，都掛出些許淚水來。默默地。片刻後，他們拿衣襟擦擦眼角，發出「唉」的一聲輕嘆。我雖然聽不大懂歌的內容，心裏也是酸酸的，不是滋味。說來奇怪，蒙古民歌，尤其流行廣泛的蒙古民歌，以曲調憂傷哀婉、敘事令人心酸惆悵的居多，而節奏歡快旋律喜慶的少。這個問題困擾了我很久。後來我漸漸悟出些其中的道理，這事跟土地有關。近一二百年來，蒙古草原開荒開墾嚴重，致使草原日益沙漠化，逐水草而居的蒙古牧民失去美麗的草牧場和豐饒的故土，唯有通過一首首傷感的民歌來抒發胸臆，傾訴心聲。

那時父親常被鄰村鄰鎮的人請去吟唱或說書，每每我也隨去，替父親背胡琴或提酒壺。他們笑稱我是父親的「蘇勒」——小尾巴。走在一條漫長的沙路上，父親說這就是當年有名的「嘎達梅林小路」，原本是一條密林中的小路，如今已成荒漠的小路。當年嘎達梅林是為反對科爾沁草原的達爾罕王爺出售草原招墾開荒而起義造反。那時候蒙古草原上的王爺們都在北京或奉天（瀋陽）有行宮府邸，常年在那裏吸大煙、吃喝玩樂過腐敗的生活，開銷很大，光靠賣牛羊是不夠的，於是出賣草原，招墾開荒。然而，草原植被也就半尺一尺厚，下邊全是沙質土，一經開墾沒幾年就沙化。那會兒把開荒開墾叫做「出荒」，科爾沁草原共出了十一次荒，於是百年後的今天就成了科爾沁沙地。父親當「國兵」時的老團長，就是當年給嘎達梅林當過衛兵，老團長向他詳細講述過嘎達梅林起義造反的整個過程，前因後果，以及蒙古草原沙化根源。父親又隨軍隊走遍了科爾沁和呼倫貝爾草原，他對日益沙化的草原有了更多更深層次的了解。他的拉胡琴唱民歌也是當初跟老團長學來的。並為此他沒少吃苦頭，還差點丟了小命。

有個星期日，父親正躲在營房後邊的小樹林裏練胡琴，騎兵團的日本教官武田從山上打獵順便「劃拉」花姑娘回來，聽見了父親的胡琴聲。

武田走過來站在父親的前邊。父親依舊低頭拉琴。

「你拉的是什麼東西？」武田用蹩腳的蒙古語問。

「喂、喂，我……問你哪！」尊嚴受到輕蔑，武田有些惱怒，提高了嗓門。

父親終於停止拉琴，但仍然低著頭，不看武田也不回答，沈默著。

「站起來！咚咯咚……」武田手中的藤條狠狠敲在父親的頭上。他的這根藤條在駐紮王爺廟的蒙古騎兵團中頗有名氣，每次操練時不少人挨過抽打。而且他打人還有個習慣，非得讓人往下擼掉褲子，露出光屁股蛋子向後撅著，讓他自由地抽打。騎兵團三個日本教官中數他最刁蠻橫霸。

父親站起來，摸了摸已鼓包的頭頂。

「你拉的是什麼東西？」

「胡琴。」

「胡琴？為什麼蒙古人的胡琴比漢人的胡琴多兩根耳、兩根弦？」

「不知道。」

「你給我拉拉，我聽聽。」

「剛學不會拉。」

「不會拉也給我拉！」武田霸道起來。

父親站在那裏，不拉。

「你拉不拉？好，不拉也行，那就把褲子脫掉，讓我抽你十下，你就不必拉了。」武田的藤條又敲了敲父親的頭。

父親的臉憋得通紅。

「你是拉還是脫？」武田慢悠悠地逼問，「不拉，那先把胡琴給我，然後脫褲子！」

父親慢慢把胡琴舉起來，舉過頭頂，然後狠狠地往地下一摔，「啪嚓」一聲，接著父親抬起右腳狠狠地踩跺下去。「咔啦啦」，那把老團長精心製作的心愛的四弦琴，頓時碎裂折斷，亂成一團成了廢品。

「胡琴壞了，沒法拉了。」父親說，接著又補一句。「今天是我的休息日，不歸你管，不是操練，你不要欺人太甚！」說完，父親扭頭就走人。

武田登時愣住了，臉色一下子變青，後又變白，嘴角也歪扭著顫抖起來。他一抬腳「噔噔噔」從父親後邊追過去。

父親聽見身後的腳步聲，也加快了自己的腳步。他心裏清楚，今天此事很難善了，先趕緊回營房再說。那裏人多，戰友們也會出來幫勸，小鬼子只三個人，不至於太放肆吧。

「站住！你給我站住！八格！」武田從父親身後張牙舞爪地喊叫。

父親小跑起來，接著大跑。

武田邊喊邊追，怒火衝天，追得氣喘嘘嘘。

父親撒腿如兔，年輕力足加上心裏害怕緊張，絲毫不敢怠慢，飛一樣跑回營房。見武田依然追來，父親不敢進宿舍了，跑過宿舍又跑過操場，繞著營房的建築物如捉迷藏般地疾跑。武田狗般窮追不捨，嘴裏「八格八格」地喊著，揮舞著手裏的藤條不時又喊：「脫褲子！」不知情的人還以為他慾火難忍錯把父親當花姑娘了呢。

很多人出來看熱鬧，操場上打球的、玩摔跤的、散步的，都停下來，觀看這一幕不知何事引起的，又如何收場的奇怪而不要命的追逐。一個是日本教官，一個是老團長的通訊兵。父親衝人們喊：「快攔住鬼子，他會殺了我。」可沒人敢攔，又不知何事糾紛，理在哪方，都不敢貿然勸攔那個橫蠻不講理的日本教官。但已有人跑著去報告老團長，唯有他才能擺平小鬼子。也有人暗示父親，指了指一間廢棄的倉房。

父親知道老這麼被追著跑，狗攆兔子似的，也不是個事，躲進去再說。他轉過營房後就一閃身便鑽進了那間幽暗的倉房。武田追到這裏失去了目標，想了想，猜出父親可能躲進倉房，便歪咧著嘴笑了笑，也一頭衝進那間倉房。

頓時從倉房傳出一陣劈哩啪啦亂響，很快，武田灰頭土臉地舉著手出來了。他手裏的獵槍和藤條已經到了父親手裏，從後邊押著他。原來父親早已準備最後這一手，引他進倉房，從暗中躥上來，來一個大背挎，使出蒙古摔跤絕招，把武田摔得頭昏眼花狗啃泥，並繳了他的槍和藤條。

父親押著武田走向團部，要到老團長那兒攞理，把武田交給他處理。當時三個日本教官還歸老團長指揮。

這下更熱鬧了。後邊尾隨了一大群人。

「蘇克，好樣的！」

「蘇克，好好教訓教訓這狗日的！」

老團長那欽．雙虎爾聞訊剛走出團部，便看見父親雄赳赳氣昂昂地押著武田走過來了。見狀老團長吃了一驚，心裏罵：這蘇克吃了豹子膽了！連日本教官的槍都敢下，不要命了！父親向老團長報告事情經過，連比畫帶說氣兒還挺粗，武田也唔哩哇啦用日語罵罵咧咧說著情況。老團長精通俄、日、漢、蒙四種語言，又去日本留過學。知道了事情的來龍去脈，老團長哈哈大笑，拍著武田的肩膀連說誤會誤會，拉他進屋備一頓酒席為他壓驚，又把父親臭罵一頓，叫人帶走關禁閉。其實是保護起來。老團長在偽滿洲國軍隊中威望很高，連日本人也都很敬重甚至懼他，不敢輕易惹他。日本人當時策略是拉攏蒙古人來支撐徒有其名的「滿州國」，不希望與蒙古騎兵團發生摩擦。這一點武田心裏也清楚，再說他理虧，那小兵又是老團長的親兵，他只好忍下這次受辱，借坡下驢，跟老團長痛飲起酒來。老團長當時正密謀反水起義，就等候蘇聯紅軍打過來的時機，所以此時他也不想因這小事跟日本人鬧僵，引起他們的注意。

父親逃過此劫，想想後就怕。送走武田，老團長叫來父親，拿起馬鞭就抽了三下。他罵父親：「哪兒不能拉胡琴，非得跑到營房外邊的小樹林裏拉？想你的小媳婦了是吧？沒出息的小子，叫人家耗子似的追著跑了半天，丟盡了蒙古騎兵的臉，要是我一開始就卸了他的槍押過來！小鬼子有什麼好怕的，明明他沒理嘛！」父親一聽心裏樂了，老團長原來是責怪他下小鬼子槍晚了。老團長接著訓父親：「你倒痛快，一腳踹爛了伴隨我十年的老胡琴，挺爽是吧？小騾子似的犯倔，不願意給人家拉琴，你就給他拉一段〈那仁呼奈——布呼爾〉嘛！」父親更是「撲哧」一聲笑了。這是流傳在蒙古騎兵當中的一個詼諧小調，歌名為〈小鬼子的白屁股〉。老團長最後說：「還算不錯，沒叫武田崩了你，儘管叫人家追得很狼狽最後還是把他摔趴下了，不算太丟臉。我們蒙古人從成吉思汗時代起就沒怕過日本人，成吉思汗打倒日本島，他們獻出美女求和的嘛，哈哈哈哈。」

此後不久，父親就辣椒水洗眼鬧出紅眼病，央求著老團長放他回了家。當時老團長很是捨不得，儘管看出父親是塊料，可鑑於他眼睛紅腫睜不開，無法正常生活和隨部隊操練行動，馬上又要打仗了，只得搖頭嘆息說：「小鬼頭，走就走了吧，可惜了。」父親回來後的第二年，老團長率隊起義，蒙古騎兵威震東北戰場，立下赫赫戰功，湧出許多傑出人物。

父親後來每每向我說起這段時，有一種惆悵還有一絲絲的落寞呈現在他臉上。我理解他當時的心情，思念新婚妻子和家中老人，又擔心武田暗中報復，時局又那麼亂，給日本人和偽滿州國賣命心中又不甘，當時他也不知道老團長就要舉事。這只能說，父親命就如此，當一名普普通通的還算聰明的農民。他也安於這命。他的理想和希望，要通過我來實現，因而他孜孜不棄地甚至十分固執地堅持讓我讀書的。父親的兵營生活未能繼續，可兵營裏學會的拉胡琴本事卻延續下來了。父親的胡琴，越拉越優美動聽，越有味道了。後來他又向一位著名的老藝人僧扎布學說蒙古書《烏力格爾》，手藝更上一層樓。四十多歲時，父親已經成了一名當地頗有名氣的「胡爾其」——說書藝人。那時我已經外出讀書了。有一年春節回家，母親給我講了一段這樣的事。一次父親到百里外的芒汗村唱民歌，回來時在塔民查干沙漠裏迷路，在一座沙包頂上被一群饑餓的野狼圍住了。父親無法脫身，手中只有一把胡琴，無法擊退這群眼睛閃著綠光的惡狼。父親索性穩穩坐在沙包頂上，拉起胡琴，對著狼引吭唱起蒙古民歌。他一首一首地唱著，唱完抒情的唱敘事的，唱完短調唱長調，唱完新的唱舊的，從〈努恩吉雅〉到〈社會主義好〉，從〈成吉思汗的黑色駿馬〉到〈小日本的白屁股〉，那些流傳在蒙古草原的千百首民歌，哀婉憂傷悲涼悽楚的蒙古民歌，一刻不停地從父親嘴裏如水般流淌，迴盪在夜的沙漠中。從傍晚唱到天亮，圍困他的幾隻惡狼慢慢都趴在沙坨根，靜靜地聽著父親的歌。當太陽從東邊沙崗上升起時，那幾隻狼個個神情沮喪和身態萎頓，眼睛裏的綠光也柔和了許多，伸伸懶腰打打哈欠，然後一個個悄然消失在茫茫沙漠中。父親長出一口氣，此事我問過父親，父親笑一笑只說了一句：「那晚是挺狼狽，沒想到狼還真的會聽歌呢。這使我想起在牧區親眼見過的事：剛下羔的母羊不知何因厭惡自己剛出生的小羊羔，不給牠吃奶，蒙古老額吉就抱著小羊羔對母羊哼唱那哀婉動聽的蒙古民歌〈托依格〉——這是一首勸奶歌，老額吉一遍一遍地唱，最後唱著唱著那母羊眼裏便流出淚水接納小羔羊吃奶。」也許，父親與狼的遭遇情同此理，再頑劣凶殘的動物，也有柔情的一面，也會動惻隱之心。同時也說明蒙古民歌的震撼人心的魅力和感傷力。

能把狼唱走的父親，沒有能唱走命運中第二段倒楣的日子。那是二十世紀六〇年代中，他被旗文化館授予「民間藝人——胡爾其」稱號頒發了證書，還被請到庫倫鎮和通遼市蒙古說書館坐館說唱了一個多月。這是他一生中最光榮的經歷，也可稱為「輝煌」或「頂峰」了。這也是他後來的「文革」中被打成「牛鬼蛇神」和「內人黨」，第二次蹲「牛棚」（第一次是在「土改」）的主要原因。「文革」中他蹲的「牛棚」其實是一間舊馬廄，全村十多名被「專政」對象都關在這裏，互相埋怨你的蝨子跑到我身上了，或我的屁熏著他了。

為熬漫漫長夜，父親在眾囚友慫恿下低聲哼唱民歌排遣苦悶。看守的民兵也無聊，叫父親大點聲唱，父親就大點聲唱，後來乾脆把父親的胡琴從家裏取來，讓他邊拉邊唱。再後來，造反派的頭頭腦腦們堂而皇之地叫父親到他們辦公室裏說唱，大家圍著他坐著，飲著酒茶嗑著瓜子兒。此時父親也許想起了圍著沙坨根聽他唱的那群狼，也許想起了多年前的日本教官武田糾夫，但此時的他已沒有了年輕時的血氣方剛，沒有了砸爛胡琴揚長而去的豪氣干雲，而是人家讓他唱什麼就唱什麼，唱多久就唱多久。他是在通過唱來把人生的感悟、苦悶、不快、不平等統統表達出來，也算是一種發洩吧。不唱歌他會很寂寞、很苦悶。

父親也有不順從的時候。

「文革」後期七〇年代「學大寨」時期，村裏頭頭腦腦們西去山西大寨大隊取經回來，在當時的村支書薩那帶領下，他們規劃了一個宏偉計畫：學大寨、建設新農村。也就是把原先依楊西布河北岸溝坡而居的農戶，統統搬遷到村北沙坨根林帶平地上，建設一條整齊劃一如大寨般的新農村新磚房，村中鋪設坦蕩公路，架設電燈電話。規劃的確夠宏偉，夠誘人。

有人問：「那林帶呢。」

薩那支書說：「砍掉。」

父親一聽就搖腦袋。當時父親的「內人黨」已平反，他又成了好人，「漏劃富農」也變回上中農，是個可團結利用的對象。父親說：「這是造孽。村北沙坨子根的那條林帶，是解放初期庫倫旗第一代共產黨領導帶領農民們種的，目的是擋住村北那條橫臥的大沙漠。那個寬二十里、長上百里的大沙帶，人稱『塔民查干沙漠』，意即『地獄白沙』，是科爾沁草原十一次『出荒』的結晶。它如一條盤臥的惡龍，隨時會撲過來吞淹了村莊。如果砍掉林帶建設新農村，可拿什麼擋住那虎視眈眈的沙龍？」

急功近利又好大喜功的薩那支書他們顧不上這些。薩那說：「沒關係，建完新農村，在沙漠裏再種出一條林帶。」那真是一個敢想敢幹、妄想代替理想的年代，人們被薩那支書他們所描繪的大寨式的新農村完全吸引住，多數農戶舉雙手贊成，何況上邊把這事當做全旗典型，當做落實學大寨的新舉措，還要撥部分款項來支持農民遷村蓋新房，老百姓何樂而不為呢？唯有父親和跟他關係不錯的幾個老漢仍然持懷疑態度。

父親天天晚上坐在炕上拉胡琴，唱著哀傷的民歌。

母親有時聽煩了嚷嚷：「別拉了，拉得像是給死人送葬！」

「是啊，我這是給就要消亡的楊西布村喝輓歌。」父親說。

這時候薩那支書來給這幾位老頑固做思想工作。人招集到我們家。薩那把未來的楊西布新農村描繪得如花一般美麗，村前公路跑著汽車，新房告別油燈家家亮著電燈，坐在炕頭跟鄰居用電話聊天。唯獨不提沙漠南侵。薩那說得口沫四濺。這個薩那支書在「四清」時因男女關係問題受處分，「文革」中造反成功，掌握了全村生殺大權。他執政的七〇年代如何整治村裏百姓咱可不提，但他這次「轟轟烈烈」幹的「遷村」大事非載入史冊不可。薩那支書說話時，父親在一邊一直拉著胡琴。拉的曲子是〈嘎達梅林〉。

薩那聽煩了，說：「蘇克老姐夫，你能不能歇一會兒？」

父親就歇了，不拉了。〈嘎達梅林〉民歌曲子戛然而止。可大夥兒心裏都想著嘎達梅林的故事，想著那個十一次「出荒」的結果和村北「塔民查干」沙漠，想著草原沙化，牧民變農民的往事。將來或許農民也當不成，當盲流。

薩那支書抖起精神重新遊說一遍美麗藍圖，父親叭噠著煙袋說：「新農村聽著是好，可房前幾步就是農田，房後幾步就是沙漠，別說孩子們沒有玩耍的地方，連家養的豬雞狗都沒地方刨食拱土喲！」

「蘇克老姐夫，孩子們都去學校幼兒園玩，豬呀羊呀雞呀，都由生產隊替你養啦！」薩那支書笑哈哈，說父親落伍。

「生產隊養的豬羊，我們可吃不著，那是為你們更上邊的幹部們養的。」父親回答。

幾個老漢張開豁牙露齒都嘿嘿笑了。

薩那支書被噎住後，衝父親翻白眼，心裏在罵：你這個倔老漢，打「內人黨」打得還不夠，老這麼刺兒；薩那嘆口氣說：「你們幾個老頑固自個兒看著辦吧。」

薩那悻悻走之後，父親說了：「自個兒看著辦就好辦了，我還要留守這河邊的老土房，活得寬敞、暢亮，前邊一條河有風水，牲口飲水人嬉水都方便，我是不搬了！」

父親果然沒搬。跟他看法一致的幾個老鄰居也沒搬。父親依舊在他的老土房裏拉胡琴，看著村北頭大興土木，又是砍林又是建磚房建新農村，他一點不動心。那一排新房乍一看的確夠氣派，整齊美觀，門前墊出一條土公路，不久電燈電話也拉進來了。可惜的是這種良辰美景沒有維持多久。原先林帶被砍掉之後，薩那他們也的確組織人力重新栽過樹，可沙漠裏埋條子那只是應景糊弄人的事，十年九旱的沙鄉根本無法成活，很快曬乾成柴禾，被農民揀回來當柴燒了。沒有了原先喬灌結合一條寬林帶，冬春一颳風沙，那呼嘯的沙粒直接擊打門窗，一天下來那家裏的鍋碗瓢盆都能落下半盆沙塵。夏天則一下大雨，門前墊出的那條土路立刻變成泥塘，水無處排，坑坑窪窪，泥濘不堪，看不出是公路，倒像一條水渠水溝。緊挨著土路南側就是農田，儘管拉鐵絲網護著，可無處遊蕩的豬雞不時地溜進鐵絲網裏拱地刨莊稼，看青的民兵急了就開槍打，引來人家的哭叫罵街，惹出一番說不清的官司。那些羊啊牛啊等大牲口，人們就往房後沙坨子裏趕，啃吃沙窪地倖存著的稀稀落落的柳條和沙棗棵子。人一般都短視，明明知道那些固沙的植物不能啃光了，可家養的牛羊怎麼辦？怎麼也得吃草吃東西吧。

父親拉著胡琴編排新農村的趣事，唱給老哥兒幾個聽。深為自己的英明遠見自豪。

過了五年，「塔民查干」沙漠大面積南侵，開始舔舐新農村的後牆根。

又過了幾年，沙子開始埋淹磚瓦房的下部，人們每天一早先清理沙子。人們開始詛咒了。被咒罵的，首當其衝是老支書薩那。他已下臺，又得了食道癌，瀋陽北京的滿世界跑著治病，顧不上別人的咒罵和沙子南淹。有些農戶張羅著搬回原先的河邊溝坡，放棄新農村。現在有人戲稱新沙村。

夏天嚴熱時，父親坐在涼爽的河岸老樹下拉他的胡琴。周圍圍坐著一幫小孩兒，央求他說一段打仗熱鬧的蒙古書。前邊的河上閃著金光，河灘上豬拱雞刨羊吃草，一邊還有幾畦弟弟侍弄出的水稻正抽穗揚花。村北的沙漠，離這兒還有七八里遠，老土房這邊暫時無憂。

可父親說那沙漠早晚會淹到河岸這邊來。除非把新農村全搬走，又種出密密麻麻的喬灌結合的寬林帶。可談何容易！資金誰給？要造出能擋風沙的林帶起碼需要十年二十年時間，可這期間沙子早已大軍南下了。父親想到此便皺起眉頭，胡琴也奏出沉重的曲調。

「我死前是沒事，沙子過不來，可你們就夠嗆了。」父親對弟弟說。弟弟白沙現在當了村長，成天為「新農村」犯愁，搬也不是不搬也不是，到處跑著要錢，琢磨著治理「塔民查干」的辦法。

有一次，老支書薩那請父親到他家拉胡琴說說話，還派來了小膠輪車接。母親和弟弟都反對父親去。因運動中整人的恩恩怨怨還有遷村搞出的這個結果，薩那遭到了村民的唾棄。

父親猶豫了一下，最後還是去了。他知道老支書來日無多。

緊挨著沙坨根戳著三間磚房，流沙幾乎埋了半截子，房頂的瓦不是被強風掀了，就是碎毀了一半，裸露的地方乾脆苫蓋了柳條笆抹上泥，顯得不倫不類。屋內四面透風，灶台和地上落著厚厚的灰土和黃沙。土炕上躺著薩那老支書，瘦成一把骨頭，喉嚨裏呼嚕呼嚕發響。

當年威風凜凜的一米八的大漢，如今脫像後已失去正常人的模樣，唯有塌陷的兩隻眼睛偶爾尚能閃出一絲厲光。

「你來了？」

「我來了。」

「你能來，我很高興。」

父親默默地看著他，看著這位當年在楊西布村甚至整個庫倫旗都算是響噹噹的風雲人物。

「得了一個不好治的病啊？」父親的這麼問算是表達了關切之意。

「還剩一口氣，老姐夫，我也活夠了，我這輩子也算是過了……」薩那頓了一下，又說：「桌上燙著一壺酒，先潤潤嗓子吧。」

屋裏很黑，「新農村」的電線被風沙颳斷無人修，電燈早已不亮，桌子上點著一盞老式油燈。油燈在穿堂風中搖曳著，時閃時滅，模模糊糊地照出小炕桌上的一壺酒和一碟鹹菜、一碟奶豆腐干。

父親自己斟了一杯酒，一飲而盡。然後調調胡琴弦，問：「想聽書還是聽歌？」

「你隨便拉吧，拉什麼都行，老姐夫。」

父親沒有隨便拉，鄭重其事地拉起了長篇敘事民歌〈嘎達梅林〉。

薩那老支書躺在炕上靜靜地聽著。當父親說唱到嘎達梅林為反對科爾沁草原第十一次「出荒」，從北邊被困的索倫山突圍而出，準備打回老家，在烏力吉木仁河岸遭遇埋伏，馬隊如割草般倒下，前邊的河又開冰河，冰排如山倒，最後彈盡糧絕的嘎達梅林帶領剩下的弟兄跳進冰河壯烈犧牲時，薩那老支書的眼裏滾出兩滴濁淚。長長嘆息一聲。

歌唱完，屋裏一時寂靜，父親連飲三杯酒想壓一壓自己業已沸騰起來的心。「唉。」薩那又重重嘆口氣。「是我糟踐了楊西布村……」他喃喃低語。外邊風沙依舊，油燈終於抵擋不住，搖曳幾下便滅了。屋裏一片漆黑。父親不做聲默默地坐著。過一會兒父親摸索出火柴，想點燃那盞油燈。薩那說：「不用點了，點也會滅的，平時我是不點燈的，也習慣了。今天因為你來，才特意點的，黑暗中說話，更好更靜，聽得更清楚。」

可說什麼呢。父親無話說，只好拉胡琴。黑暗中拉胡琴。那憂傷悲涼的四弦琴聲，在黑暗中透過風沙悠悠地傳盪著，如泣如訴。

臨走時薩那對父親說：「謝謝你老姐夫。你把那壺酒全喝了吧，我現在沒法喝酒，想喝不敢喝，大夫說就是喝酒喝壞了食道。人啊，食道一壞，什麼好吃好喝的別想沾。唉，這也算是老天對我的懲罰吧。」

父親就滿足他的要求喝光了那壺酒才出來。外邊儘管風沙低吹，可高空依然星光燦爛，比屋裏暢亮多了，舒服多了。父親深深呼吸一下外邊新鮮的空氣，慢慢走回河邊的家，拒絕了主人用膠輪車送回的好意。路上父親緘默著，什麼也沒有說。

但看得出來，父親很難受。也不知為什麼難受。或許是那個氣氛令他難受。回到家中，父親終於鬆一口氣說：「但願我的胡琴，能減輕了點他的痛苦。」不知他這指的是肉體的痛苦還是精神的痛苦。

在以後的日子裏，我漸漸感覺到，父親的胡琴越拉越有點歲月的沉重感。可以說，他心中還有一把看不見的胡琴，一把閱盡近百年東蒙草原變遷和人生百態的胡琴。一把無形的胡琴。

父親是經歷了一次刺激之後，徹底放下了他的胡琴。

那是八〇年代初改革開放時。春節村部組織拜年會，晚上請父親說唱民歌。開始的時候滿屋子的人，可父親開唱沒多久，人們稀稀拉拉地走光了。這令父親很沒面子，傷了自尊。說是隔壁放武打錄相帶，還有舞場、撲克賽。屋裏只剩下一位「五保戶」孤寡老人瞎眼花兒大娘。父親一邊往布袋裏裝著胡琴，一邊對花兒大娘說：「到我家去吧，我給你唱一夜，只給你一人唱。」果然父親把花兒大娘請到家裏，又給她沏上一杯茶，擺滿糖果和奶製品，給她唱了通宵，聽得花兒大娘的瞎眼紅腫了老高。

從此，就是天皇老子請，父親也不再拉胡琴說唱了。說「金盆洗手」高抬了父親，可確實就此放下了伴隨一輩子的那把胡琴。

那把胡琴橫放在家裏大樑上，落滿灰塵。父親過世後有一年回家，我突然想起了父親的那把胡琴，問我弟弟。弟弟說可能放在東廂倉房裏，可倉房裏沒有。母親說：「問你妹夫吧。」妹夫曾跟我父親學拉胡琴。妹夫開始翻箱倒櫃，最後一拍腦門，說放在牲口草料房了。我說去拿來吧。妹夫撓撓頭不語，苦笑。妹妹從旁插言：「現在沒法拿了，裏邊堆滿了草料。」我過去一看，果然，兩間草料房從底到頂棚堆滿了新切割的寸短苞米秸子草料，一直堆到門口，父親的胡琴掛在最裏邊的牆上，根本無法拿。妹夫說開春後空出草料房就能拿出胡琴了。也就是說，他家的兩頭牛一頭驢何時吃完這些草料，我才能見到父親的那把珍貴遺物四弦胡琴。

我的心氣得顫抖。冷冷地對妹夫說：「我明早離開，這次我肯定要帶走父親的胡琴，你看著辦吧。」

第二天早晨，我正向老母親斟告別酒時，妹夫出現了。他的頭臉和身上沾滿草屑和灰土，袖子也刮破了，額頭上也蹭紅了一塊皮，手裏舉著父親的那把胡琴。少了一根耳，三色飄帶髒黑不堪，四根弦斷了三根。我一見父親舊物便淚如湧泉。

如今，父親的胡琴掛在我北京的書房牆上。擦去塵土，配飾一新，又恢復了往日的古色古香，每當春季，蒙古草原的沙塵暴來叩打門窗時，我彷佛聽見牆上的那把古色胡琴在嗚響，彷佛聽見父親在吟唱那哀婉綿綿的無盡民歌。此時，我就抬起濕潤的雙眼，遙望天際那正日益沙化的蒙古草原，發一聲無奈的嘆息。

4

「電報！」學生樓收發室的王師傅喊住我時，我愣了一下。那會兒通訊還沒有現在方便，什麼「伊妹兒」、手機的，有急事都通過電報聯絡。我接那張綠皮兒電報時，心裏有些忐忑。

電文簡單：父在崇文門旅館內蒙古辦事處，速來，父。

我更是嚇了一跳。父親應在兩千里之外的科爾沁沙地庫倫旗老家，怎麼會跑到這北京崇文門旅館裏來了？他從未跟我說過來北京，我曾邀請他來北京玩，他總推託你剛成家還沒房，住學生宿舍不方便，等你有自個兒的房子再說吧。可現在他從天而降，突然出現在北京崇文門旅館，我簡直有點不敢相信。我忽然有個不祥的預感：是不是出什麼事了？得了重病？走丟或被人拐到北京來了？

想到此我更著急了，登上一〇八路電車直奔那家崇文門旅館。

花市站下車後再向前走幾十米，就看見了那家門口掛著白牌子的崇文門旅館，這裏兼做內蒙古駐京辦事處。過去的辦事處在大佛寺後邊的什錦花園，面積很大，有假山假水、亭台樓閣，像座宮殿，「文革」中被什麼部門侵占，至今未要回，被擠在這家二層小樓的破舊旅館裏。

門裏門外都是人。從長袍或短裝，以及風吹日曬的黑紅臉膛上，一看便知都是從蒙古草原或沙地趕來的蒙古族農牧民。接待處櫃檯前更是擠滿了人，走廊過道上也都是人，熙熙攘攘，吵吵鬧鬧，有的躺有的坐，有的背著包袱，有的提著鍋碗，也有的擠在一角吃著喝著，相熟的在聊著。

我吃了一驚，這裏是怎麼了？為什麼來了這麼多蒙古老鄉？莫非是在上訪？壞了，父親肯定被捲進什麼上訪團告狀來了！我心裏「咯噔」一下，一時有些緊張。急急忙忙往人群裏鑽，尋找父親的影子。

光線昏暗的長走廊上也都擺上了一溜鐵絲床，房間裏一張床上更是坐著三四個人。我依次走過去，最後在樓道盡頭的一張歪腳的鐵絲床上發現了父親。更令我吃驚的是不光是他一人，還有我母親，旁邊還有我大舅和二姑！整個一個家族上訪團。

父親和大舅正端著茶缸，你一口我一口地啜著北京二鍋頭。

看見我終於找到他們，他們都露出驚喜的笑容，興奮不已地迎接我。

我卻高興不起來。有些生硬地說：「你們來也不先說一聲，還裹進這個亂七八糟的上訪團！」

「誰說我們是上訪團？」父親也不悅了。

「不是上訪是什麼？這麼多蒙古老鄉，都紮在這裏，出什麼事了？」我仍舊先入為主地問。

「沒出什麼事。」父親見我口氣這麼冷，沒有一點歡迎的樣子，顯然心裏不滿意了，口氣也變得倔硬。「反正我們來了，還住這兒了。」那意思明顯：我們也沒找你投宿，沒靠你，你來什麼勁！

被我的不問青紅皂白的態度所惱怒，父親一屁股坐回鐵床上，「咕嘟」一下喝了半茶缸二鍋頭。不再理我。

母親從旁邊微笑著推推我說：「我們不是來上訪的，真的。」大舅和二姑也一個勁兒點頭。

這讓我更不解了，感到一頭霧水。

「那你們到底幹什麼來了？成團結夥的，旅遊？又不是季節，現在是冬天，這麼多人，像趕集似的。」

母親壓低了聲音，悄悄說：「朝拜。」

「朝拜？」我大吃一驚，如聞天方夜譚。「朝拜什麼？朝拜雍和宮？」我知道父親他們虔信喇嘛教。

「去雍和宮不叫朝拜，叫燒香。」父親白我一眼。

「那你們到底朝拜誰來了？」我向父親陪笑臉，緩和下剛才的氣氛，我心裏的不安也寬鬆了不少。「朝拜」畢竟比上訪強一些，不涉及政治，屬於宗教信仰，可我依然十分納悶，向誰朝拜？

「班禪活佛。」父親的臉色這回變得神聖而虔誠。

「班禪？那位人大副委員長？」

「不是人大副委員長，是十世班禪·額爾德尼活佛。」父親糾正。

「他就是全國人大副委員長。咦，他怎麼會接受信徒朝拜了？這是北京，不是青海塔爾寺，也不是西藏布達拉宮。」我心裏愈加迷惑不解。五〇年代初，就現在這位十世班禪和後逃亡到印度的十四世達賴喇嘛，受毛主席邀請到北京坐客，並允許他們接受從內蒙古各地蜂擁到北京的眾多蒙古族信徒朝拜，我爺爺和奶奶那時也賣了三頭牛趕來北京雍和宮朝拜過這二位宗教大師。爺爺奶奶回到老家，把這次神聖而光榮的經歷向人訴說炫耀了一輩子。可現在是八〇年代，離五〇年代第一次接受朝拜到如今已過了整整三十多年，上頭怎麼會又允許班禪接受蒙古信徒朝拜了呢？真是改革開放了，連宗教界也湧動著這種自由的春潮。

「爸，對不起，我剛才態度不好，誤會了，真以為你們受人矇蔽參加了什麼政治性的上訪團。再說朝拜班禪這事，太突然，我們在北京聽都沒聽說過。」

「消息都是悄悄傳出去的，我們聽到信兒的第二天就匆匆忙忙出來了，也沒有時間通知你。」父親知道我不是真的冷落他們，我又是他的愛子，當然很快情緒好起來，問我吃飯了沒有，一塊兒喝點。

近一二百年來蒙古族崇信喇嘛教，拜世世代代的班禪和達賴喇嘛，這是出了名的。只要放出常住北京的班禪活佛接受朝拜的資訊，蒙古老鄉便聞風而動，從四面八方湧入北京，以求活佛摸一次頂，那將是終生榮幸和無憾了。

「班禪副委員長真的接受你們朝拜？真有這事還是謊信兒？」我仍舊抱著一絲的懷疑。

「都來了這麼多人，哪能有假，你真當是旅遊哪？別說這個旅館，聽說附近的十多家旅店招待所都住滿人了，連雍和宮都住進了信徒呢。」

「唔，原來是這樣。北京人可一點都不知道。」

「北京人也不是喇嘛教信徒，他們都忙著改革開放。」父親不屑地說。

我終於相信了父親他們來京朝拜的真實性，也理解了他們這種舉動。我們家三代信佛，爺爺奶奶也來京朝拜過，奶奶更是一位虔誠之極的信徒，她曾三次跪拜著走完幾十里沙路到庫倫大廟朝拜活佛做過法事，而且每晚必向家中佛龕跪拜一百零八次合念珠之數，額頭上都磕出了一個肉疙瘩，還自稱是佛賜肉犄角，佛佑後人修來世之福等。到了父親這兒，完全繼承了爺爺奶奶祖上傳統，也虔心信佛，每到誦經日他都去庫倫廟上聽經拜佛燒香，甚至把廟上喇嘛請到家裏坐堂念經。

三天後，父親他們去東總部胡同的一座神秘大院裏，終於如願以償地朝拜了現世活佛十世班禪，讓這位活佛摸了頂，把一條紅綢帶掛在他們脖子上。我當時也陪在他們身邊，大家都雙膝著地跪著一步步走進去，有的信徒乾脆匍匐著行進，有人在哭泣，有人在嘴裏不停地念經，有人一個勁兒念叨佛爺佛爺，氣氛是一片肅穆莊嚴，神聖而寧靜，我也受到感染，放下起初的輕慢，虔誠地下跪磕拜，接受活佛摸頂和賜掛「江嘎」（紅綢條）。我見旁邊的父母早已是淚眼模糊，磕頭如雨落，也不敢抬頭看一眼佛容，身體微微顫慄著靜靜聆聽活佛最後念「祝福經」。

走出那座威嚴神秘的大院，外邊陽光燦爛，空氣清新。父母臉上的淚痕在陽光下閃耀，那一臉的幸福感令睹者心動。看著父親他們那種陶醉樣子，我忽然頓悟，關鍵是一種感覺，一種找到幸福的感覺。也許只有心中有信仰的人，才能找到那種幸福的感覺。我們這些成天為名利奔波的俗人，可能無法體會到宗教信徒那種感覺。我完全理解吃糠嚥菜的父母為什麼那麼感到幸福而且十分沉醉。

朝拜後的第二天，父親就急著要回去，叫我買車票。我勸他留北京玩幾天，他不肯，說趕緊回家照顧你弟弟的孩子。我問弟弟的孩子怎麼啦，我知道弟弟結婚後第二年便得了大胖小子，令全家歡喜，沒聽說有什麼毛病。

「嗨，孩子都兩歲了，還不會站立，不會說話……一直都沒告訴你。我們這次來朝拜也是想向佛爺祈禱，保佑這孩子。」父親說。

「沒有到醫院檢查過？」

「檢查過，連阜新礦醫院都去過，拍過什麼片子。」

「怎麼說？」

「說不出原因，懷疑什麼癱，又說吃藥看看，我們不放心啊。」

「嗨，那你們應該去更大的醫院，瀋陽或來北京檢查呀，你們自己來朝拜管什麼用啊！」我一著急嗓門大了起來。

「胡說！」父親立即訓斥我，唯恐讓旁人聽見了我對佛不敬的話。

父母回去時，我跟妻子商量從我們不多的積蓄中拿出三千元讓他們帶回去，把孩子帶到瀋陽或更大的醫院去檢查治療。我知道這是唯一的出路，佛管「來世之福」，今世的事還是我們自己去面對。父親一下子拿著那麼多錢，當時還算不是少數目，不知放哪兒才好、才安全，最後塞進了自己腳上穿的襪子裏。再牢牢套上厚棉鞋，一股濃濃的汗腳臭味噴薄而出。我笑說：「這錢到家時不得捂爛嘍啊？」父親笑說：「捂爛了我也不脫鞋，叫小偷沒轍。」

半年後，父親和弟弟抱著孩子來了北京。這回是先打了電報，我去西直門火車站接他們，然後直接去了兒童醫院，又去天壇腦科醫院，最後住進了中醫研究院的一家醫院。做了全面檢查，CT、腦電圖、心臟、X光等等，診斷結果是：先天性腦癱。基本失去運動功能和語言功能。

這個結果一下子擊倒了老父親和弟弟。他們抱著極大的熱情和希望來北京，可現實卻如此殘酷。

父親說：「我不信，咱們到別的醫院再看看。」

我們又去了北京醫院、協和醫院等，幾乎跑遍了北京各大醫院，結果基本差不多。但也沒有說死，小孩兒還小，治治看，也許會奇蹟發生。

兩個月後，父親抱著他的孫子回去了。一臉失望和神傷的樣子。花了上萬元，結果還是這樣，他對北京的醫院和大夫們的水平很是鄙夷和感冒。甚至說：「還不如老家的土醫生，他們還會放放血舒筋活絡呢，我孫子肯定在哪塊兒堵塞了，回去放放血疏通疏通就好了。」我知道父親是個不輕易放棄的人。

第二年我回老家，發現那腦癱孩子的病情更嚴重了。兩歲前還能坐能扶牆站立，可現在連這點功能都喪失了，不會說話不會坐，成天躺在搖車裏只會哭叫，以哭叫表達他的吃喝拉撒、疼痛不適等等感覺和要求。父親哀傷地說：「大夫放過血，廟上的喇嘛拿捏過，阜新蒙古鎮的『狐仙女』下過神，都不管用呢，兒子。」

我見父親如此的傷心，勸慰他想開點，大家都盡力了，弟弟還年輕還可以要孩子，再給你抱孫子。可父親說，他真的很疼這孫子。

的確，這癱兒很令人心疼。大大的眼睛雙眼皮，黑黑眉毛，漂亮的小臉蛋，那皮膚更是白得如雪如玉，那黑亮的眼睛一轉一動，都令人心生愛憐。可有什麼辦法呢，我們回天乏術。我給父親解釋，孩子的先天性腦癱，跟大人遺傳有關，弟弟的老岳父年輕時當兵腦子裏打進過一顆子彈，弟媳的一個哥哥就是受影響腦子也有毛病，經常犯羊癲瘋。父親卻反駁說：「你弟媳的腦子不是很正常？能幹又聰明，還是在我們自己治療的不得法。」他始終相信有一天他的孫子會站立起來，滿地亂跑，嘴裏小鳥般喊著爺爺奶奶。

弟弟和弟媳成天忙活外邊的農活兒生計，母親又忙活家人的吃喝餵豬飲牲口，這照顧癱兒的事就全落在七十歲老父親身上。他也說自己不能下地幹農活了，就讓他來照顧癱兒吧。我在家待的那些日子，深深體會到侍候癱兒的不容易，一點不比下地幹農活輕鬆。那癱兒總在那裏哭，不停地表達著身上的反應和要求，時時刻刻有一個人圍他轉。老父親有時搞不懂他的意思，把要吃的哭當成要拉屎的哭，要喝的當成要出搖籃，弄得暈頭轉向手忙腳亂。

老家的房子是大通鋪，除弟弟弟媳單獨在東屋睡一間外，大家都在西邊大屋睡通鋪。有一天中午，我正睡覺，突然被癱兒的尖哭尖叫吵醒了，而且沒完沒了地在那裏哭。我來火，忍不住罵一句：「把這要債的鬼扔到河裏算了，煩死人！」

父親看我一眼，又不好對我這從北京回來的長子說什麼，抱起搖車裏的癱兒一邊往外走，一邊自言自語：「我們還是去東屋吧，那邊沒人說你，隨便哭，爺爺不會扔掉你，放心，你是爺爺的心肝寶貝呢。」

我怔怔地看著父親的背影，一時心裏不是滋味。父親護犢子般護著他的孫子，不讓別人說一句不是。對我算是客氣，要是換了別人，早被他罵出去了。

過了一年我又回老家，發現父親正用嘴一口一口地給癱兒餵稀飯和水。癱兒現在已經五歲，可身體的功能更是日益退化，現在連頭也抬不起來，脖頸硬挺著不會轉動，手不能抬腿不能動，唯有一雙眼睛能轉動能識人，胃腸還能消化稀食。另外就是哭叫，沒完沒了地哭叫。我見父親那麼艱難地嘴對嘴餵食，就對他說：「拿勺子餵多好。」父親說：「勺子不好使，我必須嘴對嘴拿舌尖把食物送推到癱兒嗓子眼才成，要不然湯湯水水都從他嘴角溢灑出來。」父親簡直如一隻老鳥，伸出自己長喙把蟲子送進張嘴呱呱要吃的小雛喉嚨深處一樣。我深為感動。

父樣就那麼一口一口地餵著，延續癱兒的殘喘的小生命，不時地拿手邊的毛巾揩擦癱兒嘴角。癱兒還特能吃，別看他一動不動，總哭叫著要吃，不時聽見父親在說：「好孫子慢點嚥，別嗆著別噎著。」有時父親還說：「我孫子好乖，將來會走了長大了還要上大學讀大書，跟大伯伯一樣當作家寫書呢。」我聽著心裏很不是滋味，默默看他和孫子對話。這會兒那癱兒也很聽話，不哭不叫，嗓子眼裏「噢噢」地發出簡單的聲響，在爺爺的逗弄下，那雪白的小臉上還能呈露出稚嫩而爽明的笑容。一見孫子笑了，父親也高興極了，那張佈滿皺褶的老臉也綻出笑花，衝我們說：「我孫子笑了，我孫子笑了，笑得真甜呢。」

清理癱兒身下邊也是一件麻煩的事。他總是拉稀屎，黏黏糊糊的，由於老仰臥，那屎尿全沾在他瘦瘦的屁股和大腿上，鋪在下邊的細沙和墊布也髒成一團。父親備有一個用軟木削成的揩擦板兒，他拿這小板兒摻和著乾軟細沙給癱兒揩擦屎尿，然後扔掉已變髒的細沙和墊布，再換上去新的乾淨的細沙和墊布。這期間，只剩一把骨頭的癱兒赤裸著躺在炕上，不停地哭叫，他的生命表現也就剩下這哭叫方式了。一聽孫子的哭叫，父親一著急更是手忙腳亂，加快速度做著事，嘴裏也不停地「嘍唔、嘍唔」地哄叫著，端來一盆溫水清洗癱兒的屁股和身子，然後重新把癱兒包裹好放進搖車裏。接著就開始漫長的不停頓的搖動，此時癱兒便停止哭泣，進入暫時的安靜和睡眠期。父親也可稍稍鬆下一口氣。但是，只要搖車停下不動片刻，那癱兒即便是在眠中也能感覺出來，頓時發出尖尖的刺耳叫聲，如一把鋒利的刀尖刺著你的耳膜，切割著你的心臟。

父親一刻不離地坐在癱兒搖車旁，佝僂著上身，不停地搖晃那個木製雕花搖車，嘴裏還哼著小曲子。父親年輕時學的上百上千首民歌曲子，這會派上用場，成為哄孫子不哭不叫安靜入睡的最佳催眠曲。他就那麼耐心地，而且很有興致地低聲哼唱著，輕輕搖晃著，何時那癱兒徹底入睡為止。可怕的是，那癱兒睜眼時多，入睡時少，老父親反而搖著搖著把自個兒給搖著了，打起盹來，被突起的癱兒尖哭聲驚醒。此時老父親便歉意地衝癱兒嘀咕兩句什麼，重新又一下一下地搖晃起搖車，哼唱著民歌。

目睹癱兒和老父親的這一切，我看不過去，心疼老父親，就罵弟弟弟媳把事兒都推給老父親一個人做。弟弟欲辯又止，默默聽我這大哥的訓斥。弟弟也難，為他這兒子已花去好幾萬，欠下一屁股債，我雖然資助過也有限，他得起早貪黑幹活兒做事還債和養家糊口。一個貧困沙鄉的農民還能有什麼能耐和收入。而弟媳則又養下一個嬰兒，全力呵護，唯恐又出什麼差錯，她還要幫助丈夫和我媽忙裏裏外外的活兒，總不能大家都成天守著一個癱兒。當然，弟弟弟媳的愛多少轉移到新生兒子身上，反正癱兒由爺爺照顧，這也是實情。

唯有老父親對癱兒始終如一，無微不至。他甚至無暇顧及其他，包括我這遠方回來的他最疼愛過的長子。父親消瘦了許多。七十多歲的人了，又患有支氣管兒炎和哮喘病，本應由別人照顧他才對。前些年我曾接他到北京徹底檢查治療過一次，抽了幾十年的煙加上多年咳嗽，父親的胸部都變形成了桶形胸，嚴重影響健康，在我努力勸下，父親決心戒了煙，可多年落下的病根不可能痊癒，如今為照顧癱兒，他已經顧不上調養自己。尤其一到冬天氣候變冷，父親就喘不上氣，胸口老堵著，從外頭進來後，趴在炕上跪伏著咳嗽半天起不來，何時那口痰咳出來，呼吸順暢了，才能起腰坐正，去搖孫子的搖車。就是這樣，他從無怨言，默默而勤勤懇懇地照顧著癱兒，日復一日，年復一年。有時我對父親說：「這孩子活不長，你自個兒身體要緊，少餵少管點兒，不用給他吃那麼多。」父親則說：「這是一條生命，有一口氣兒就是我的孫子，我不管誰管，他能投生咱們郭姓家，就是緣分，三生才能修成一次緣分，我們不能虧待了他。你弟弟傻不懂。」聽了這話，我無言以對，我想起父親虔信佛教，虔信三世輪迴之說，他對癱兒懷有另一層次的思索理解。

一般情況下，弟弟弟媳夜裏把癱兒接到他們的東邊屋睡，好讓操累一天的父親夜裏睡個安穩覺，緩口氣兒。可弟弟自個兒也勞累一天，困盹之極，哪有耐心哄慰半夜哭醒的癱兒，急了就拍其屁股大聲喝罵。這邊西屋的老父親，聞聲後光腳「噔噔噔」走過去，又把哭叫的癱兒抱過來哄，又是逗又是唱，自語孩子尿濕了都不知道，光打他管什麼用，他也不會說話告訴你。父親又折騰一遍指屎換尿布等事宜，這麼一鬧離天亮也就差不多了。

那癱兒也怪，除了爺爺誰也不認，包括他的親生爹娘，他那雙眼睛是全身唯一會動的器官，黑黑的大大的溜溜轉著，尋找或凝視在旁邊時刻不離的爺爺。在他的有限的思維和大腦裏，侍候他的爺爺是唯一可信賴的保護者，一旦不見了爺爺的身影，他可能感覺到驚恐不安，發出尖哭去叫，尋找爺爺。他的這種依戀，弄得父親出去拉屎撒尿也不得閒，從外邊不停地呼唱應叫給著聲兒。每見父親一邊提著褲子，一邊小跑著進屋並嘴裏說著「爺爺尿完了、爺爺拉完了、爺爺正在進屋、爺爺回來嘍」時。我心裏酸溜溜苦澀澀的，有一股說不出的隱痛。

有一次，東院鄰居辦喜事，請老父親過去喝兩盅，老父親剛端上酒杯喝一口，就聽見了隔牆院那癱兒撕心裂肺般的哭叫聲，他立刻放下酒杯往外走，一邊說：「對不住，我孫子在找爺爺呢，我得回去了。」東院鄰居把酒菜送到父親的搖車旁，父親把那好肉好菜嚼爛了餵給孫子說：「咱們也吃喜宴了，長大了咱也娶媳婦辦喜事，擺喜宴呢。」

我聽著忍不住笑出來。父親說：「怎麼著，要是找到好醫好藥，治好了病，我孫子照樣站起來長大娶媳婦，還跟你一樣去北京呢。」

不瞞說，我對癱兒早已放棄希望。自從北京幾大醫院做出診斷，又鑑於弟媳父親頭顱中彈遺留後遺症等原因，這癱兒的先天性腦癱可說是不治之症，神仙也無奈，只能是活到哪兒算到哪兒。可父親從來沒放棄希望，企盼著奇蹟出現。現代醫學說不行，他便轉向民間巫婆神漢奇人奇醫。哪村哪縣出了個會摸會看的，他便套上驢車帶著癱兒跑去。有一次，弟弟從通遼市打電話給我，讓我馬上來一趟通遼。我問出什麼事了，弟弟告知父親抱著癱兒到了離家幾百里遠的通遼市。原來，通遼市來了一位湖北蓮花山的元極功大師張某某授功普法，包治百病，而且名額有限。父親他們參加不上學功班乾著急，求助於遠在北京的我解決報名和門票問題。我不敢耽擱，打了幾個電話都不管用，只好登上北上的列車，連夜趕往千里之外的哲里木盟通遼市。

那是個炎熱的夏天。以往很涼爽的通遼市，由於連年乾旱，熱得也像蒸爐，馬路上的柏油曬化變軟後，人走在上邊如踩著棉花地，汽車壓過去發出滋啦滋啦的聲響，像是揭撕著什麼皮一樣。我在弟弟告訴的小旅舍沒找到他們，店主告訴我人都去東方紅電影院學功法去了。我不禁好笑，時代真是變了，當年那個東方紅電影院曾是背誦「老三篇」、學習「毛選」和辦各種「革命」學習班的紅色禮堂，我當初在盟文化局工作時，常去那裏接受革命洗禮，如今卻成了這些「大師」或「草寇」們表演五花八門功法的地方。前些年，亂七八糟的這功那功如雨後荒草般氾濫成災，不像現如今又一下子都銷聲匿跡偃旗息鼓，尤其「XX功」臭名昭著之後，誰也不敢自稱有功或「功師」了。林子大什麼鳥都有，大浪淘沙總有泥渣泛起，對於此類鳥人們矇騙行徑，我是這趟親身見識了善良老父親如何受蒙蔽之後，更是從心眼裏厭惡和切齒的。

我終於找到父親他們。

我簡直不敢相信自己的眼睛。東方紅電影院門前廣場上，大太陽底下，硬硬的水泥地上跪著幾百號人，都閉目合掌，靜靜聆聽電影院門口大喇叭播放的氣功大師的輔導授功。這些人的周圍用紅黃色繩子攔著，形成一個大禁地，行人雜客不得入內，駐足觀望也不行，有幾位五大三粗的保安人員巡視「護法」。

我想入內找人，一個黃衣保鏢攔住喝問：「票呢？」

「沒有票，到裏邊找人，馬上出來。」

「找人也得買票。」

「多少錢一張票？」

「一百。」

「啊？」我以為聽錯了，不禁詫異。「怎麼這麼貴？」

保鏢上下看我一眼，冷冷地說：「嫌貴，沒有人請你進去。進禮堂裏邊的票一張四百，你想買還沒有呢！你這人六根未淨，跟氣功大師普及的功德無緣，差遠了。」

我倒成了「六根未淨」，我苦笑，不知說什麼好。黑壓壓下跪的人群中看不見父親和弟弟的身影，心裏又著急，我只好違心買了一張票入內尋找。

在中間地帶，硬梆梆的水泥地上，我看見父親懷裏抱著癱兒直挺挺地跪在那裏。火辣辣的太陽在頭頂上直曬著，他的腦門兒和臉腮上掛著豆粒大的汗珠，不時往下滴落，那癱兒不時發出尖哭聲又被大喇叭震耳轟鳴聲威懾住，或者被旁人唬聲和爺爺的哄慰制止住哭叫，只是低聲哽咽。父親的旁邊也跪著弟弟，粗黑的頭脖如水洗了一般，臉憋得通紅，不時撓撓脖子抓抓胸。唯有父親一動不動，一臉肅穆，虔誠而極堅韌地忍受著酷曬、汗洗和長時跪地的疼痛，嘴裏還默誦著那位大師口授的功法。

我想起當年父親朝拜北京班禪活佛的事。可我的感覺那次很神聖，眼下這情景簡直滑稽、荒唐，甚至可以說赤裸裸的奪人財物。

父親見我從北京趕來了，挺高興。

我要父親出去說話。他拒絕說：「不行，功課還沒聽完呢，你也跪那兒聽一會兒。」我可不想向這位什麼「氣功大師」下跪，男兒膝下有黃金，跪也得向班禪那樣正宗宗教領袖下跪，心裏不至於感覺到受屈辱和吃了蒼蠅般噁心。

「我還是外邊門口等你們吧。」說完，我便扭頭走出這個怪圈子，把手裏的票撕了兩半兒，有外圍的人說：「一張票可聽一週課呢，可惜了。」我就把撕兩半兒的票送給了他，他樂顛兒樂顛兒地拼貼那張票之後進場子去了，很快又被轟出來，說拿的是廢票。我看著哭笑不得。

一個多小時的授功課終於結束。跪麻木的父親疲憊不堪地走出來。那癱兒在弟弟的懷裏啼哭著。回到旅店，父親和弟弟向我細說了這元極功的事。這場所謂的普法授功學習活動，居然是由市工會老幹部活動中心組織的，並通過下邊各旗縣文化館做宣傳和報名登記，再集中到通遼集體授功。又稱這「元極功」是元朝時的皇帝內宮的高級功法，是個流傳民間的皇室秘笈，現在把這秘笈整理出來傳授大眾「救世救民」的張姓大師，就是那位從元朝內宮外傳秘笈的太監或內侍的紅人等等。聽著更是離譜，元朝的從開國皇帝成吉思汗到最後一位皇帝順帝歡帖睦爾，都尚武好勇，善射能騎，崇拜長生天變生地，崇信「薩滿‧孛」教，什麼時候把這些亂七八糟的功法當過「皇室秘笈」了？靠這些功法能橫跨歐亞打過多瑙河？打到日本列島讓小鬼子獻美女求和？何況元朝內宮根本不養太監！然而，功法淵源涉及到蒙古皇宮，對不明真相的東蒙地帶極有誘惑力，具有極大的市場，人們趨之若鶩，趕著驢車騎著馬從沙鄉深處草地邊緣蜂擁而來，行動遲緩聽信兒，較晚的像父親這樣的連進禮堂裏邊聽課的票都弄不上。這真有點悲哀，蒙古人的後代怎麼變成這樣？

父親興奮地告訴我，好多瘸子瞎子癱子當場就授功授好了，吹氣吹亮了眼睛，摸腿摸走了癱子瘸子，神奇得很。

「那是托兒。」我說。

「什麼是托兒？」父親不懂。

我向他解釋一遍。就像賣狗皮膏藥的江湖郎中，先表演一番假把式三腳貓功夫，又讓小徒當場貼膏藥貼好傷一樣，假門假事，蒙人錢財。

父親搖頭不信。責備我胡說八道，小心受到元極功「元神」護法懲罰。

父親不讓我胡說，讓我去搞進東方紅電影院裏邊聽課授功的門票。

這個東方紅電影院，當初屬盟文化局下級單位的我，連兩毛錢的門票都懶得買隨便進出的門檻，如今真難住了我。父親的意願是不能違抗的，無論真假，把老父親和癱兒送進電影院裏邊，讓那位大師當面吹一下摸一把這是最終目的，功德圓滿。我知道，其實是花錢的事，多花點銀子的事。「天下熙熙，皆為利來；天下攘攘，皆為利往。」

我託了一位在盟工會當什麼主任的老朋友弄到了進東方紅電影院的兩張門票。當然錢是照花不誤的，還要多加，因票來之不易，其中多有關節，我不便細問。足見授功班沒有私票白票送禮票，再大的官兒或關係都要花銀子才能受到功法關照錢到病除。當然「除」不「除」，天知道了。可是元極功大師是不能隨便糊弄的。不遠千里僻壤沙鄉，幹嘛來了。

父親更是十分高興。一個勁兒說把我從北京召來是太對了，在通遼我有關係。另一高興的原因是弟弟賣兩頭牛籌集的經費，已所剩無幾，需要我來解囊相助。

整整七天。父親抱著癱兒在那座已變神秘的東方紅電影院授氣。授氣也就是受氣。張大師也學著佛教活佛的手法捏著蘭花指摸頂，他很鄭重地摸了摸癱兒的頭顱，而且比活佛多了一個功能，就是往人身上吹口氣。把他的從塞滿海鮮、烤全羊、老白乾外加大蔥大蒜又加雜脂粉之味的胃肺小腹中使勁提出的渾濁之氣，「撲」地一聲，往那些五迷三道神魂顛倒的膜拜者臉上吹過去，稍帶著唾沫星子。

父親還叫我買了無極功錄音帶，還有書籍，說每樣全帶氣開光的還是刨光的或跑光的。父親說回家後他自個兒要練要學，以後自個兒給孫子吹氣摸頂治病，非把他治好站起來不可。弟弟家沒有錄相機，看來購買的事還得由我來操辦。

這夏天父親有事幹了，更是閒不住了。一邊侍弄哄著癱兒，一邊練開了「元極功」。盤腿坐在炕頭，手捏著蘭花指，緊閉雙目，一旁播放著元極功如佛教般的音樂，一會兒伸胳脖晃身子，一會兒嘴裏念念有詞背誦口訣，滿臉的真誠和嚴肅，嚇得家裏老黃貓都不敢靠近他。

由於父親嘴裏長的是說蒙古語的舌頭，往往把漢語的口訣給念走了調，如「閉目」念成「屁木」、「百會穴」念成「白喝血」，整個是血淋淋的感覺，我給他糾正，忍不住發笑時，他就跟我急。練了半個多月，不知是口訣念走調造成的，還是這「元朝皇室秘笈」不適合父親這些元朝蒙古後人，有一天父親說胸口憋得慌，又說岔了氣兒，趴臥炕上動不了。我們著急，趕緊請醫生吃藥進行緊急治療，順氣調整，折騰了幾天才緩過來，差點讓老父親走火入魔變成魔症瘋老頭。這樣也整整過了半個多月才好利索，還不時兩肋那兒出現隱痛。

父樣深深嘆口氣說：「唉，罷了，小孫子就是這命了……唉。」很是傷心的樣子。

這次的練功失敗和「元極功」大師摸頂吹氣都不管用，對老父親打擊不小，看起來對治癒癱兒徹底失去了希望。但他照顧癱兒更細緻更用心了。自個兒感覺對不住小孫子，大人無能，醫生們無能，氣功師、喇嘛、神漢巫婆及整個人類社會都無能。都欠了他小孫子情。

父親白天黑夜圍著小孫子轉，話也少了，落落寡歡，默默做著事。

母親說：「你爸變了一個人似的。」

又過了一年，那是個涼得較早的秋天。弟弟來信說：「父親的身體大不如從前了，近來咳嗽得很厲害，天一涼氣兒堵得出不來。」我急忙趕回老家看望他，並想把他接到北京檢查檢查身體，調養一個階段。可父親不肯，看著那邊的癱兒，說自己不好離開，癱兒沒人照顧。我說已經安排母親和弟媳還有後院的大妹妹輪流照顧。他們幾個也勸說讓父親放心走，有她們照顧，癱兒沒事。父親還是猶豫，我說：「你得先弄好自己的身體才能照顧好癱兒啊，入冬後天一冷你再咳嗽趴炕了，那怎麼照顧癱兒？」

父親無語。最後勉強同意隨我出來。

車上他一路無語，悶悶不樂地隨車顛簸著。從庫倫到了通遼市，在小妹家住一天，等候開往北京的火車。這一天他更顯得坐臥不寧的樣子，眼睛直盯著窗外出神，愛喝兩盅的他碰碰酒杯就放下了。憋了半天，最後對我說他要回家。我說：「這是何苦呢？已經出來了，晚上就要上火車。」他說他想癱兒，眼前老晃著癱兒的影子，耳朵裏老聽見癱兒的哭聲。又說癱兒可憐、命苦，一條小生命又不會走不會說，他不放心，你媽他們不會太上心的，肯定讓癱兒受罪。我說：「你的咳嗽怎麼辦？這樣下去，你的身體也頂不住啊。」他說：「自己這是老毛病了，不礙事，就從通遼抓點藥回去吃吃就行了，北京的藥通遼也都有，通遼挺大呢。」

父親執意要回去，鐵了心，我怎麼勸也聽不進去。而且急了就說，就是拿繩子綁他，也不去北京了。

我很懊惱，也很無奈。總不能真的綁了他去北京。我了解他的脾氣，除了隨他意之外毫無辦法。我只好又求助朋友弄來一輛小車，把老父親送回三百里外的庫倫旗鄉下。回家的路上，父親跟我說了很多話很多往事，有說有笑，還給我哼唱了一首戲謔情歌〈博京喇嘛〉，像個小孩兒似的高興。

那天到家時已是傍晚，不等小車停穩，父親匆匆下車，三步併兩步小跑著奔向家門。屋裏正傳出那個癱兒嘶啞著嗓子的哭叫聲。父親忙不迭地嘴裏說著：「爺爺回來了，好孫子不哭，爺爺再也不離開好孫子了。」聲音裏充滿一種說不出的發自內心的喜悅。

我隨後進屋時，父親正抱著癱兒在親吻。親他的臉，親他的眼睛，親他的額頭，再親他瘦瘦的不能動彈的屁股。鬍子上沾了不少黃斑和濕沙也不顧。癱兒已經停止哭泣，他已認出爺爺，可兩行熱淚卻順著老父親的臉頰往下淌，沾濕了他的鬍鬚，也沾濕了癱兒被親的臉蛋和屁股。父親就這樣親著哭著。

目睹著這一幕，我的內心強熱地震顫了。

我突然明白，老父親真的愛他這孫子，愛他這個只會轉動眼睛、只會扯著嗓子哭泣的就剩下一口氣的全癱孫子。一種刻骨銘心的愛，並不是可憐，而是真正的愛，一種由衷的博大的慈愛，過去我一直沒有理解這種愛。

第二年也是秋季，癱兒嚥氣了。他是在爺爺的無比溫暖和慈愛的懷抱裏闔眼的，走完了他七歲短暫的一生，也應無悔了。據弟弟講，去時，那癱兒的一雙大大的眼睛一直動也不動地盯著緊抱著他的爺爺的臉，顯得萬分依戀和不捨的樣子，只是由於不會說話，也沒有力氣哭泣，無法表達他海般深的情感，這一幕令目睹者心碎。癱兒死後，父親抱著他的屍體走進西北大沙坨子深處火殮，弟弟拉著一車柴禾。那天沙坨子裏下著小雪，這是深秋初雪，還颳著北風，那火被撲滅了幾次。殮完後，父親把骨頭一一揀出來掩埋好，立個小土墳。回來時，哭成了淚人。寒風中雙肩一抽一抽的哭泣，無聲的哭泣，那淚水如斷了線的珠子掛在他臉上、鬍子上、雙唇和下巴上，勸也勸不住。接著好多天他茶飯不思，陷入了極度的痛苦中，不時撫摸著那個已經變空的搖車流淚。母親把搖車藏到倉房裏去，以免他見物傷心。可有一次弟弟撞見父親躲在倉房裏抱著那個搖車靜靜地哭泣，一邊拍打搖車，一邊拍打胸脯，喃喃自語「我的孫子，我的好孫子，為什麼丟下爺爺去了」等等。

那年冬天，老父親顯得異常，後來母親這麼說。他穿上平時捨不得穿的黑呢子大衣，戴上禮帽，自己趕著小膠輪車回到他出生的故地錫伯村，走訪了所有活著的本姓老人和過去朋友，又喝又唱又笑的。又領著我二叔三叔在郭家墳地轉悠了一天。指著一處挨著爺爺奶奶墳的向陽坡，對二叔說這裏就是自己的歸宿地，離爹媽近，他死後把他安葬在這裏。從錫伯老村回來的路上，他又拜訪了東村一位八十歲老喇嘛，在他那兒聽了三天的「嘛呢經」。

我接到弟弟急電趕回去時，父親已進入彌留之機。母親說，突然咳嗽嚴重，剛開始時小感冒，可打針吃藥都不管用。家裏人都在輕聲哭泣，背著父親。外屋和院子裏聚集了不少村中老少，尤其聽父親半輩子說唱的幾位老友在一邊默默流淚，又怕家人不高興，暗暗拿袖角擦拭淚水。佛龕前點著「珠拉」燈，燃著香，佛龕裏供著父親從雍和宮請來的三世佛和「阿日亞布魯」佛。屋裏氣氛寧靜、祥和、又壓抑。我從旗醫院帶去的老專家醫生又是檢查又是打針，最後靜靜切脈，然後把我叫到外屋低聲對我說：「已呈絕脈，準備後事吧。」我聽後如雷灌耳，感到天要塌下來地陷下去。我無法相信，也無法接受這殘酷的現實。在我心目中，父親不能這麼早說走就走的，我「撲通」一聲給醫生跪下了，求他無論如何把老父親搶救治癒，花多少錢沒關係。可生死是真殘酷。俗話說：「來到大限，閻王奈何，若到限，神醫又奈何。」我和弟弟妹妹們圍著父親聲聲哭叫著，傷心欲絕地挽留著，可父親始終平靜地闔著雙眼處在彌留之機，嘴中低低呼叫著媽媽，聽不見我們的哭叫。

我跪在他頭前，緊緊握著他的雙手，貼著他耳朵祈求說：「不要走，不要丟下我們走，我們多麼愛你。」父親低聲斷斷續續說：「你們奶奶在叫我，她在等我，我看見她手裏舉著一盞黃燈，她告訴我跟著她手裏的黃燈走不會掉進十八層地獄。」我強烈地說：「不要跟奶奶走，她在天國，我們要你活著，我們更需要你。」也許是我的啼血般的哭求刺激了他的神經，他微微睜開眼睛有些陌生地看著我。我說：「我是你大兒子阿木爾，認出了嗎。」他說：「認出來了，你今年四十八歲屬鼠，你兒子也屬鼠，我也屬鼠，我們三代同鼠。」還指著旁邊的弟弟白沙說：「你弟弟屬兔子，你弟弟傻，你得多關照。」

見父親稍有清醒，我以為有了轉機，端著一碗雞湯一勺勺餵給他，兩天沒吃東西的他居然喝進了一碗湯。這時辰是晚上七時左右，我們誰也沒想到他這是迴光返照。到了晚上十點左右，父親又開始呼叫起媽媽，我們的任何哭叫都已聽不見，我緊緊抱著搖晃他、呼喊他，想讓他醒過來，醫生也按壓他心臟進行緊急搶救。我和弟弟一人握著他一隻手，他的手漸漸變涼變硬，最後稍稍睜開已變無神的眼睛口裏喃喃低誦一句：「寶爾汗——」（佛經），便撒開了手棄我們而去。我頓時感覺天旋地轉，撕心裂肺的疼痛，瘋了般抱他晃他親他，然而一切已經無濟於事，父親再沒有睜開眼睛看我們一眼。我被兩位叔叔和幾位長者強行駕走，屋裏哭聲一片，老母親在屋角暗暗流淚更蒼老。兩屋擠滿了人，幾乎全村人都來為父親送行，這是本村歷史上從未有過的事，大家都尊敬他，稱他是個明白人。我當時甚至有一種恐懼感，沒有了父親，沒有了他這個精神支柱和他的關愛，沒有了他這棵我一生依託的大樹，我可怎麼活下去。儘管我已人到中年，讀過不少書，也算是個有文化的人，可父親對我來講，始終是我的依賴仰仗的天，我的精神和情感的歸宿，別看他只是大字不識一個的農民，可我離不開他。然而現實又如此殘酷，他——我終生敬愛的父親，就這麼毫無眷顧地去了，丟下我們這些深愛著他的親人，我們一點辦法都沒有，我們真是回天乏術。自從送走癱兒，他似乎完成了他這一生最後一項愛的工程和愛的任務，終於可以放心地歸去了，顯得無怨無悔，十分安詳。甚至腦子清醒到能說出我和我兒子的歲數和屬什麼。他走的那麼匆忙、突然，從得感冒到臨終還不到十天，走得又那麼明白，似乎一種什麼神聖使命召喚而走，不得多停留片刻時間。

低婉哀傷的〈嘛呢歌〉在屋裏迴盪。三位老喇嘛和幾位老人組成的誦唱「經歌」的班子，在靈堂屋裏圍坐著，「珠拉」燈（長明燈）和「呼吉」香長命香的光照下，悠悠委婉地拉唱那首催人淚下的宗教歌曲。歌中敘述的那段佛教故事是這樣的：從前有一位法號叫穆華勒岱的佛，他的父親一生做善事死後升入天堂，他母親因做孽被打入十八層地獄，這位穆華勒岱佛背著父親的肉體去十八層地獄尋找母親，經歷一層一層的十八種苦難，終於找見母親，可母親賭氣說她已習慣這裏不離開，這佛一遍一遍一遍哀唱哭泣帶走母親，路過西瓜田時被佛背著的母親用腳勾斷了西瓜藤蔓，於是穆華勒岱佛咬斷手指用鮮血接近勾斷的瓜藤瓜蔓，從此人間西瓜紅瓤則是由佛的血液接活，黃瓤則是由佛的血中黃液汁接活，佛的母親見兒子如此心善心誠也受感動，由此收回怨孽之心轉投明世。

我當時回想著父親一生的經歷和為我付出的一切，深深被〈嘛呢歌〉的故事和旋律打動，痛苦擊垮了我，天天以淚洗面，夜夜夢見父親，腦子裏如幻覺般一幕幕映現從小到大父親和我的所有事情。有時趕著驢去砍柴，有時背著我過冰河，有時拉胡琴吟唱，有時甚至揮起皮鞭抽我……我有時冥冥中看見他向我訴說著什麼，我有時簡直恨不得隨他而去，放棄人生所有榮華和羈絆。他是輕鬆地去了，卻把無盡的思念和有關生命與愛的思索留給了我，去面對漫長的生命行程。他對我恩重如山，可我的回報才點滴有限，自責不時地咬啃我心靈。儘管已過去五年，至今我每當撫摸那把胡琴時，依然清晰看見他佝僂著身子搖動搖車，或匆匆奔向癱兒的身影，於是我忍不住淚水漣漣。

哦，父親，他真是永遠活在我心中了，成為永不消逝的愛的象徵、愛的聖使。

耳旁響起騰格爾的歌〈父親和我〉：

……是你創造了這個家，又創造了我。

是你拉著我們手，從昨天走到今天……

啊，你是我最尊敬的人，慈祥的爸爸。……

你將永遠牽著我的手，走向沒有盡頭的未來！

另注：父親姓郭名雙喜，又名蘇克，蒙古族，一九二四年生，一九九六年去世，享年七十三歲。當過偽滿「國兵」，小時學過木匠，後成說唱藝人，但始終是一位農民。沒有文化，可說唱的故事通古論今，崇信喇嘛教和佛教，晚年侍候癱兒勞疾而終。老父去世五周年之際，我才敢動筆記述他平凡瑣事，皆因這五年中我無法面對他。就是今天，我依然無法控制眼淚縱橫，似乎內心正在撕扯正癒合的傷口。失去父親是我永遠的心痛。當然也是永遠的愛。但願此文能告慰他在天之靈。「寶爾汗——佛爺」。

霜天苦蕎紅

●1、那片沙坨子地

希熱頭鑽出窩棚迷迷糊糊地撒尿，一邊伸長了脖子看天。天上乾淨得如狗舔過的娃兒屁股，不見巴掌大的雲彩。「娘的，還是沒雨。」他狠狠地罵了一句。很快，祂下的那點「雨」就被乾透的沙地吸收後板結起來，形狀像有凹坑的淺碗，只是不能端起來使。

農民希熱頭一籌莫展。沙坨子的坡下坡上是他一春辛辛苦苦侍弄出來的苞米，如今長到兩尺高都已枯黃，放一把火能乾柴般燃燒。希熱頭像狼一般望著天，目光血紅，恨不得跳上去咬天一口。「天啊，你咋不撒尿哎，你跟王母娘娘多喝點兒啤酒，像城裏人一樣，不就有尿了？」他如一頭孤狼般哀嚎。

遠近窩棚上的人，都走光了，回村謀其他生計。希熱頭仍舊死守著這片毫無希望的莊稼地，天天望天，夜夜觀象，期盼著老天撒點兒尿給他，哪怕是一口口，那他的苞米就有救了，一家老少這一年就有填肚子的了。

這裏是八百里瀚海科爾沁沙地的西南部，蒼蒼莽莽沙坨沙包連綿起伏。老者講早先這裏是一望無際的綠草原，如一面無垠的綠毯鋪在天地間。如今那是童話，如潮的移民早翻開了綠色植被，放出了千年惡魔黃沙子，不可挽回地頹敗了大好草地。那如潮的移民又如潮的蝗蟲般撲向更北方更好的草地去了，丟下的這片沙地如狗啃過的癩痢頭，苟延殘喘著稀稀拉拉不多的村莊和村民。

沙坨頂有習習涼風。希熱頭尿完索性不收回那玩藝兒，亮在這天地風之間，涼一涼，爽快爽快，反正這裏兩條腿的人都已走光，那些旱季氾濫的黃鼠也不欣賞他那玩藝兒。他心中有些發狠。

「好不知羞哎，那東西是掏出來晾的嗎？格格格格……」沙坨坡下冒出一人頭，正好撞見了他的那物兒。

「娘的，原來是你，換了別人我還收錢哩！」希熱頭咧歪著皸裂的厚嘴呵呵樂，當著自己女人蓮娃兒他大大方方收回玩藝兒胡亂塞進褲襠裏，說咋這會兒才送飯來？

「村裏人都回去了，俺當是你也回去呢。」

蓮娃兒從籃子裏拿出苞米麵餅子蘿蔔條兒鹹菜和一罐兒菜湯就手放在沙坨頂上，看著自己男人狼吞虎嚥風捲殘雲。

然後，兩口子望著旱透的地枯黃的苞米棵子發呆。眼前的沙坨子猙獰起來。

空氣也神秘地凝止不動。生活很是跟他們過不去。這一年吃啥呢，家還有偏癱的老爹，正上學的小女嗷嗷待哺，他們還計畫著蓋一座一面青磚房子。苞米價看漲，村長說他們種的苞米都賣到美國餵牲口當飼料，今年本是很有希望實現他們蓋房理想的一半兒，可這下全完了。老天不給他們撒尿。老天不撒尿他們一點兒轍也沒有。

「爹叫你回去呢。別守這兒了，就是等來雨，那苞米棵子也不能結棒子了。」晃晃的陽光下蓮娃兒的臉白裏透紅，更顯嬌美，村裏人都說希熱頭的女人像掛曆人兒似的，那臉是白雪花膏堆成的，日頭咋曬也曬不透。希熱頭此刻無心欣賞老婆的雪花膏臉，依舊呆呆地盯著乾涸的地枯萎的莊稼。他謔地站起，操起一旁的鐮刀噔噔噔衝進苞米地，亂砍起來。唰唰地，劈哩叭啦地倒著那些被砍下的苞米棵子，希熱頭的鼻孔噴著熱氣，嘴巴罵著髒話：「我操！我操……」

踐踏夠了自己辛辛苦苦幾個月的勞動果實，希熱頭才咬牙切齒地解恨般地按住自己女人蓮娃兒在那乾苞米棵子上做了事，然後夫妻雙雙回家。沙坨子頂上留著那個小窩棚，顯得孤立無援的樣子戳在那裏。

他們回到村子就聽到了那個激動人心的消息。

離鄉政府門口不遠處矗著一堵水泥牆，原本是廣告語錄牆，依稀可見書寫的標語：晚生晚育，優生優育；植樹造林，防火防盜等等。如今不同了，原先的口號語錄全被五花八門的尋人啟事、稅務通告、酒肆信息、祖傳秘方包治淋病等亂七八糟紙張給鋪天蓋地遮住了，而且層出不窮，新舊交替，尋驢啟事掩著哪個傻女失蹤條目，令人望而生畏，畏而心動，目不暇接消磨時間，五花八門，不一而足，於是這堵牆便成為沙鄉一個風景，招攬往來人等，有時引發成寂寞沙鄉很長時間的熱門話題。近日，牆上又出現告示說通遼市娛樂城來此沙鄉招工，只要是女性，十八歲以上二十五歲以下均可報名，唯一條件是相貌端正（漂亮更好），身體健康豐滿（不豐滿也可）。

消息牆上的這條誘人消息，如荒草地的秋火，乾沙灘上的白毛風般捲亂了沙鄉幾村所有娘們兒的心。女人的一半兒是男人，男人們自然更是被裹在其中，如一頭頭闖入風火中的駱駝般傻頭傻腦東奔西串南探北問消息的真假虛實，以及自己女人或女兒的可能性。

鄉府旁的那所小旅店這回熱鬧得不亞於縣城騾馬市場。通過娛樂城的兩個招工者，男的像電影上黑社會老大的保鏢，女的像電影上腰纏萬貫的富婆兒，渾身珠光寶氣，不管真假，很是令人眼暈，倒大方地坐在爬著臭蟲的炕沿上，伏在小髒桌上匆忙登記那些擠破門檻的報名者。管吃管住月薪八十元，這對窮苦的沙鄉農民是多麼大的誘惑喲。競爭極其慘烈。有鄉派出所員警維持秩序，鄉里的頭頭腦腦們也參與行動，當然免不了塞些條子給那二人。

年輕美貌的村姑們被一網打盡。眼斜鼻歪嘴巴大的，也使出大本事，報上名的據說也有幾個。唯苦了二十五歲以上的已嫁少婦，其中有幾分姿色的，磨破嘴皮擦破腦袋，拿出渾身解數。鄉長出面幹部套磁，全面圍攻兩個招工者，據說有兩個也很有希望擠進「組織」的隊伍。

躺在土炕上，蓮娃兒推了推就要睡過去的希熱頭。

「不成，養兩天再說，成天啃貼餅子。」

「去，誰指那個了。人家有話說。」

「有屁快放，老子睏死了，明兒一早還上河灘地種蘿蔔呢。」

「你陪我去、去呀……」蓮娃兒鼓足了勇氣。

「去幹啥？」

「報名……」

「報名？報啥名？」希熱頭一頭霧水。

「你這死鬼！」蓮娃兒氣得差點哭出來。

希熱頭這才當真，也明白了愛妻所指的報名的含意。嗡聲嗡氣地說：「你都二十九養了孩子啦！」

「東院三喇嘛的芹菜都二十七了，還報上了名，也養過孩子。」

「她養的孩子一個也沒活，還比你小兩歲。」

「可看著我比她水靈多了，是不是？」

「那倒是。她真成了？」

「騙你是小羊羔子。」

第二天他們提一籃子雞蛋去報名。

那位黑社會老大保鏢似的男人用粗手摸索著大紅雞蛋，咔嚓一聲磕破蛋殼兒，一揚脖兒生吞了那蛋青和蛋黃。口稱鄉下雞的蛋，真他娘的鮮。說罷很是那個地看著「富婆兒」嘎嘎嘎樂。那位「富婆兒」皺著眉頭，倒沒樂。

蓮娃兒心裏極不舒服。希熱頭如盯一頭野豬般盯著那個男人。心想城裏人咋變得都像野物兒似的。

身分似是老闆的那位「富婆兒」最後收購了他們的一籃子大紅雞蛋，卻拒絕了蓮娃兒報名。她說三十個名額三百人報名，她都多收了十名，回去還不知咋安排呢。婉言謝絕，一連串地感謝大紅雞蛋。弄得蓮娃兒、希熱頭都有些不好意思。

蓮娃兒如一只洩氣兒的皮球兒，嘴巴噘得可吊油瓶，回家的路上一聲不吭。希熱頭卻心中竊喜，這麼好的女人遠離身邊，他可捨不得，在一起吃糠嚥菜也幸福。蓮娃兒嗔怪：「那新房呢，啥時候蓋成？今年這麼旱，吃啥，吃返銷糧，錢呢？」希熱頭說天無絕人之路，麵包會有的。

送走女工隊伍那天，鄉府門口的長途車站好不熱鬧，大大超過了以往為當兵入伍者送行的場面。母送女，哥送妹，夫送妻，提包攜兜，塞雞蛋，遞手帕，吵吵嚷嚷，擠擠搡搡，眼淚與笑聲齊下，囑咐與要求並提，當那輛滿載女人和希望的長途汽車嗚嗚吼著終於消失在揚起的塵埃之中時，這邊的一切喧嘩才戛然而止。人的心一下子變得空落落，悵悵然，老母提衣襟拭淚，男人瞪著天邊發呆，小夥子們心裏尤為酸酸的醋醋的，沒著沒落。村裏年輕漂亮的女孩子們走光了，都被那對狗男女捲走了，往後的日子可咋打發喲！為啥不招男工呢，小夥子們仰天長嘆，為自己不是女孩而懊惱。逃離沙鄉進城，是這裏每個年輕人的夢。

女孩子們走後，村裏很是寂寥悲涼了一陣兒。後來有信息反饋了，有的姑娘給家裏寄來了百捌拾元，有的把帶去的衣物全捎回來，說娛樂城的行頭不同於鄉下衣裝，當然也有個別被辭回家裏來的，但閉口不談娛樂城的事情。

那天，希熱頭的女人蓮娃兒沒什麼不正常，只是晚上串了一趟鄰居三喇嘛家的門兒，希熱頭問幹啥去了，她答隨便問問芹菜的情況，希熱頭問芹菜在通遼咋樣，蓮娃兒說芹菜在那邊幹得不賴，三喇嘛開始張羅著蓋磚房了，希熱頭說不就是月薪八十元嘛，蓮娃說還有獎金紅包啥的，不止八十。

翌日，蓮娃兒就失蹤了。

希熱頭急得如吃了辣椒的猴子。這時，那位躺在西屋炕上偏癱的老父親說話了：「不用急，不用急。」

「趕上不是你媳婦，能不急嗎。」

緘默片刻後老父親說：「你知道她去了哪兒。」

「哪兒？」

「通遼。」

果然，放學回來的女兒遞給爸爸一張條子，說是媽媽路經學校留給她的。內容大致就是為了新房子去通遼找芹菜試試命運，讓他別著急云云。

希熱頭罵娘跳腳，可也無奈。又一想，你一個半大娘們兒，人家哪能用你，肯定沒幾天就會滾回來的。

可蓮娃兒過了一個月也沒見回來。

●2、白色的蕎麥花

天撒「尿」了。旱了一春的老天終於憋不住，撒「尿」了。滿天雨幕，傾盆而瀉，大地被這「尿」泡得如一隻落湯雞。

可農民們望著雨中的沙坨地無動於衷，重新播種吧，霜降前來不及成熟長不成糧食，老天撒的這「尿」等於沒撒一樣。

希熱頭偏癱在炕的老父親卻不這麼看。他咔兒咔兒咳嗽著把兒子叫到炕前說話：「還有一種晚田作物能種！趕得上霜降前成熟！」

「啥？」

「蕎麥。」

「蕎麥？咱這兒沙坨地從來沒種過，那是庫倫南邊兒丘陵地種的作物。」

「你懂個屁！早先我當『孛巴』那會兒去過庫倫南丘陵地，也是這會兒撒種，我們這兒沙坨地不種是嫌蕎麥產量低，需肥大，好土地好雨水才成，怕沙坨子裏長不旺。依我看，完全可以種旺了！」

「咋說？」

「這麼大的雨水，現在沙坨子裏種啥長啥，再上足了肥，都能長瘋嘍。」

「那種子呢？」

一說種子，被村人稱之為老「孛」（孛：北方蒙、滿等少數民族曾信奉過的薩滿教的巫師，現已消亡，有些習俗仍在民間流傳。）的老父親閉嘴了。這沙窩子村從來沒種過蕎麥，哪兒來的種子喲，說了半天等於白說白熱呼了。歪靠著枕頭癱著半拉身子，老「孛」冥思苦想，嘴裏嘀咕蕎麥一斤賣一塊八能頂三斤苞米，庫倫南的人都靠蕎麥發了，聽說全出口到小日本賣大錢。

「那咱們種吧，爹。」希熱頭來勁兒了。

「那種子呢？」這回輪著老「孛」反問。

「當年你走南闖北去過庫倫南，想想轍呀！」

一句話提醒了老「孛」那偏癱的腦袋。

「著，娘的腿，明天套車，不，現在就套！」

「套車幹啥？」

「拉我去庫倫南。」老「孛」歪在枕頭上眯縫起眼睛，似乎馳入遙遠的回想，不好意思地笑笑說：「當年我在那兒相過一個小相好兒，興許她還活著，找她去！」

希熱頭下炕去套車，按照老爹指示車上裝了兩麻袋苞米，又怕不夠種子錢，把一口吱哇亂叫的克郎豬也綁在車上。然後，車上拉著老父、克郎豬、苞米，希熱頭向庫倫南二百里外的黑河套村進發了。

風餐露宿不停奔走，第二天傍晚他們終於摸進了那個黑河套村。一個十多歲小孩領著穿過一幢幢磚房間狹道兒，停在門口有一棵老榆樹的五間亮瓦紅磚房前說：「這家就是你們找的齊奶奶家。」

門口拴狗，門洞停摩托，顯然殷實。院裏很熱鬧，砌著兩個明灶，幾個年輕女人正在壓蕎麵，有一白髮紅額身板兒硬實的六十多歲老太太在一旁指揮，笑聲朗朗。

「你是五十多年前跳安代（安代：薩滿教的一種，邊歌邊舞為主要形式。）的小齊爾瑪嗎？」老「孛」從門外衝院裏喊。門口的狗汪汪起來。

「哪個小子這麼沒大沒小的！」

「呵呵呵呵。」

「你是……」見是陌生人，齊老太疑惑地走出來。

「我是跳『孛』的『石禿樂哥哥』（石禿樂哥哥：流傳在科爾沁草原地沙鄉的一首情歌中的主人公。）呵呵呵……」

「哦?!」齊老太湊近著端詳。「你老鬼還沒死哪？」

「快哩，快哩，趕在死前來看妳一眼，咱們倆躲雨的那黑窯洞沒塌吧？」

「你這缺德鬼……」齊老太臉頰飛過紅暈，回頭喊兒子。「二虎子哎，快出來，咱們家來貴切了！」（切：方言，客人。）

齊老太又回頭嗔道：「到家了，你倒是下車呀！」

「下不動，除非你抱我下去。」

「老不死的，不害臊，沒正經。」

「真的，不誆你。」

「咋了？」

「癱了。瞅我這輩子太累了，老天叫我癱著歇歇。」

齊爾瑪老太眼角微紅，神色黯然。

這會兒二虎子揚著酒氣走出屋。「媽，誰來了？哪兒的切呀？」

「媽小時的乾哥，遠道來的，快叫大伯。快去呀，去背一下大伯，他腿腳不利索！」齊老太訓斥起發愣的兒子二虎子。

「別、別，讓我自己的兒子背著吧，知道我來串門是咋的，辦著酒席！」

「俺小孫子今日滿月，你趕上了……」齊老太占了便宜呵呵樂。

「有酒喝，我給你當孫子也行啊。」

當年的一對兒小冤家就這麼逗笑著，老「孛」被背進堂屋安頓好，忙得齊爾瑪老太前後照應，一一叫喚兒孫媳婦人等過來相見。老頭兒早死，她一手拉扯大孩子們弄成如今家業，很是令「石禿樂哥哥」嘆服。心說幸虧你爹沒讓你跟我。

閒話說完，酒足飯飽，「石禿樂哥哥」就說明了來意。指著車上的豬和苞米：「嫌少我把自個兒先押在這兒。」

「豬和苞米全拉回去，你也值不上兩個銅板兒。二虎子，快去倉庫裝蕎麥種，你大伯的事兒耽誤不得，節氣不等人。」

豬和苞米留不留的問題，他們爭執了很長時間，急得當年的小齊爾瑪姑娘差點掉下老淚，說：「當年黑虎山行『孛』時，我路遇狼群，你趕走狼群救過小妹一命，今天你求著小妹，我哪能收你東西，這不罵我一樣！」

最後商定齊老太派兒子虎子去哈爾沙村幫著搶種蕎麥做技術指導，東西全數拉回，秋日收穫後還回蕎麥種。另外一條是「石禿樂哥哥」留在這裏住幾天，村裏有一針灸大夫專治偏癱，治一治試試，讓當年的小乾妹子侍奉幾日好生活，反正他回去也幫不上什麼忙。儘管為難，盛情難卻，老「孛」還是依了齊爾瑪乾妹的安排。

三日後哈爾沙村北十里外的那片撂荒的沙坨地上，出現了兩位播種者。犁鏵頭翻開波浪般的濕軟的土地，黑褐色的蕎麥粒兒均勻地撒在壟溝裏，經木頭滾子一壓，蕎麥種便被埋在兩寸厚的濕土層中。嫌自家地少，希熱頭又播種了鄰近別人撂荒的坨地，面積達到十幾畝，很是一大片。希熱頭和二虎子勞動中結成友誼，如若親兄弟，一同吃住在那座沙坨頂上的窩棚，晚上收工後喝酒聽收音機，白天一邊播種一邊唱亂七八糟的歌兒解悶兒，要不講各自女人的事兒。一說到蓮娃兒，希熱頭很是有些淒涼，嘆氣說「窮啊，沒辦法。」二虎說「沒關係，往後讓兄弟幫你一把，有事說話，早點讓嫂子回家操持，讓女人外邊瞎折騰啥呀。」希熱頭說「是，是，這回你幫了大忙了，我哪能老麻煩你，你也過日子」等等。

閒得慌的村人出來看稀罕，「你們種啥呢？蕎麥。蕎麥？數數就秋天了，你們收草還是收糧？」「管你屁事，我就想收草。」於是村裏傳開了希熱頭種草籽收草的傳言，有人便打聽是不是今秋哪兒高價收乾草，弄得希熱頭哭笑不得。

種完蕎麥，二虎子就回去了，走前詳細交待了蕎麥出苗後的鏟膛除草追肥等事宜。又過了些時日，當綠油油的蕎麥苗托著兩片小圓葉子拱出土佈滿這片沙坨地時，希熱頭就像一個醉漢般站在沙坨頂呵呵地瘋笑不停。「哇哇哇蕎麥！蕎麥！我種出了蕎麥！我種出了蕎麥！嘔——嗚——哇！」

嗥得像狼，驚飛了野坨的鳥兒，嚇得沙地的鼠找不著北亂竄。這時希熱頭的爹老「孛」，那位當年的「石禿樂哥哥」回來了，奇蹟般地拄著拐棍站在屋外。是二虎子開著三輪摩托送回來的，外帶一袋化肥。

「是你乾姑請的大夫給了我腿。」

希熱頭撲通一聲給二虎子跪下了，哽咽著說：「這是我跪給乾姑的，我希熱頭終身不忘她老人家的恩德……」說著泣不成聲，語不成語。苦難中的希熱頭，哪兒遇到過這種好事，這種接濟喲，為了支撐這家，他顧老提少，夫妻散離，心中的苦，浩如東海，他豈能不受感動，五味湧心頭！

幾天後，希熱頭突然收到了一封匯款單。鄉郵員喊著他的名字把一封綠色信封交給他，「你老婆寄錢來了，二百元，這兒簽字。」希熱頭嚇了一跳，以為聽錯了。他長這麼大頭一次見綠色信封式的匯款單，嘴裏嘀咕著，「這就是二百塊呀，信封裏哪有錢啊！」粗手指費勁地掏著扯指著，就是找不出那二百塊錢。鄉郵員哈哈笑著告訴他得拿這信封到縣郵局才能兌換現金時，他才一知半解一頭霧水地呵呵笑著說「原來這樣，真夠麻煩」等等。

這二百塊刺激得希熱頭炕上烙餡餅般，翻來覆去想媳婦蓮娃兒。弄得炕頭的老「孛」發話了。

「樂個啥，你當那是啥錢。」

一句話把希熱頭擊矇了。

「這是啥話？」希熱頭沒好氣。

「你沒聽村人說？」

「說啥？」

「去通遼娛樂城上班的姑娘們，上著啥班。」

「上著啥班？」

「三陪。」

「啥叫三陪？」

「陪酒、陪舞、陪……」

「陪啥？」

「陪睡！」

「我不信！蓮娃兒不是那種人！」

希熱頭從炕上一躍而起，像吃人似的，怒視著親老子。

老「孛」嘆了口氣，深深嘆了口氣。「兒子，我也不信啊，但願不是……啥陪……」

一石擊起千層浪，希熱頭種出蕎麥有望收穫的好心情，被這事沖得無影無蹤，成天悶悶不樂。他幾次決定去通遼看個究竟，可家和蕎麥地離不開人，莊稼耽誤不得，只好拖下來半信半疑中熬日頭。

這一天他上沙圪地看蕎麥，一下子被眼前的奇景吸引住了。前兩天還綠油油的蕎麥地，現在一片雪白！茫茫一片的雪白！蕎麥開花了，每株綠色的蕎麥棵子上承托著四五簇白燦燦的小花朵，連成一片雪白色，似一夜間天女散下的花兒般鋪蓋住了遼闊的沙圪地，滿目雪白，隨風起伏，壯麗無比。

希熱頭驚呆了。呵呵傻樂。老「孛」頭聞訊而來，拄著拐棍站在蕎麥地中間，也傻樂。縈繞在他們中間的那絲鬱悶和不快，一下子被這美麗被這勞動的成果所帶來的喜悅給沖淡了，沖走了。他們的心情登時好起來了。十歲小女在蕎麥花中追逐蝴蝶，急得爺爺大呼小叫，「別碰掉花，別碰掉花，那花朵到秋天就結成黑沉沉的蕎麥粒兒！」

「爺爺，白色的花兒咋能變成黑色的麥粒？」

爺爺無言以對。心裏說我上哪兒知道去，又喊：「你問那蜜蜂，它們天天叮咬，肯定知道！」

祖孫三代守著美麗的雪白的蕎麥地，都醉了，像一幅油畫，遠遠看去，在無際的雪白色海洋中人也如蜜蜂般星星點點，神奇而充滿詩情畫意。

啊，雪白色的蕎麥花。

● 3、養蜂人的出現

堅守著希望的田野——蕎麥地，希熱頭在低暗的坨頂窩棚中夜夜被蚊子和惡夢纏繞。蚊子可以身上的鮮血抵禦，而惡夢卻無法排遣。他拼命幹活，鏟膛蕎麥，黑天白日地幹活兒。此時已入夏季，沙坨子裏格外的酷熱，植物稀少，強烈的三伏陽光全被光裸的沙土吸收，再被散發出來，整個沙坨裏悶熱、乾燥、低壓，一絲兒風都沒有，令人窒息得好似在蒸鍋裏。他全然不顧這些，拱著脊樑鏟地，裸露著黑黝黝的肉皮，汗水和泥沙在脊背上畫圖，蒼蠅叮著肩胛上的傷疤，落在那裏顯不出是蒼蠅，與皮膚共色，待他直起腰來喘口氣兒，那蒼蠅才慢悠悠而深沉地起飛，等候人重新哈腰亮出他的脊背。

希熱頭對叮咬自己舊疤的蒼蠅麻木不仁，可對那些追逐蕎麥花嗡嗡營營群起群落往來繁忙的蜜蜂們卻警覺了。哪裏來的這麼多蜜蜂，啥時候出現的？他暗暗奇怪。那些跟牛蠅差不多大小的蜜蜂們頻繁地叮吸著白色的蕎麥花，從這一簇飛到那一簇，忙忙碌碌，勤勤懇懇，可比那些閒懶地只叮臭汗舊疤的蒼蠅們緊張而有序多了。他順蜜蜂飛往的方向矚望，於是看見了帶草帽的兩個人正朝他的蕎麥地走來。

一個是村長，一個是草帽邊上搭拉著紗布罩的養蜂人。

「希熱頭，你這蕎巴頭，不賴嘛！」

「嘿嘿嘿嘿。」

「別人都跑出去逃荒、打工、跑買賣，你守著這沙坨子倒種出了這大片蕎麥，你這龜孫子！在咱這沙坨上種出蕎麥的，你第一號！」

「蕎巴頭有蕎巴主意啊！村長的罵是表揚。」希熱頭仍以嘿嘿嘿的笑應付。

「這位是南邊兒來的養蜂人，楊師傅。他放出的蜂子全往你這兒飛，他就從公路東的果園那邊挪過來，想在你的蕎麥花上放幾天蜂子。」

「這……那蜂子全吸光了蕎麥花，我還收啥蕎麥？」

「哈哈哈……」村長和養蜂人一起笑。

「真的，我說的是實話。」希熱頭不明白他們為何笑。

「你這小子真不懂假不懂？蜜蜂不會害你蕎麥花，它們還幫著你授粉哩！蕎麥結粒兒更旺更多！」

「授粉？啥授粉？」

「授粉就是、就是，等於你小子往你老婆的褲襠裏撒種，哈哈哈……」村長淫邪地大笑。

「敢情是那蜜蜂在幹我的蕎麥花呀！」

「也不完全那麼講……」養蜂人又講授一番道理。希熱頭仍是似懂非懂，但勉強答應了。中午三人就窩棚裏喝了一通養蜂人帶來的老白乾就著罐頭和香腸。喝得臉通紅後，希熱頭拍著胸脯對養蜂人說：「放出你的蜂子們幹吧，只要是不幹壞了我的蕎麥花，咋幹都行！」

村長紅透了脖子拍著希熱頭肩膀說：「你小子，娘的屁，行啊，派出老婆子外邊兒掙錢，自個兒種出蕎麥也能賣錢，裏外都有收入啊。咱們村出去的姑娘媳婦都不賴，都在為咱窮沙鄉的小康做著貢獻。管它啥陪的，能掙錢就行，如今這年代笑貧不笑娼啊，黑狗白狗逮住兔子就好狗，哈哈哈……」

希熱頭「謔」地站起來，一把揪住村長脖領，猶如薅著小雞脖子般撲通一聲扔在窩棚外，怒罵：「放你媽的臭屁，你怎麼不叫你媽去陪？我老婆沒去陪，誰再胡說我就割了他舌頭！不割，我是你孫子！」村長灰頭喪臉悻悻而走。看著希熱頭吃人似的架式，他也不敢擺往日的威風了，只好灰溜溜地閉緊了嘴巴。

養蜂人留下來陪笑臉，安撫希熱頭，並在坨下沙柳條叢中搭起帳篷與他依鄰而居。孤寂中，會說話的養蜂人弄順了希熱頭的脾氣，兩個人常常在窩棚裏一起飲酒聊天，打發那繁忙的白日後的漫長黑夜。

免不了講女人，講葷故事。

「家裏有女人嗎？」希熱頭眯縫著眼睛問。油燈下養蜂人的黑瘦臉被酒熏後更顯黑紅。

「能沒有嘛，沒有女人我跑出來受這份洋罪幹啥，男人有了女人有了家，才像一頭駕上套的牛一樣，玩命拉車！」

「離開家多久了？」

「告訴你吧，一年三百六十五天，我在家守老婆的日子還不足五十天！」

「不想你的女人？」

「能不想嘛，管屁用！」養蜂人忿忿說著，摸索出一張照片。「瞧，這就是我老婆孩子！」

邊角黑髒的那張照片上，一個穿裙子的女人抱著一個三四歲的男孩兒正衝他咧開大嘴笑，鼓突著滿嘴大馬牙。

「我老婆漂亮著呢，嘿嘿嘿嘿……」希熱頭心想比我的蓮娃兒可差遠了。

兩個男人一陣沈默。各自想著各自的女人。「長年在外，你，不……想那個事啊？」

「什麼事啊？」養蜂人明知故問。

「那個……幹女人的事唄，嘿嘿。」

「能不想嘛，媽媽的，自個兒想轍唄。」

「有啥轍？」希熱頭來了興趣。

「這回我路過通遼時就辦了一次。」

「辦了啥？」希熱頭沒聽懂。

「辦了女人唄！真費勁，跟你說話。」

「嘿嘿嘿，咱們沒經歷過，不懂嘛，你是說幹了一個，聽說現在城裏遍地都是的雞婆兒？」

「當然是雞了，好女人能讓你辦嗎？真是的。」養蜂人撇了撇嘴，大有瞧不起沒見過世面的希熱頭的樣子，兒地抿一口老白乾兒燒刀子。

「你真是花錢幹雞婆兒啊……」農民希熱頭有些不以為然地搖搖頭，心裏說他們這些走南闖北的人真是啥事都敢做，有了錢還糟蹋在那事上。希熱頭的心裏對養蜂人有了幾分鄙夷。他是喜愛自己女人蓮娃兒的，就是再想女人，漫長的黑夜裏熬得如憋窩的狗，即便手頭有了足夠的錢，他也不會去沾其他的女人的。頭，又說一通授粉的硬道理，為自己的蜜蜂開脫罪名，接著又蹲下來查看蕎麥花，說這八成是沙土地的事兒，跟蜜蜂絕沒關係。

「你胡說，蕎麥長成這麼高，跟土地扯得上嗎？」兩人爭執不下。

這時希熱頭的老爹由孫女半攙著來看蕎麥地。見蕎麥地邊兒狼煙四起，奇怪地問兒子這是幹啥呢，熏蚊子那還是熏狐狸呢？

聽了兒子訴說後罵了一句：「瞎整！庫倫南養麥地邊兒年年住滿了南方來的

養蜂人，沒聽說那邊的人趕過蜂子。」老頭兒說著下到地裏細細查看，顫悠悠地走著，回頭跟兒子說：「這是地力的事兒！沙質土缺養分，要追肥才成哪，傻祖宗！」

希熱頭這才瞪一眼楊師傅不大情願地滅了煙火。顯然他是在小題大作，以此發洩心中之氣。

「那咋整？咱家冬春漚的大糞全廢在種苞米那會兒，這會兒上哪兒拉糞肥去！」

「只有上化肥了。」

「錢呢？」

「是啊，錢呢，嗯，那二百塊……」

「不花那錢。」

「為啥？」

「不為啥。」

老「孛」看著兒子鋼鐵般的臉色，也不再吭氣兒了。

「我回村想轍去。」

希熱頭撂下鋤頭捒起地頭的褂子搭在肩上，大踏步向村子走去。腳步砸夯似的，肩頭一聳一聳的。走了幾個好不錯的家，都沒有借到錢，大荒年的就是有錢也誰捨得借給他呀。希熱頭犯愁了。不追肥，蕎麥結不了穗粒兒，到秋天一切都白搭了，這可咋整。邁過村中那條小溪時，他心中靈光一閃。他沿著這條從村北沙坨根兒滲淌出來的小沙溪，很快來到它匯入村南哈爾沙河的口子處。小沙溪在這裏形成一個小灣子，常年豬啊羊啊牛啊在這裏拱、抱、站，拉屎撒尿，形成一片臭哄哄亂髒髒的黑爛泥灘，上邊漂著一層濃綠濃綠的菌藻類。小沙溪又從沙坨根那兒常年帶下來百草根枝葉各類腐爛植物，全漚積在這爛泥灘中，散發出一陣陣多種複雜的惡臭氣味。

「有了！」希熱頭狠狠拍大腿。

他大步流星回到家，套上膠輪車。家裏所有能裝的容器：木桶啦，大盆啦，餵豬的木槽子啦，甚至破碎了一半兒的水缸也裝在了車上。

「你鬧騰個啥呀，祖宗！」老爹滿臉狐疑。

「拉爛泥。」

希熱頭撂下這句話，「駕」的一聲，趕起牛驢雙套的膠輪車，奔向哈爾沙河邊的那個爛泥灘。後邊歪歪扭扭跟著想搞清楚的老爹，嘴裏嘟囔著瞎整、瞎整，不知道要瞎鼓搗啥。

站在那片惡臭的爛泥灘岸邊，老「孛」也崩出一句話：「好肥！」

希熱頭挽起褲子，光著腳，手提木桶慢慢走進那爛泥灘。攪動了泥漿，更是一陣濃烈的惡臭衝鼻而起，嗆得他咳嗽起來。他想嘔吐，胃裏翻動著七葷八素。他強忍著。甩動木桶狠狠舀一桶稀稀的爛泥漿，提到車前，再倒進其他能裝的容器中。一趟又一趟。不小心用力過猛，腳下一滑，他便摔倒在爛泥灘中。再站起來時，成了泥猴。耳朵上掛著綠藻，嘴巴上沾著污泥，從脖頸到腳全是髒兮兮黑綠綠的臭泥漿，幾隻蝌蚪鑽進褲兜裏出不來，幾隻恐慌的泥蛭直往他脖下懷裏鑽。

「好看，好看，爸真好看！」十歲小女拍手誇獎。

「整個是滾泥漿的豬，快去河裏沖一沖。」老「孛」搖頭慨嘆。

希熱頭自個兒伸長了鼻子嗅嗅手嗅嗅腳，呵呵呵樂了，道：「我聞不到臭味兒哩！我聞不到臭味兒哩！」這真是久居蘭室，不聞其香矣。他有了某種獲得解脫的感覺，失去了臭味對胃腸的騷擾，他幹得更是無拘無束更歡式了。

裝滿車上五花八門的容器，他操起鞭子「叭」地一甩，地上抖落下一陣泥雨的同時，套車的黃牛黑驢便伸長了脖子拉車了。一家老少護著特殊的肥車，奔向沙坨路時，很是引起了一村中的騷動。一路鞭聲，撒下一路惡臭，村中的土道上星星點點灑濺出若干條臭泥線，惹得戶戶閉戶家家關窗，路遇者掩面捂鼻而閃避，雞飛狗跳的也有之，都云：「老「孛」一家全瘋了，水缸裏裝著臭泥進坨子！」

「人各有志嘛，別說水缸就往嘴裏含著臭泥進坨子，你個閒漢懶人管得著嗎。」希熱頭照舊鞭花砸得脆響，灑一路笑聲泥點走進蕎麥地。

接著就是順蕎麥地壟溝澆爛泥肥料。

前日鏟膛過，蕎麥行間有淺溝，正好澆進泥肥流淌。希熱頭領著小女一壟一壟澆，老爹看車。一車爛泥很快澆完，卻僅僅澆夠兩壟半蕎麥。可這是一片十幾畝數百壟地喲。

「哎喲媽喲爸呀，咱們哪輩子澆完這麼多壟呀？」女兒產生畏懼情緒，犯愁地望著那大片的無際的蕎麥地。

希熱頭用愚公移山教育她。

「女兒啊，語文課學過愚公移山吧。」

「學過。」

「那爸爸就是那位老愚公，你是……那個子子孫孫。」

「可我是就一個呀。」女兒笑說。

「沒關係，咱們家孩兒一個頂它三五個。再說這片地再大也大不過那什麼五大山太大山吧。」

「是王屋山，太行山。」女兒糾正。

「對嘍，就那兩個山。咱們就天天拉泥，夜夜澆泥，黑天白日澆泥不止，肯定沒多少日就能澆完，咱們蒙古人的祖先成吉思汗也說過，不要因路遠而不走，只要走就能走得到；不要因石頭重就不搬，只要搬就能搬得動。」

「啊呀，爸爸，你從哪兒學來的？這話真對。」

「是我教他的。」爺爺不甘寂寞參加進來這場「哲學」討論。

「真的？爺爺你真有學問。」

「爺爺當年可是唱安代跳『孛』的薩滿師，你爸爸叨的那兩句兒，全是我安代的唱詞兒，還真叫他記住了。」

祖孫三代就這樣在蒙漢祖先「哲學」啟智和引導下，天天澆泥不止，拉泥不停。

唯有一到晚上做飯時犯愁。那水桶水缸怎麼洗，也洗不掉那個爛泥殘留的氣味兒，做出來的飯菜，總帶著一股爛泥灘的特色。好在他們習慣了那個氣味兒，甚至胃腸也適應了，沒什麼拉肚子鬧腸胃反應。

夜裏又下了一場細雨。這一下，綠肥黑瘦的爛泥肥料全數被吸進那貪婪的沙土地裏。第二天希熱頭一家到地裏一看，那捲邊兒的蕎麥花又美麗無比地堅挺起來了，上邊的斑點也已消遁。於是，一家人更沒日沒夜地拉起泥來。

幾天下來，累癱了老的，也累癱了小的，唯有中間的希熱頭咬牙挺著，一趟一趟把泥肥送進地裏。後來老牛與老驢也趴窩了，於是希熱頭自己把自己套進車裏拉泥。兩肩頭被繩套擠爛，血肉模糊。墊塊棉衣套接著拉，血水滲出那棉衣套，小女拽著爸爸的臭胳膊哭著腔勸：「別拉了爸爸，別拉了，再拉就拉垮了。」

他笑說：「爸爸是愚公。」

「不，你不是愚公，你身上長著血肉骨頭，可現在血肉快沒了，就剩骨頭了。」女兒指著爸爸血肉模糊的那爛肩頭哽咽。

「快裝泥，別嬌性。」希熱頭衝站在爛泥灘中的小女吼，綳起臉。

女兒雙手顫抖著不動，站在爛泥中似是風中搖曳的一棵小泥草。小辮上的蝴蝶結兒也成了泥蝴蝶一隻，臉上更是泥一道淚一道成花臉。

希熱頭撂下車套，噔噔走進泥灘，搶過女兒手中木桶舀泥再往車上裝。然後，再把該屬牛驢的粗繩套套進自己那分不清血肉的肩頭。

嘿——希熱頭拉車。車只發出一聲吱吱嘎嘎，絲紋不動。

希熱頭肩頭所墊的棉套邊兒又滲出若干條變黃的血水線，鑽心的疼痛使得他雙眉擠成疙瘩，嘴巴咧歪一邊兒，牙咬得嘎嘣嘎嘣發響。

嘿——緊了緊繩套，希熱頭又使出吃奶的勁。青筋在額頭上暴出，伸出的頭脖因血衝後變粗變紅，身體全向前傾斜著，那繩索深深嵌進他肩頭肉骨中咯吱咯吱響。泥車終於沉重地滾動。

不知當年的愚公有沒有如此拉車。

村人倒真說他愚了，傻了。說他是愚漢、傻公。

老「孛」黯然垂淚，心中知道兒子在跟什麼叫勁，跟天？跟地？跟人？搞不大清楚，不過不把蕎麥收進家裏來，兒子是決不罷休的，這點老頭兒心裏清楚。

正這時節，鄰居三喇嘛的媳婦芹菜「衣錦還鄉」了，並帶來了希熱頭媳婦蓮娃兒的消息。

●4、歸來的不是舊燕子

匆匆忙忙扒了兩口飯他就去了。

三喇嘛家的外屋正瀰漫著水蒸氣，白色的，霧靄騰騰的水蒸氣，從板門的上方裊裊飄逸而出消散在房檐一帶。

三喇嘛撅著屁股往灶口裏添柴火，灶上大鍋裏沸騰著滿滿一大鍋水。三喇嘛汗流浹背。

「要殺豬呀？」

希熱頭從迷濛霧氣中辨認著三喇嘛的禿頭，北方農家過年殺豬退毛時才燒這麼大一鍋水。

「不殺豬，嘿嘿。」三喇嘛摸了一把禿頭上的汗。

「招待大夥兒沏茶？」

「也不地，嘿嘿。」三喇嘛又摸了一把禿頭，這回不是摸汗。

「那燒這麼多水幹啥呀？」好奇的希熱頭窮追不捨，打破砂鍋問到底，端著不大利索的肩頭。

「她、我老婆她、芹菜她……」三喇嘛木訥著。

「她幹啥呀，喝?也不可能喝這麼多呀?」

「不——地。」三喇嘛的不字拉得很長才落在地上。「嘿嘿嘿，芹菜她、她在洗澡，嘿嘿嘿。」

「洗澡?」希熱頭的眼睛瞪得比玻璃球還鼓圓，如同聽到天上生出了一隻葫蘆大的跳蚤般驚訝。又說：「村前幾步路有河水，咋不上河裏洗?」

「芹菜說城裏人都用熱水洗澡，嫌河水埋汰又涼。」

希熱頭的腦袋晃起來，像是撥浪鼓。

通向裏屋的門上掛著新換的雪白色紗布簾兒，擋著外邊的光明，也隔著裏邊的風景。從屋裏不時傳出嘩啦唏哩潑水聲以及水與肌膚磨擦的咕嘰咕嘰奇妙聲響。

「我的親愛的，喇嘛哎，給咱再換一桶熱水哎!」從裏屋傳出一聲嗲嗲的膩膩的聲腔來，很是陌生，聽著皮膚上不舒服，發麻。

「來哩!」

三喇嘛輕快地舀一桶熱水，風一樣捲進那白色的門簾後，嘩啦啦倒進某一容器中，又風一樣提著另一桶用過的舊水從白門簾後捲出來。

希熱頭又發現了新問題。

「她在哪裏洗澡？你給她買了城裏人的澡盆？」

「沒有啊。」

「那……？」

「嘿嘿嘿……」三喇嘛的沾著灰和水的手向門後指了指說，活人哪能叫尿憋死！

「能幹多了！」三喇嘛由衷地誇獎著女人又說：「你瞧我門口堆的那些磚瓦石頭木料，全是我老婆掙來的，入秋我就起新房子。」

希熱頭不由嘆口氣，不知心中啥滋味。人他媽為了錢啥都幹，這叫啥事兒呢，為了錢讓自己女人陪啥都不管，這叫啥人兒呢，他心中又堵上一口氣，悶得慌，想趕緊逃離三喇嘛的屋子，可自己是來打聽老婆蓮娃兒情況的，只好忍著又蹲下去，等候那位具有了蔥白「豬蹄子」的芹菜姑奶奶沐浴完畢走出屋來。

「喲，西院大哥來啦，真新鮮。」

沒你新鮮，都換了個人。希熱頭目瞪口呆地盯著從神秘的白布簾後走出來的芹菜。一條粉紅絲巾挽抱著濕潤長髮在頭頂高高豎起；一條乳白色毛巾被從胳肢窩下到胸部上圍著，裸坦著上邊白花花的雙肩雙臂及胸口還有下邊粉白色半個大腿；嘴巴肯定又塗抹了啥血色東西欲滴不滴那血漬；塗描黑炭的眉毛下那雙黃眼又亮又野性地閃動著勾魂的光澤；唯一沒變化的是那滿口黃牙，依然亮著黃鏽衝人吡著。希熱頭猛然驚恐地想起前一陣夜夜夢中攪擾他的就是這樣女人。

他不敢直視。

「大哥，你咋了，眼睛花了？」

「是，是，花了，這兩天又害眼睛。」

「咯咯咯。」芹菜笑著，鼻子嗅一嗅空氣說：「這是啥氣味兒，這麼難聞，像臭泥坑發的味兒。」

「怪我，怪我，臨出來我還洗了洗，換了衣服，還是帶了那爛泥灘的味兒。」希熱頭歉意地向後閃避多步，臉上擠著笑。

「沒關係啦，大哥，找我肯定是來打聽蓮娃兒姐的吧？」

「對，對，沒錯兒，就想打聽打聽我老婆。」

「蓮娃兒姐挺好的，養得也白白的，跟我差不多，你不用擔心，大哥。」

「她也跟你一樣三陪四陪哪？」

「咯咯咯……說得多難聽啊，大哥，我們是服務小姐，咯咯咯咯。」

「她真的跟你一樣幹著陪……服務小姐活兒嗎？」希熱頭的嗓音提高許多。

「瞧你急的，沒有，大哥，蓮娃兒姐只幹一樣，咯咯咯咯……」

「啥？」

「陪酒。」

「陪酒？她在家從來不喝酒！」

「現在她可厲害了，她的酒量醉倒五桌人沒問題！」

「啊?!不可能！她沾酒就暈！」

「哈哈哈哈，你不信？等她回來試試，這麼說吧，她尿出的尿都帶酒味兒，能熏倒兩條狗！哈哈哈哈……」芹菜張開滿口黃牙放肆地大笑起來。

希熱頭聽著毛骨悚然。心中半信半疑。

他覺著再待在這兒沒球意思了，便抽身往外走。

「大哥，你走啊？」

「蓮娃兒她好就行，我也放心了，我回去還能拉一趟泥……」

「你不用拉泥了，蓮娃兒姐有東西捎給你。」

「啥？」

「你最想要啥？」

「我最想要啥……」

「你最想要的是這個！給你！」芹菜把一個用花手帕包著的東西放進希熱頭的手裏。

「這是啥？」

「你打開就知道了。」

希熱頭便打開了——

「錢?!」

「對啦，你最想要眼下又最需要的不就是錢嘛！五百塊，蓮娃兒姐讓我捎給你的，這可是她的辛苦錢喲，你可點好嘍。能買幾袋化肥呢。」

希熱頭沒點那把錢，如數包好，重新放回芹菜那蔥白似的手中。

「我不要這錢。」

「啊！」這回是三喇嘛跟芹菜一起發出驚嘆，似是聽錯了希熱頭的話。

「你不要這五百塊？」

「對，我不要。」

「當真？」

「當真。」

「為啥？」

「我要她回來！你回去告訴她，我最想要的就是要她回來！你再告給她，再不回來就別再回來了！」

希熱頭說完頭也不回地走出三喇嘛那間散發著異樣氣味的房間，大步往家走，又大口大口呼吸著外邊自由新鮮而習慣了的空氣。

他當然沒聽見芹菜從他身後吐出的眼下較流行的兩個字：「傻X。」

當希熱頭走進自家院子時，有兩個亮點在傍晚的霞光中閃過，是黑色的亮點，這亮點把大北方暖洋洋初夏之晚的紫紅霞光給穿透了，也給剪零碎了。這兩個黑色亮點圍繞著自家的房簷翻飛，還唧哩哩喳啦啦的唱著，叫著。

是一對舊燕子。

他家屋簷下有兩處泥窩，去年飛出兩窩燕子回了南方。

可這對燕子不入那舊窩，只圍著房簷下的其他處繞飛，尋覓新的地方。顯然這是一對新來的客戶。

唉，歸來的不是舊燕子。

希熱頭感嘆。

5、冤有頭，債有主

老「孛」守護著蕎麥地，夕陽下低聲哼唱古老的安代歌曲。黃昏時的紅霞，裹罩著他清瘦身體。

小孫女依偎在老人懷中，沉醉在歌聲中，童稚的目光充滿憧憬地凝視著茫茫天際。

「爺爺，天的那邊是啥呀？」

「沙坨子。」

「那過了沙坨子就該是通遼了吧？」

……老「孛」默然。

「我想媽媽……」小孫女雙眼噙著淚珠遙望天外天，又指了指他們所守護的坨下蕎麥地說：「爺爺，蕎麥豐收了，媽媽該回來了吧？」

「該回來了。」

「蕎麥豐收了，咱們也能蓋新房了吧？」

「差不離。」

老「孛」拍拍小孫女，似是安慰，一雙依然深邃的目光凝視著迷濛的遠方。

蕎麥地裏戳立著幾個樹枝乾草紮的「布衣人」，麻雀野鳥啾啾叫著飛來又飛走，個別膽大的試探著落腳在「布衣人」上，可風一吹動了布衣人手中的碎布條子，便嚇得牠拍翅而起匆忙逃離。

希熱頭躺在地頭鬆軟的沙地上歇息，聞著伴有爛泥灘臭味兒的蕎麥清香，他感覺愜意極了。爛泥救活了蕎麥地，可也差點拉垮了自己，如今普澆了一遍，他不必天天不顧死活拉泥了，隔兩天哪一塊地力不好，就往那塊兒澆澆便可。耳聽著隨風飄下來的老爺子唱的古歌，他心裏也不是滋味兒，遠望天邊，心中想念著自己的女人蓮娃兒。他決定蓮娃兒再不回來，那他收了蕎麥就自個兒去通遼把她找回來。

離他不遠處的柳林中，養蜂人楊師傅正在忙活。晚霞投過柳林，使得養蜂人的影子和一摞一摞的蜂箱變得支離破碎。養蜂人戴著紗罩草帽，查看蜂箱中的什麼東西，一群群飛動的蜜蜂圍繞著他亂烘烘地營營嗡嗡鳴叫，可養蜂人並不在乎這些為他奉獻著所有勞動果實甚至畢生精力及生命的小小精靈會螫到他，他才是真正的「蜂王」。

希熱頭盯著養蜂人看。他發現了養蜂人一個有趣的習慣性動作。養蜂人儘管雙手忙著揀這舉那，可那手總抽空往褲襠裏抓撓一下，希熱頭替他數過，大約一分鐘裏他往褲襠裏抓撓過十八次！

希熱頭暗暗竊笑。這狗日的，叫他的蜂子螫了自個兒的老二！「哈哈哈……」希熱頭笑出聲。

「喂！老楊，楊師傅！」他抬起頭朝養蜂人喊。「老楊，你褲襠裏也長蜂蜜嗎？」

「呵呵呵，褲襠是我自己個兒的，褲襠裏的東西也是我自己個兒的，我愛抓就抓，你管得著嗎？」

「我倒管不著你抓你的老二玩，可只是你那老二犯事兒太多，不小心叫蜂子螫住了吧！哈哈哈哈……」

「你也小心點，蜂子也會螫住你那寶貝的，嘎嘎嘎嘎。」養蜂人一邊抓撓著褲襠顧自鑽進帳篷裏去，不再理會希熱頭的取笑。

希熱頭也爬起來，跟窩棚口的老爺子打一聲招呼後，就騎上驢回村取東西。這些日子他們老少三代基本都野外窩棚裏過日子，守護著蕎麥地，吃喝缺什麼，再回村裏的家中取去。

當希熱頭走近家門時發現了一個情況。

他家的房頂煙囪正在冒煙！一縷青煙，正從那口冷寂多日的自家煙囪中裊裊升騰，形如一根柱子，消入傍晚的濃藍色高空中。他不禁一愣。誰在他們家燒火？

他急匆匆推開院門。

於是，他看見了笑咪咪站在屋門口的媳婦蓮娃兒，懷裏抱著一捆柴禾。

他傻子似地怔怔盯著自己女人，似乎不相信自己眼睛看到的這大活人，疑為幻影。

「不認識了？傻看啥！」蓮娃兒臉上閃過一絲紅暈，微笑著抱柴進屋。

「呵呵呵，蓮娃兒，你真的回來啦？呵呵呵。」希熱頭搓著手跟在媳婦後頭傻笑。

「你下了最後通牒，敢不回來嘛。」

「老子想你嘛，還有……」

「還有啥？」

「還有，別人說三道四的。」

「腳正不怕鞋歪。」蓮娃兒臉上又閃過一絲紅暈。希熱頭發現自己女人比原來變得可漂亮多了，臉色白白淨淨，眼睛又大又亮，烏黑的頭髮腦後梳著馬尾巴，顯得年輕而利索，敞領口紅條兒短袖衫儘管普通而不扎眼，可裏邊聳湧的豐胸格外惹目，顯然沒穿裙子但那灰白色褲子稜是稜線是線，合身又顯出女人體韻，整個是一位美麗動人的城市女青年站在自己面前。

「你真漂亮！」

「去。」

「真的，我都不敢認了，說你二十歲也信。」

「拿自個老婆兒開心不是。」

「你咋沒抹上紅嘴唇，人家芹菜可抹得像吃了血耗子，還有眉毛塗得像烏眼兒雞！」

「格格格格，你真會損人。我可不塗抹那些玩藝，省得你損我。」

「你要是塗了，我用刀刮下來。你這人，咋回來就抱柴燒火，不歇歇腳，瞎表現。」

「我尋思你們都下地幹活兒回來晚，先給你們做飯嘛，這也錯了？」

「沒錯沒錯，我媳婦看來還是老樣子……」希熱頭猛地抱住媳婦親熱一番，同時他伸鼻子嗅嗅這兒嗅嗅那兒，笑說：「沒有聞著啥酒味兒嘛，芹菜說你尿出的尿都能醉倒兩條狗。」

「這個芹菜，淨瞎勒勒。」蓮娃兒臉又紅了一下，不好意思地掙脫著丈夫。

「大亮天的，老爺子快回來了，讓我先做飯。」

「不用做飯了，我們都吃過晚飯了，這些日子我們都住在窩棚、吃在窩棚。你還沒吃飯呢吧？我給你下碗麵。」

「我不餓，女兒也在窩棚上啊？想死我女兒了，快帶我去窩棚上。」蓮娃兒性急地拽希熱頭的手就要動身。

「先別急，過一會兒我騎驢回窩棚把女兒帶回來。你要洗澡兒嗎？」

「你問這幹啥？」蓮娃兒奇怪地看著丈夫。

「你要洗，我給你燒鍋熱水，聽說城裏人都洗熱水澡兒。」

「明日個我下河洗洗就行了，我也不是城裏人。」蓮娃兒笑一笑。

「人家芹菜回來，三喇嘛可燒了一大鍋熱水，在自家大水缸裏燙了澡，就像殺豬退毛兒似的。」

「哈哈哈哈，」蓮娃兒捂著肚子大樂起來。「這芹菜，真擺譜兒瞎折騰！我可不會，格格格。」

接著，在媳婦催促下，希熱頭又騎驢回窩棚把老爺子和小女全接回家裏，蓮娃兒一一拿出大包小包兒的好吃的、好穿的、好看的城裏貨物給這祖宗三代瞧，一家人樂融融，好不熱鬧。

只是到了深夜，希熱頭覺得出了麻煩。

等興奮過了，夜也深了，熄燈睡覺了，小女兒也確實在媽媽身旁睡入夢鄉了，希熱頭那只帶有爛泥味兒的粗手悄悄伸進了媳婦的被窩兒。

媳婦那兒沒反應。

他的粗手繼續摸向那雙豐乳。

媳婦蓮娃兒這回輕輕擋住了他的手。

他心想，咋了？他仍固執地前進。

「喔嗯，別，我累了，別鬧了。」蓮娃兒悄聲說。

「這啥話，他娘的，老子幹了幾個月，妳輕巧一句話累了就不讓碰了？」希熱頭賭上氣，粗手更有力地挺進，蓮娃兒似乎也無奈了，任由他愛撫，但她似乎迴避或害怕著什麼，不敢放肆縱情。

他的手繼續向最終目的地挺進時，遇到了她堅決的抵抗。

「不，希熱頭，先別這樣。」

「咋？妳嫌我這丈夫髒了？配不上妳了？」

「不是……」

「那妳心中有別的男人了？」

「不是……」

「那老子不懂了，為啥妳不讓？」

「你聽我說，我現在下邊髒……」

「咋了？來例假了？」

「是、是……」

「我不信。」希熱頭從蓮娃兒語氣和神態上有些起疑，以前她可從來沒有這樣過。

「你他媽變心了！」希熱頭生氣地抽回剛還恣意的手。

「沒有啊，真是……髒。」蓮娃兒恐慌地抓住他的手。

這一下更是激起了希熱頭萬丈慾火。

「我不怕那髒！」希熱頭一側身，一拱腰，雙手按住對方的肩，強力地要霸王硬上弓。蓮娃兒哀傷地抵擋著，又怕驚醒了旁邊的女兒，經幾番折騰，希熱頭終於做成了事。

蓮娃兒低聲嘆口氣。

「你嘆啥氣？」

「沒啥，坐一天長途車，我累得夠嗆。」

翌日。一家人依舊高高興興吃過早飯，男人去坨子上的蕎麥地，輟學幾天的女兒在蓮娃兒催促下去上了學，腿腳不很利索的老公公在兒媳勸阻下留在村裏看家，蓮娃兒很好奇那蕎麥地，也佩服公公和丈夫在村裏人全撂荒了地的情況下，還種出了蕎麥，非要陪著丈夫下地去看那片蕎麥地。於是倆口子套車從河口拉了一車爛稀泥，上坨子了。蓮娃兒說這爛泥真臭，難怪你身上家裏哪兒都是這味兒。希熱頭說現在聞著臭，秋天吃上蕎麵就覺著香了，蕎麥賣了大錢更覺著香了，蕎麥地全指望著這爛泥了。蓮娃兒說給你捎錢買化肥，你也不幹嘛。希熱頭說我不用那來歷不明的錢。

「啥叫來歷不明？」蓮娃兒登時火了，臉通紅。希熱頭趕緊哄媳婦，接著說：「那你也把真話告訴我，你們這些人在通遼到底上著啥班兒？」

「每個人上的班兒都不同，各幹各的。」

希熱頭把一直攪擾他心窩子數月的這疑問，現在終於面對面地向蓮娃兒提出來。

「那你呢？」

「我？我只幹一樣。」

「哪一樣？」

「在娛樂城的一家餐館當女服務員。」

「光這些？」

「你也知道的，實質就是當陪酒女郎，專門陪別人喝酒的那一種。」

「光這些？」

「你以為還有啥？」蓮娃兒又有些火。

「不是那個那個三陪、四陪的？」

「你胡勒！我蓮娃兒不是那種人，也不丟那人！你竟往那兒尋思我，冤枉我，嗚嗚嗚……」蓮娃兒滿肚子委屈地哭將起來。「要不是你窮，要不是為了咱家蓋新房，我蓮娃兒幹麼撇家捨業跑到通遼當陪酒女郎作踐自己？我沒做過對不起你的事，你淨壞裏想我，嗚嗚嗚。」

希熱頭慌了。連抱帶哄。

「我說錯了，都怪我瞎猜，怪我瞎信別人瞎說，你別生氣，我給你陪不是，你打我兩巴掌吧。」

蓮娃兒又破涕為笑。

希熱頭又十分信任了自己的女人，放下了心頭的那塊石頭，倆口子和和睦睦有說有笑地趕車進了沙坨子。

美麗而壯闊的蕎麥地讓蓮娃兒驚呼起來。

「我的男人真偉大。」

「是老爺子的點子，還有他當年的那個……乾妹子，她一家幫了大忙。」

希熱頭細說了一下過程。

「反正我男人偉大能幹，要不是你不要命地澆爛泥，這地也完了。我蓮娃兒嫁你真沒嫁錯。」

「那你還想出去嗎？」

「這……」蓮娃兒一時語塞。

「看來妳還想著去當妳的陪酒女郎。」

「不，只要咱們種地能掙錢能蓋新房，我哪兒也不去，一生守著你這臭男人。」蓮娃兒嘆口氣說，眼神中閃過一絲不易察覺的愁雲。

「咱們明年還種蕎麥，種蕎麥肯定能發，我去看過老爺子乾妹子那個村子，全是新磚房。用不著妳一個女人家出去折騰受罪了。」希熱頭拍著胸脯，在蓮娃兒感動的目光中，走進蕎麥地裏，尋那些地力不夠的地方澆泥肥。

蓮娃兒在地頭看車，把套車的牛和驢卸下車，牽進旁邊的小柳林中吃草。於是，她發現了養蜂人。

養蜂人楊師傅也發現了她。

兩個人在小柳林中不期而遇。

「咦？你不是那個、那個白城來的女人嗎？」養蜂人瞪大了眼睛，一眼認出當初陪自己喝酒的這個女人。

「原來是你！你這害人的混蛋！」只見蓮娃兒張口就罵，上去就搧了養蜂人一個響亮耳光，怒氣衝天。

「喂喂，你幹麼打我？」養蜂人捂著臉閃避著。

「打你是輕的，我想扒了你的皮，你這害人的壞蛋！原來你是個走南闖北的養蜂人，難怪……」蓮娃兒越說越來氣，還想上去搧他。見勢不妙養蜂人扭頭就逃。

希熱頭從遠處的蕎麥地裏喊：「咋了？蓮娃兒！」

「沒咋，我問問這養蜂的大哥賣不賣蜂蜜！」

希熱頭就無話。

養蜂人楊師傅躲在遠處的樹叢中，賊目鼠眼窺視著蓮娃兒的動靜，摸著額頭驚嘆：「原來白城來的女人就是她，就是希熱頭的媳婦！我的天啊！」

6、又是爛泥灘

發癢是傍晚開始的。

希熱頭往褲襠裏一分鐘也抓撓了十八次。

他奇怪，我的老二沒挨過蜂子螫呀。也沒有不老實幹過壞事啊。

他以為，成天泡在爛泥灘中攪泥裝泥，叫髒污東西感染上了。

可又一想，不對呀，養蜂人沒下過爛泥灘，可他也不停地抓撓褲襠處啊。他下河裏好好洗了洗下身。一看自己的那寶貝，他嚇了一跳。上邊長出了不少星星點點的紅斑，感到自己尿道裏奇癢無比，鑽心的沒著沒落的奇癢。

「天啊，我這是咋了，得了啥怪病啊？」

媳婦蓮娃兒問：「希熱頭，你咋的了？老看你的那個寶貝，格格格。」

「嘿嘿嘿，沒咋地，我看它長個兒沒有。」

「真沒臉皮，那你還老抓撓它幹啥？」

「有點癢，可能沾了爛泥，沒啥事。」

一聽癢，蓮娃娃兒的心格噔一下，臉也變了，低下頭不再說話。粗心的希熱頭並沒有注意媳婦的這微小變化，只顧著掩飾自己寶貝處的變化。晚飯後，說上坨子守蕎麥地為由，他就去找了那位養蜂人。

養蜂人楊師傅一見他就嚇得直躲。躲進帳篷裏不出來，也不讓希熱頭進去。

「老楊，你躲我幹啥，我問你個事兒！」

一聽問事，養蜂人更不敢從帳篷裏出來。顫抖著向外喊：「你要幹啥？有事明天再說，有事也不管我的事！」

「哪兒跟哪兒啊？我就問你，你的褲襠裏癢癢是咋回事！我的老二也發癢了，跟你的老二學的，我來問問你。」

「就問這個呀？」

「就問這個，還能問啥，你也沒有別的特長。」

「嘻嘻嘻。我當是……什麼呢。」

養蜂人嘻笑著走出帳篷，怪模怪樣地瞅著希熱頭，陰陰地說：「看來你也沾上了。」

「沾上啥了？」

「告訴你吧，我的寶貝患了病。」

「啥病？」

「心病。」

「心病？」

養蜂人的南方口音性心不分，希熱頭錯當成「心」病。

「不是心臟的心，是男性女性的性。」

「你得的是性病！」

「對嘍，可能你也差不多，你脫褲子叫我瞧一瞧。」

希熱頭就脫了褲子，大大咧咧亮出他的寶貝。

「沒錯啦，就是心病啦。」

「我咋會得這玩藝呢，也沒像你幹過壞事。」

「你老婆回來了吧？」

「回來了。」

「跟你老婆上床了沒有？」

「我們這兒沒有床，全是土炕。」

「那上炕沒有？」

「睡覺當然是上炕了。」

「咳，幹那事兒沒有？」

「早這麼說不得了，捱了幾個月，能不幹嗎？」

「這就對咧。」

「啥叫這就對咧。」

「回去問你老婆去。」

「你的意思是……啊?!你是說，是我老婆傳染給了我這心、性病？」

「我可沒這麼說。」

「可是這個意思。」

「那你自個兒琢磨去。」

希熱頭扭頭就走。身後傳出養蜂人的嘿嘿怪笑，還有野坨上夜貓子的哭泣般的啼叫聲。有一種不祥的預感襲上他心頭。

當他氣沖沖地回到自家院外時，從院門暗處閃出一個人影，擋住他去路嚇了他一跳。是自己的媳婦蓮娃兒。

「你回來啦？」

「你知道我回來？」

「嗯那。你先吃吃這個。」蓮娃兒手工拿著一小瓶東西。

「啥東西？」

「藥。能管你下邊發癢。」

「你也知道我得了啥病？」

「嗯那。是我帶給你的。這藥是一個姐妹兒給我的，你剛得，可能管用。」

「操你個媽！蓮娃兒，你這騷貨！」

「你罵我、打我吧，我對不起你……嗚嗚嗚……那晚我不讓，你偏要……嗚嗚嗚。」蓮娃兒蹲在院牆根，黑暗中傷心地哭泣起來。

「操你奶奶的，原來你不光是陪酒，還陪睡，沾了這一身的髒病！你這臊貨，賤貨！」

「別冤枉，希熱頭，我真的是光陪酒不賣身子，我沒騙你……」蓮娃兒縮成一團，可憐巴巴地訴說著。

「那你咋得了髒病？你說！」

「都怪我自己不小心，一個叫我陪酒的混蛋，在酒裏下了安眠藥，趁我不醒人事……就這麼一次啊，希熱頭我說的全是實話，就這麼一次那混蛋把髒病傳給了我，嗚嗚嗚……」

「天啊，我要殺了那混蛋！妳告訴我，那混蛋是誰，在哪兒，在通遼，是吧？我去殺了他，對了，我知道他是誰了，他說過在通遼辦過事，遇到過一個光陪酒不賣身的白城女人，今天還和他吵過的樣子！就是他！我去殺了他！該死的王八蛋！」

希熱頭猜透了一切，譃地從牆上拿起砍柴刀，轉身就走。蓮娃兒一下子抱住了他的腿，跪在他的腳前，期期艾艾地求起來：「你不能殺了他，你要是殺了人，這一家可完了，老爺子咋辦，女兒咋辦，你不能殺人啊，希熱頭，我惹的禍，你懲罰我吧……」

希熱頭幾經掙脫，蓮娃兒死纏著他雙腿，他走脫不得，一怒之下大巴掌搧在自己女人臉上，只見蓮娃兒的鼻孔嘴角流出鮮血來。

「你先殺了我吧，都是我的罪孽，嗚嗚嗚，都是為了這個家，為了蓋新房，嗚嗚，誰叫咱們窮啊，我也真不想活了，嗚嗚嗚……」

希熱頭的心一顫，停下舉起的巴掌。

他手中的砍刀狠狠往下一砍，砍刀投入土中，然後他也抱頭蹲在地上，狼嚎般地嗷嗷哭吟起來，那充滿悲憤、怒氣、無處發洩的哀怨的狼嚎般哭聲，黑夜的靜謐中顯得瘮人恐怖，傳出老遠，連村狗都嚇得不敢叫出聲。

哭夠了，無奈的希熱頭撓著他發癢的褲襠處，回屋去了。進屋就悶頭睡，明天還要拉爛泥，蕎麥正在上糧食，更須加肥。對他來說，唯有蕎麥，才使他忘掉這人間煩惱。至於發癢的寶貝，由它去吧，爛掉了更省卻了好多事。發狠中他昏睡，也沒管媳婦蓮娃兒回屋沒有。

第二天他才發現蓮娃兒不見了。他這才慌了神兒。先知先覺般的老爺子老「孛」對兒子說人是半夜走的，提著提包。「那你為啥不攔住她？」「攔她幹啥？我想她是出去治病。」果然從櫃子上發現了留下的紙條，上邊大意是我不久就回來，還你一個乾淨的媳婦，也給你帶回有效的好藥等等。紙裏還包著一個存摺，說蓋新房用。

希熱頭捶著腦袋喊：「蓮娃兒，你這蠢女人，你為啥走哇！你這蠢女人！」

「不走咋整，你給她治病啊？」老爺子又冷冷地說。

「我去找她回來。」

「你走蕎麥地咋辦？你的女兒咋辦？我這把老骨頭無所謂，可你不能把這家給攪散了呀。」老爺子依舊冷冷地說話。

希熱頭只好暫時放棄出去尋妻的打算。

他又開始玩命地侍弄起蕎麥地，黑天白日地拉運起爛泥來。也許出於對下身髒病的仇恨，也許想懲罰自己，他成天泡在那爛泥灘中，以前是站在岸上用水桶舀，這回他直接站在齊腰深的臭哄哄的灶泥中舀裝，整個肚臍以下的下半身全浸泡在泥裏，出來後也壓根兒不去河裏洗洗，拖著那臭哄哄全是泥漿的下半身趕著車進出蕎麥地。

一個奇怪的情況出現了。

他的褲襠裏不怎麼癢癢了。他初以為蝨子多不咬，髒得厲害了就不知道癢癢了。可他一細看他的那物兒，上邊的紅斑點也開始消失脫落了。

希熱頭樂了。這爛泥灘，是個神藥池哩！他乾脆長時間在爛泥灘中泡將起來。像一頭躲避酷暑的豬，趴泡在爛泥中不起來，村人更是搖頭而過：「這小子，這回真的瘋了，媳婦跑了，想不開呀！」也有好心人過來勸解開導：「希熱頭啊，想開點……這個女人跑了，還有其他女人哩！」

希熱頭只是嘿嘿嘿傻樂，嘴說：「你們知道啥呀。」

老爺子站在岸邊說：「差不多就出來吧，藥勁兒大了，反而還有害呢。小溪從坨子根沖下來奇草怪藤，有的還有毒哪！」

希熱頭撲嚕嚕往外跑。

希熱頭心說：「這個傻蓮娃兒，再等兩天走不就好了，守著這麼好的神藥池，還跑到外邊折騰瞎花錢，真是蠢透了。還是傻人有傻福喲。」

「這都是天意。」老「孛」卻這麼說。

●7、老「孛」祭天

蕎麥花開始謝了。

一簇簇白花枯萎成褐色的沒了水分的乾縮小團的樣子，很是令人心疼。漸漸，在那褐色乾團下，顯露出五粒此時尚嫩而白色的三稜狀蕎麥粒來。

時節也熬過漫長的酷夏，入秋了。這些每株蕎麥棵子上結出的一簇簇三稜白色麥粒兒，還將經過秋季日曬和繼續從土地吸取養分，最終會變成一簇簇沉甸甸的麥粒兒，那白嫩顏色也經煉成黑褐色的麥殼兒，在殼兒中包裹白色果實，那就是曬乾後可成為食物的蕎麵！庫倫旗南部的苦蕎麥美名遠揚，當年日本人侵華時嚐到了甜頭，養成了嗜好，如今每年從庫倫一帶大批量進購苦蕎麥。精明的日本人早已分析出蕎麥有降血壓、降膽固醇、利尿排毒、健脾胃而美容加延年益壽等等功效，又加工出苦蕎劑、苦蕎飲料、苦蕎烏龍麵、苦蕎益壽膏等等產品傾銷東南亞與港臺澳獲大利。庫倫人只賣個原料而已。這也已令可憐的農民們很是知足，苞米高粱只賣一斤四五毛的時候，苦蕎麥一斤可賣一元到兩元！

希熱頭走在蕎麥地，查看三稜蕎麥粒上糧情況。滿地褐紅色，經初秋的爽風一催，兩三尺高的蕎麥莖桿也漸漸演變成褐紅色，原先滿目白色，幾天間成為滿目褐紅色，眼前展現出另一種迷人景色，一種即將豐收的景色，令農民希熱頭感慨而興奮不已。「啊，苦蕎麥，神奇的作物！」

一旁的柳林中，養蜂人楊師傅忙著收他的蜜。沒有了養蕎花，他也進入了後期的收屋工作，收拾蜂蜜，整理蜂箱，天冷前要撤離此地。希熱頭幾次想衝過去收拾這混蛋，但豐收的景象和蓮娃兒那夜苦勸的話語，使他終忍住氣。看著那小子一邊兒撓著褲襠一邊兒忙活著蜂箱，心想活該，爛掉狗日的老二才解恨呢，省得別的女人遭殃！

又過了些時日，秋意愈濃，天氣變涼。

老「孛」天天站在沙坨頂上看天。早看東南，晚看西北，夜裏觀看天象。他臉呈愁容，嘆著氣，腳步蹣跚地圍著蕎麥地走了一圈兒又一圈兒，並在地的周圍四角立了八個土包，上邊還插著芨芨草和香蒿子，然後老「孛」又是磕頭又是嘴裏念念有詞。

這一天，天陰沉著臉，一點兒風都沒有。坨子裏寧靜得壓抑。鳥兒啾啾叫著早早歸了窩兒。天邊有白色的霧靄隱隱升騰。空氣陰冷而發乾。

「兒子，要出事呢。」老「孛」說得怪怪的。

「是不是變天啊？」

「要降霜！」

「啊?!啥時候？」

「可能就在今夜。今年一直天旱，老天要提前降霜，整整提前了半個多月哪。一降霜咱們蕎麥就完啦，咱們本來就種晚了日子。唉，這都是天意喲。」

「這可咋整啊，爹？」希熱頭著急了。經寒霜一打，沒上夠糧食的蕎麥將全都是凍蔫巴。就如霜打的草，耷拉下腦袋，葉莖凍傷發黑，那麥粒兒也全是水漿曬不成糧食了。

希熱頭跑到養蜂人楊師傅那兒搶他的收音機聽天氣預報。又跑回村裏打開了裝在家裏一直沒怎麼打開過的那個喇叭——旗廣播站的有線廣播。果然，旗氣象臺報出庫倫北部沙坨地帶今夜有寒霜！提醒農民做好防霜準備。

希熱頭更如熱鍋上的螞蟻。

他又跑回沙坨子上的蕎麥地。

他見老爹盤坐在坨頂上，閉目沉思，如一尊石像。

很少見老爺子如此莊重、肅穆、令人生畏的神態以及某種宗教祈禱般的枯坐。

「爹……今夜真有寒霜，廣播了。」

「知道。」

「你這是……咱們可咋辦啊？」

「祭天。」

「祭天？祭天是做啥呀？」

「祭天驅霜。」

「祭天驅霜？這管用嗎？」

「管不管用在天了，這是我唯一能做的事情。你去準備一下吧。」

「準備啥？」希熱頭狐疑。

「準備柴禾乾草，越多越好，再去村裏招呼一些親戚朋友來幫忙。」

希熱頭就去了。心中半信半疑但知道老父親當年曾是薩滿教「孛」師，行走草原沙地，被人稱為「稱爾沁神孛」，有些本事，備不住真能把寒霜給驅走了呢。他急急忙忙用車拉來一堆堆乾草柴禾，並照老爹在蕎麥地四周構畫好的圖形堆放乾草，那每堆柴草都是按天上北斗七星的座標形狀擺摞的，共擺出七七四十九座柴草堆。老爹嫌柴草不夠，又叫希熱頭從沙坨子裏拉來一車又一車的沙柳沙棘叢像小山似地堆放在蕎麥地周圍。

老「孛」則在沙坨頂上平整出一塊主台。仍依照北斗七星的樣子堆放出一座更為高大的柴草山，在其前設下香案，上邊放有炒米奶酒果品之類外，還捆放著一隻小羊以待血祭時所用。

希熱頭跑回村招呼三親六姑四五好友。

「俺爹老子今晚祭天驅霜，請去幫個忙。」

親戚朋友瞪大了眼睛看他，以確定他是不是在說胡話。後又覺得天外奇說：

「這家人淨整出些古怪事，走別人不走的路子，幹別人不幹的事。」

畢竟來了幾個好奇的小尕子小夥子們，嘻嘻哈哈圍著怪異神秘的祭台和柴草堆觀看議論。老「孛」覺得人手夠了，便分派他們一人手擎一把火把去守護那蕎麥地周圍七七四十九座柴草堆，一人管幾座，等候他號令。

然後就是等天黑。

或許受了「孛」神秘舉動感染，今晚的夜也顯得神經兮兮地怪異起來。空氣乾冷不說，夜空顯得很曠很高而且白白的，那星星呢，可又更顯得亮亮的、晃晃的，迷人地閃爍著；而大地，則被一股無形無覺中漫上來的無邊的冷氣所包圍所浸潤，漸漸生出受擠壓緊縮的感覺來。時至子夜，這種降霜前的徵兆愈加明顯了。

此時，老「孛」披一件五色帶穗兒的早年法袍子，手捧帶銅環的單面法鼓——達瑪如，單膝跪在主祭台前，行下三拜九叩之禮，陡地引吭高誦道：

「鄂其克．騰格爾！（意即：天父）

長生天父！

我們今夜隆重祭奠你！」

然後他轉向蕎麥地周圍守護者們高喊一聲：

「點火！」

坨下凍得發抖的守護者們紛紛點燃了各自管轄的柴草堆。漸漸，暗紅的火濃濃的煙在黑暗的蕎麥地周圍燃燒升騰起來了。

同時，老「孛」也點燃了主祭臺上的那堆七星柴草。

老「孛」緩緩敲打著達瑪如，用安代的曲律高唱起來：

「在那太陽升起的高天上
有一座九重金殿，
在那金殿上
有父親般的九重天！
在那月亮升起的高天上
有一座九重銀殿，
在那銀殿上
有父親般的九重天！
燃起了七星祭火喲，
宰殺了血祭的白羊，
我們虔誠地呼喚：

鄂其克・騰格爾！
長生天父！
請降臨吧！
收走你的怒氣所變的寒霜，
把幸福和溫暖賜給我們！
鄂其克・騰格爾！
請降臨吧！
收走你的哈氣所變的冷霜，
把豐收和吉祥留給我們！
……………………」

只見老「孛」一邊唱一邊緩緩跳起安代舞，他的腿微跛，但他圍著那堆正熊熊燃起的七星篝火邊舞邊轉，不時把奶酒果品祭灑在火堆上，接著又把帶血的羊肉割下一塊一塊祭丟在火堆中。

此時，黑夜中的蕎麥地周圍，那七七四十九座柴草堆都按七星方位燃燒起來，火光衝天，濃煙漫延，從高沙坨上望下去甚是壯觀而神秘。靜謐的蕎麥地此時被火光包圍映紅了，紫黑而蔚藍色的天空，也被火光映紅了，那些守護祭火的小夥子們，舉著火把穿梭在各個方位的七星篝火間，不時地往火堆上增添著柴草，使得火光長時續燃而旺盛。漸漸，寒冷的高天被火熱熔暖了，被篝火圍起來的蕎麥地，也被火的熱氣蒸騰著，溫暖了，如白天般挺立著生命的果實生命的莖桿等候那東方的太陽升起來。

那四十九座篝火，那童話般神奇迷人的篝火，在莽莽的沙坨子中間如神火般燃燒了整整一夜；那厚重而節奏有力的達瑪如鼓聲，隨著暗夜時辰的更迭，圍著主祭的七星火團，也一直敲到天亮，如是一種召喚、一種呼號、一種抗爭的不屈的天籟！

於是，天和地之間湧動出一股暖流……那寒霜漸漸被熔化、擊退、消遁，無法入侵這塊神秘的土地了。

這歸功於那漫天的濃煙和烈火。

●8、霜天苦蕎紅

太陽升起來了。紅紅地掛在沙坨頂。

秋末涼爽的和風又吹起來了，農民打心眼裏喜歡這和風，稱之為金風。

一連十幾天，金風送爽，和煦融融，那蕎麥地，更是一番迷人的景象。滿地的苦蕎麥躲過了那一夜寒霜襲擊，又經歷了這十幾天寶貴的成熟期，每株蕎麥棵子上沉甸甸地結下了褐黑色的蕎麥粒兒，那圓狀綠葉全數呈金黃色，唯有那火紅色的莖桿，連成一片滿目金紅，好似無邊無際燃燒的火焰。這是一片豐收的蕎麥地，它已經完全成熟。

希熱頭，開鐮收割了。

他把割倒的蕎麥一摞兒一摞兒攤在地壟間，等侯幾日全曬乾後再拉回家院，再用木製二杈子拍打收糧。

村人的目光是複雜的。說這家人的生活路數確實不一樣呢。

養蜂人楊師傅雇用的兩掛馬車裝上他的蜂箱和帳篷，準備離開哈爾沙村的沙坨地。過河口那個爛泥旁時，正遇上希熱頭。

他依舊想閃避。低著頭，欲擦肩而過。

「站住。」

「別，希熱頭兄弟……」

「沒有打你的意思。」

「那？」

「你就沒有事兒問我？」希熱頭瞅著養蜂人可笑地不時抓撓褲襠處。

養蜂人確實有事兒問他，可一直因做賊心虛，懼著希熱頭不敢求問。

「有是有，可是……」

「啥可是，你想不想知道我是咋治好的？」

「想啊，好兄弟，你看我這副樣子，沒幾天我還要回家見老婆……」

「想治嗎？」

「想啊……」

「那好。」

希熱頭走過去，一把抱住養蜂人，舉起來，「撲通」一聲扔進了旁邊的那片爛泥灘中。養蜂人楊師傅，驚恐也喊叫著在爛泥裏掙扎，秋日變涼的爛泥灘沒過他的腰身，一股砭骨的涼意伴著刺鼻的臭味兒襲上全身，他哎呀媽呀地叫個不停，很快上身和鼻臉頭脖全糊成爛泥，活脫脫成了一隻泥豬。

「告訴你吧，我就在這裏泡好的。」

養蜂人便傻在那裏，停止了往外爬。

「要不是為了你那可憐的老婆，我才不管你的老二爛不爛呢！」

果然，他下身的癢的感覺漸漸減少。

養蜂人殺豬般地狂嚎起來：「我不癢了，我不癢了，我的寶貝不癢了，哈哈哈，哈哈哈……」

村裏人搖頭感嘆：「又冒出了一個拱爛泥的傻豬，人這是咋的了？」

不幾日，收完了蕎麥，希熱頭告別老爹和女兒，出門了。

他去尋找自己的女人蓮娃兒。

紅色溫柔

●1

不大不小的啤酒肚，挺著，一張麻子臉，揚著。胳肢窩裏還夾著個黑皮包。那伍老闆走進哈爾沙村時神氣十足，由縣招商辦主任王國林相陪，哈爾沙村村長白沙在村頭恭候。頭上也有一輪秋日亮亮地照著。

一個光屁股男孩騎著柳條馬，從他們旁邊「哧溜」地跑過時，濺起路上泥點，他皺了皺眉頭。白沙村長就慌了，趕緊俯下身子，抻著衣袖擦淨落在他鋥亮皮鞋上的泥點，陪著笑臉說：「鄉下孩子不懂事，不懂事。」伍老闆伸手捋了捋油光的中分頭，雙眼色眯地打量著周圍，沒說話。

那個光屁股男孩回過頭，定定地瞅一眼伍老闆那張白麻子臉，旋即向前跑走時大喊：「伍老闆來了！伍老闆來了！」聲音很響亮，透出一股驚喜，可聽著更像是喊：狼來了、狼來了。

「你聽聽，伍老闆，連小孩都盼著你來呢！你算是俺們村最受歡迎的貴客了！」白沙村長憨笑，很巴結。

「是嗎？不敢當，不敢當。」伍老闆矜持地笑一笑。

隨著那男孩的喊叫，村街兩旁伸出了很多腦袋。躲在那些一幢幢參差不齊的土房門後牆角，有的手上沾著麵糰，有的剛洗頭滴著水，有人則直接從茅房裏跑出來，一邊提著褲子，一邊伸頭張望。老的少的，男男女女，臉上都堆出笑容，喊喊喳喳地議論。這窮酸村街上還有一景，那就是每家每戶窗前、牆頭、房頂都一色兒攤曬著同樣一種東西：紅紅的尖辣椒。這紅尖椒，又名翹天椒，百姓叫「紅色一號」。有的裝在土筐內，有的攤在塑膠布上，有的乾脆把屋裏的炕席拿出來晾曬在上邊，在乾爽的秋日陽光下，煞是鮮豔奪目。整個村莊都顯得紅彤彤一片，房屋、街道、樹木幾乎都淹沒在這紅色海洋裏漂浮著。

「你瞅瞅，伍老闆，家家戶戶曬的都是咱們的紅尖椒，今年可是大豐收呢！」白沙村長熱情介紹，將軍般揮了揮手。

「嗯。」伍老闆鼻子裏哼了一下，目光漠然掃過那堆堆「紅色一號」，然後就停留在附近矮牆後頭的一個紅衣少婦身上。一雙圓眼睛頓時有了色彩。矜持的臉也鬆弛了。

「那小媳婦，誰家的？挺靚的嘛。」他臉上的每一麻坑，都顯出笑意。

「別瞎惦記。」一直沒說話的招商辦主任王國林，這時說了一句。

「誰惦記了？王主任你真逗！」伍老闆嘿嘿樂起來，悄聲反問他：「是不是你的相好？要不縣裏哪個頭兒的一面小彩旗？不是有句話嘛，家裏紅旗不倒，外邊彩旗飄飄！哈哈哈……聽說你們縣幹部都願意下鄉哩，為的就是插彩旗啊！把紅旗插遍山山鄉鄉！哈哈哈哈！」

那王主任便紅了臉，申辯：「你胡勒勒啥呢？你個伍老闆，人一有錢就變壞變色，一點不假！」

「啥叫插彩旗啊？你們說啥呢？」那白村長摸不著頭腦，看著二人。「給俺也插一個唄？」

兩人聽後更樂了，王國林揮揮手說：「你就別插了，幹好你的紅色一號就行啦！」

「是哩，是哩，王主任說得對，幹紅色一號、幹紅色一號。」那白村長就呵呵憨笑，又說：「那咱們還是談正事吧，這紅辣椒——伍老闆，現在俺們是全村動員，男女老少齊上陣了呢，自打上回你交待，不收剛摘下的鮮濕椒，要收曬乾的紅乾椒後，這兩個多月俺們可沒幹別的，你瞧瞧！」白村長又將軍般地向前揮了揮手。

「沒錯，老白說的是實情，他們可是天天眼巴巴地盼著你來喲。」這時王國林停住笑，也不失時機地墊話。

那伍老闆鼻子裏又只「嗯」了一聲，沒別的。

白沙村長看看王國林，又看看伍老闆，謙恭地問：「領導們是先吃飯還是先視察紅乾椒？」

王國林搶話說：「當然是先視察後吃飯！」

「飯就不必了，回縣城吃吧。」伍老闆拿一種詭秘的眼神看著王國林。「老王，你不是說這裏有好玩的地方嗎？在哪兒呢？」

「別急，別急，看完辣椒，喝完小酒，談完正事，好玩的事自然就有。」王國林打哈哈。

一旁的白沙聽得莫明其妙，摸摸頭說：「咱們這窮沙村有啥好玩的，變壓器都叫人偷著賣了，沒有電，連電視都看不成哩！」

王國林趕緊使眼色。「你這個村長咋當的，村裏有啥好玩的都不知道，真是個木頭人！」他拍著白沙肩頭神秘兮兮地說道：「你就別藏著掖著了，人家伍老闆來一趟容易嗎，縣裏開招商會，我千請萬請才把他從大老遠的遼陽請來的，今天我又抓住會議空檔，說動伍老闆來視察驗收你們村紅乾椒，容易嗎這！」

「是，是，俺明白，俺明白。」白沙趕緊點頭附和。

那伍老闆的圓眼睛從白村長身上，掃到王國林那張有些恍惚而顧左右的臉，盯住他問：「王主任，你不會是用瞎話把我給忽悠來的吧？」

「哪能呢，咱們倆誰跟誰啊！保證不會讓你白來一回！不就是插小旗兒嘛！」

伍老闆的目光還是有幾絲狐疑。

「請領導們趕緊驗收了紅乾椒，再談插旗吧！」一旁的白村長笑著催促二人。「俺老婆殺了老母雞都燉好啦，就等領導們過去喝兩盅了。」

王國林說：「好，先驗收紅乾椒，再陪伍老闆喝一壺。」

「紅乾椒我已經看過了，飯就不吃啦，王主任，咱們回縣城吧，我看這裏也沒啥好玩的。」伍老闆突然這樣對王國林說，口氣挺堅決。

「那紅色一號，你連摸都沒摸過呢！」白村長有些急了。

「還用得著上手摸嗎，掃一眼就知道了。王主任，我說了，咱們回縣城吧！」伍老闆的麻臉這回板起來了。

「真的要回？」

「真的要回。」

「回不去了。」

「為啥？」

「我把送咱們來的小車打發回去了，交待明天再來接咱們。」

「調回來。」

「車又幹別的事去啦，調不回來了。」

「那咱們搭長途班車回去。」

「一天就一趟，早過去啦。」

「走著回去！」伍老闆發狠了。

王國林笑了。「五十公里沙坨子路，咱們倆天亮前都走不到縣城，半路還要經過一群野狼窩哩！」那王國林看看西下的日頭，有些壞壞地看著伍老闆。「老白家倒是有一頭黑毛驢，要不你騎它走？」

「好一個王國林，你真是把老子給騙來了！」伍老闆跺一下腳，大叫。

● 2

伍老闆在哈爾沙村，一待就是五天。

每天倒是好吃好喝招待。

今天的主菜又端上來了，是小雞燉土豆。

伍老闆嘴裏哦了一聲，眉頭皺起說：「又是燉小雞？」

「對著哩，俺交待過了，伍老闆是俺們村的貴客，每天輪流一家殺一隻小雞，全村一百多戶，伍老闆在俺村待一百天，就殺一百隻小雞，也是個百雞宴呢！」黑瘦黑瘦的白沙村長依舊笑呵呵，態度謙卑。

「你殺了我吧，我現在自己都快成了小雞，都能聽到肚子裏雞打鳴了！」

「伍老闆說笑啦，俺們這窮沙村也沒別的啥葷腥好嚼咕兒，除了小雞還有田鼠，可田鼠那東西不能給你當下酒菜不是。」白村長不慌不忙，看得出他其實是心裏很有數的一個人。

接著，白村長朝門口招了招手。他的胖媳婦就端上來三道配菜。黃瓜蘸醬，大蔥蘸醬，小白菜蘸醬。那伍老闆呻吟般地哼哼著，不再說話了，五天來頓頓吃的都是這些東西，他看了都想吐。

「別說，俺縣上下來的幹部都愛找這些東西吃哩，說是綠色。」白沙村長的花樣還沒結束，他又朝門口揮了揮手。於是他的胖媳婦笑顛顛地端上來最後一盤東西：紅乾椒。鮮紅乾透，每一顆約一寸多長的紅色一號，裝在一個粗瓷白盤裏，十分美麗誘人。

「齊了，這回齊了。」白沙村長把菜碼齊了之後，自己蹲在土炕下邊的一條板凳上，像一隻趴牆頭的老山羊，衝伍老闆擠擠眼。「吃吧，伍老闆。」

「這紅乾椒，也不能當菜吃，你頓頓都擺上它幹嗎呀？」伍老闆苦笑。

「好看，好看不是，瞅著心裏喜慶不是！俺們村在伍老闆關照扶持下，今年所有的地都種了這紅色一號，三百多畝好土地啊，每畝豐產三百多斤，一共收了九萬斤紅辣椒，伍老闆！」那白沙村長蹲在板凳上，慢條斯理地掐著手指頭，一筆一筆算賬。接著又說：「按照伍老闆跟咱們簽的合同，拋除水分每斤按三塊錢收，加一塊共計二十七萬元，全村一百一十戶人家，每戶收入都可達到兩三千塊呢，這可比咱們原先的種苞米多收入四五倍，合算多了！全村百姓都想給你磕頭哩，俺的伍老闆！」

伍老闆的麻臉，立馬耷拉了下來。

那白村長依舊笑呵呵說：「吃飯吧，咱們先不說這些了。」

伍老闆問他：「你還是不過來一起吃？」

「不了，這飯不是給俺準備的，俺沒資格吃。今天的小雞是第一組的巴郎家殺的。巴郎！進來一下！」隨著喊聲，從外邊顛兒顛兒跑進來一個五大三粗的三十多歲漢子，愣愣地問道：「啥事，村長？」

「沒事，叫你向伍老闆伍領導彙報一下自己情況。」

「好吧。俺家五口人，有八畝地，河灘好地三畝，沙坨子孬地五畝，今年全種了伍老闆的紅色一號，全指望它了，俺連口糧都沒種啊！」憨厚的農民巴郎苦著臉訴說起來。

「說雞的事。」白村長提醒。

「是是，俺家只有三隻下蛋母雞，俺媳婦指著它們下蛋換油鹽。今天俺那女人死活不讓殺雞，俺就搧了她一巴掌，現在還躲在家裏摸眼淚呢！」

「你聽聽，伍老闆，俺能上桌吃那個雞嗎？」白沙說。

「這麼一說，我也不敢吃了，敢情這隻雞值四五千塊呢！」伍老闆搖了搖頭。

「那也比趙本山、宋丹丹的那只兩萬元的雞，便宜多了。再說了，伍老闆是什麼人，做著大買賣，只要收走了紅乾椒，一隻母雞算個球！別聽巴郎這小子哭窮，伍老闆你該吃吃，該喝喝，別餓著肚子！」白沙村長開始真誠地勸伍老闆進餐。

伍老闆的確有些餓了，入秋日子短，農村都吃兩頓飯，他的肚子很不習慣。於是他也顧不了許多，拿起筷子說：「那我就不客氣了。」

「等一下，還忘了辦一件事！」那白村長拍一下腿，叫道。

伍老闆愣了一下。「又咋的啦？」

「打電話，伍老闆忘了打電話！」只見白村長從那條板凳上跳下來，從腰帶上解下鑰匙打開了後櫃，從裏邊拿出一把手機，遞給了伍老闆。「這是你的手機，麻煩伍老闆，再給你們的公司去個電話，催他們一下！問問款啥時候到，車啥時候來？」

「昨天飯前，按你的意思不是打過電話了嗎？今天還要打呀？」

「當然要打。告訴家裏人，今天你很好，有吃有喝有玩，就等他們帶款來運走紅色一號，履行合同了。這樣大家都放心。」白村長還是那樣謙恭地笑瞇瞇奉稱著伍老闆。

「你們這些人真麻煩，怎麼就不相信人呢？要不還是我自己回去把款帶過來，好不好？」伍老闆來時還趾高氣揚的神態，此時已然不見，顯得很誠懇，甚至像是在乞求。

那白村長就呵呵地笑了，露出滿是煙鏽茶垢的黃牙，搖搖頭。

「伍老闆小看人了，侯寶林相聲裏的那個醉鬼，為啥不敢爬那根光柱子？就怕摁電門把他給摔下來呀！哈哈哈哈，俺也是那個醉鬼呢。人家王國林主任費了那麼大的勁，用盡心思，把你從大老遠給請來的，你這麼一走，還跟兩個月前一樣，找不到人影，你讓俺們種的這紅色一號都爛在家裏，那俺這村長抹脖子上吊也對不住全村百姓啊！再說了，你當初光賣給俺們的這辣椒籽錢就好幾萬塊，是村上借的貸款。所以，對不住了，伍老闆。」白沙村長依舊蹲在那條板凳上，如一隻看守場院的牧犬，穩穩盯著伍老闆。

伍老闆無話。默默低下頭去，又仰起頭，長嘆一聲。一副虎落平灘任犬欺的樣子。

「那個王國林呢？把我忽悠到這兒來，幾天都看不到他的人影，躲哪兒去了？快把他叫來，我有話跟他講！」伍老闆片刻後說。

「不瞞你說，俺也找他呢，他是中間擔保人，又是招商引資人，俺們也衝他說話哩！」

「那他人呢？跑了不成？」

「這倒不是，聽說縣領導正在找他問話。他招商引資招來了不少騙子，給縣裏造成經濟損失，他還不得擦屁股呀！人家現在肯定忙得很，顧不上你這頭兒了。不過，王主任走時交待了，一定要好好招待你，不可虧著伍老闆，稱你們是一起扛過槍的親密戰友，如果你掉下一兩肉，就拿俺是問呢！」

伍老闆又一時怔在那裏。

打完電話，已經餓腸轆轆的伍老闆這才端起飯碗。

他剛要伸筷子挾一塊雞肉，卻有一隻蒼蠅飛過來，落在了那雞湯碗裏。

伍老闆的筷子，舉在空中，呆呆地望著那隻正在雞湯裏掙扎的蒼蠅。

3

這時，白沙村長的又粗又黑的食指和拇指，穩準狠地捏出那隻已燙熟的蒼蠅。

「沒事的，吃吧，俺們這裏蒼蠅都是綠色的，沒受污染。」他向舉筷不定的伍老闆說。

「你的手指頭也是綠色的？」伍老闆問他。

「嘿嘿嘿，伍老闆說笑哩。」白村長的手往褲子上蹭了蹭。

伍老闆乾噍了幾口飯，便放下筷子。這頓飯算是草草完事。那一大碗雞塊雞湯全剩下，白村長怎麼勸也不吃了。或許他覺得自己也像那隻貪腥的蒼蠅，撲到這裏被眼前這位黑瘦老農捏在了手指間，甚感自己可憐吧。

白沙衝門口喊：「巴郎！快端走你家這碗值四五千的雞塊湯，慰勞你摸眼淚的老婆孩子吧！」

巴郎猶猶豫豫地走進來，看一眼伍老闆說：「要不留給伍老闆明天吃吧……」

「得得得，端走吧，明天二組的高洛家急著要殺雞呢，人家可不像你們殺個雞還哭天抹淚的！這殺雞指標，人家還是交換來的呢！村裏規定誰家先殺雞先收誰家的紅乾椒，大家都掙著搶著先殺雞，俺是看你家村裏算是貧困戶，才把你排在前頭的。」

「是是，俺明白，白村長很多地方都照顧俺……」那個老實巴腳的巴郎低著頭，端著雞碗，走到外屋想從碗裏撥出些雞塊留給村長家，又被村長媳婦擋下了。白村長送他到院門口，悄悄說：「晚上你過來陪伍老闆玩牌，玩完牌在俺家陪睡，向你老婆請個假吧！」

巴郎臉呈難色，低聲說：「俺手頭沒錢，這你是知道的。」

「俺先給你墊著就是，不玩大的，哄人家伍老闆打發時間嘛，能有多大輸贏？俺是看中你睡覺機警，給村裏看場時從沒出過事，這才相信你不會讓伍老闆起夜時走丟了，嚇著了啥的。」

「明白啦。」那巴郎應了一聲，就先回家了。

白沙回屋時，正碰見伍老闆從屋裏出來，準備飯後走一走，溜溜彎。白沙就笑瞇瞇地陪在旁邊，拱著他微駝的背，一副體貼入微的樣子。

「你還沒吃飯，回屋先吃飯吧，我自個兒溜溜。」伍老闆對他說。

「那怎麼成呢，伍老闆在這兒人生地不熟的，村狗都很野，萬一咬著你，俺可就不好交待了，是吧？」

「我不在村街上溜，昨天走了一趟，都趕上溜猴子了，全村人都躲在門後看我。」

「你是大人物，王主任請來的貴客，大家好奇嘛，伍老闆就別見怪。今天想往哪邊走一走？」

「那你陪我去前邊河灘吧，那兒肯定沒人。」伍老闆知道擺不脫白村長。

「好吧，那兒是沒人，可有蚊子，沒關係，俺給你拿一把拂塵就行了。」白沙從外屋牆上摘下一把用馬尾巴編紮的老拂塵，遞給伍老闆。那伍老闆拿在手上，搖了搖揮了揮，就笑了，自嘲說我成了電視劇裏的老道了，拂塵一揮，法力無邊！

兩個人說著話，穿過前邊小菜院子。那裏蕃茄紅，長茄紫，豆角掛滿藤，兩隻母雞正爭著追逐一隻螞蚱，張著翅膀一撲一撲的，十分賣力。為了混一口飯吃，牠們也在拼命。

河灘被黃昏晚霞塗染得火紅火紅。一條小沙河猶如一根細長的絲帶子，從西邊遙遠的天際流過來，再向東南曲曲彎彎地奔淌而去。他們倆人悠閒地走在河灘草地上，遠遠望去，好似一對親密無間的摯友在那裏敘舊，絕不像是一對爭奪螞蚱的母雞。晚霞披在他們身上，朦朦朧朧如幻如夢，簡直是一對西方油畫中的人物和景色。

「這條河，水深嗎？」

「淺著呢，沒不過小腿。」

「噢。是條小河。」

「不過水下邊全是淤泥，前些日子有一個要飯的啞巴，不知深淺地想蹚過河來，結果陷進泥潭裏淹埋了。」白沙淡淡地說。

「噢？」伍老闆倒吸了一口冷氣。

他揮揮拂塵，驅走纏上來的蚊子，又問：「河南岸離公路遠嗎？」

「也就二十多里吧，得穿過十多里的老黑崖，解放前那裏是土匪窩，現在成了野狼窩。伍老闆真想離開俺們村莊，還是走正道，往村東方向走大路，不會出意外事。」

伍老闆笑了。「你讓我走嗎？」

「當然讓你走了！你是俺村的貴客，辦完合同裏的事，全村人都會拿八抬轎抬著你，把你送到縣城的！」

伍老闆又無言了。望著迷茫的河南岸遠處，不由得輕輕嘆氣。

天黑下來了。美麗的黃昏時光，十分短暫。從河南岸傳來狼嚎聲。

「哇，真有狼啊？」伍老闆驚愕。白沙村長微笑，沒說話。

這時，那個巴郎跑過來了，告訴白沙村長玩牌的人到齊了。

白沙叫巴郎陪伍老闆先走著，自己留在後邊，一旁撒尿。

見人走遠，白沙就朝河南岸輕輕打了個口哨。不久有一人嘩嘩蹚過小河而來，並沒見他陷進淤泥不拔。來人悄悄笑問白沙：「爺學的狼叫不走樣吧？」

「少廢話，回家先睡一覺，後半夜過來守在外邊，不許露出身影。」白沙此時顯得很威嚴。

那人輕應一聲，便真像狼般悄沒聲地消失在河岸夜幕中。

白沙獨自在那裏佇立片刻，衝黑暗的河野低語一句：「媽的，俺老農爭點錢太難了。」

當他回到家時，巴郎和另三個老爺們正等著他。媳婦帶孩子已回娘家。

那個伍老闆似乎也想開了，一副既來之則安之的樣子，笑呵呵地上了牌桌。手氣還不錯，幾輪下來贏下幾百塊。那巴郎抓了抓亂草似的頭髮，苦著臉對白沙說：「俺說過俺打牌不行的，你看看，把你墊給俺的二百塊都輸乾淨了，又欠了一屁股債！」

「沒關係，從你賣辣椒款裏扣就行了。」白沙說。

「那不成，這牌也不是俺自個兒要玩的。」巴郎有些急。對面的伍老闆笑眯眯地看著他。

「爺也輸了不少，咱四個裏，就伍老闆一人贏！」另一農民，那個明天搶著要殺雞的高洛說。

「伍老闆是啥腦瓜，憑咱仨老農要是贏了人家，那他不是伍老闆了！」白沙對輸贏倒並不在意，接著又說：「俺們輸的這點錢算啥，有一次王主任喝醉了酒說，陪賈縣長打牌他輸掉六七萬塊，這才當上的招商辦主任，還是副科級。」

「敢情你們是跟王國林一樣，有意輸給我的？」伍老闆問。

「那倒不是，這點錢對伍老闆來說不夠塞牙縫的，俺只是想讓你高興，圖個樂和！」白沙說。

「哈哈哈，你們這些人啊！哈哈哈哈……」伍老闆突然爆發出大笑，指白沙的手顫抖個不停。

打到半夜時，伍老闆到外邊解手，人高馬大的巴郎陪他出去。院角的黑暗中，伍老闆突然從衣兜裏抓出一大把錢，塞到巴郎手裏低聲說：「這是今晚我贏的五百多塊，全給你，求求你放我走……」

「這、這……」巴郎愣住了。伍老闆見對方猶豫，從兜裏又掏出一把錢說：「這是前兩天贏的五六百，也給你，我知道你很需要錢，求求你放我走吧，就說我趁夜黑跑了，他們不會怪你的……」

那巴郎的眼裏放出異樣的光，朝屋內燈光處看了一眼，嘴角露出一絲笑。只見他的那支寬大如鐵鏟子的手，一把攥住錢，揣進了自己兜裏去。然後，他的厚嘴唇往角門那兒一努。「從那邊走，別走大門。」

伍老闆的那顆心撲騰撲騰亂跳，頓時樂瘋了。他沒想到這麼容易得手，真是金錢面前沒英雄，何況一個快窮瘋的農民！他連謝字都顧不上說，拔腿就朝那個小角門躥去，逃命的兔子也就像他這樣吧。只聽見身後傳出那巴郎的嘿嘿低笑聲，如貓頭鷹叫。

伍老闆的腿是從小角門邁出去了。同時，他腳下踩到了一個軟綿綿的東西。只見那軟物蹭地一下翻身立起，他的腳就被一隻伸上來的手揪住，一下子把他給掀翻了。接著，撲上來那彪形大漢扭住了他的雙臂，膝蓋頂壓在他後脖子上，使他動彈不得，呼吸也變得困難。與此同時從旁邊也躥上來一隻大獵狗，對這隻被捕倒的獵物狂吠個不停，十分囂張。

這邊，從屋子裏慢悠悠地走出來白村長。他緩緩吸了一口嘴巴上的煙，然後把煙蒂扔在地上踩了踩。只聽他幽幽地問：「伍老闆，你怎麼得罪了俺村最狠的獵手黑豹子？他要是盯上一個東西，他和他的獵狗會追到天涯海角也抓回來的！」

「老白，求求你，快叫他鬆手啊，疼死我了！」

「黑豹子，快放了俺貴客！」

那黑豹這才起身，拍拍手，呸地吐了一口說：「下次爺睡覺時別踩著爺！」爾後揚長而去，頭也不回。那隻獵狗緊跟著他。

伍老闆揉著被扭痛的手臂，瞅了瞅在一旁哧哧偷樂的巴郎。

白沙村長彈了一下手上的一把錢，依然幽幽地說：「多謝伍老闆把贏的錢又還回來！不過，伍老闆還是想法快落實咱們的合同，催家人帶款過來吧，何必這麼急慌慌走夜路呢，這黑燈瞎火的。」

「我沒跟你說嘛，家那邊正在湊款子呢，二十七萬，是小數目嗎？」那伍老闆的嗓音都帶出哭腔來。

● 4

第七天。

伍老闆已經很適應了哈爾沙村白沙村長家的寄居生活。

他也不著急離開了。每天照吃照喝，也不再挑肥揀瘦，有時還幫助白村長幹幹這幹幹那。還跟每日輪換來陪他的村裏男人開開玩笑，「保鏢，你家殺沒殺雞呀？雞肥不肥？」人家問到他紅乾椒什麼時候拉走時，他仍然滿口應承，「快啦，那麼大一筆款子，家裏流動資金一時倒不開呀。」

白沙村長和他的村民們，只好耐心地侍候著他，看護著他。

這一晚，等白沙媳婦回了娘家，屋裏只剩下兩三個老爺們時，只見那伍老闆笑嘻嘻地對白沙說：「老白，咱來你村一個星期了，也給咱開開葷唄。」

白沙沒聽明白，說：「不是天天給你殺雞吃呢嗎？」

「我指的不是這個雞……嘿嘿嘿嘿。」那伍老闆的麻臉露出色色的笑。

白沙這回聽明白了，直想上去就給他一巴掌。心裏罵：這個有錢人怎麼這麼無恥！

「告訴你吧，我們出來談生意，接待方都給安排這一項喲。洗腳啦，按摩啦，嘿嘿嘿。」

白沙忍著沒理他。一旁的來陪的巴郎，一句話沒說就出去了。不一會兒，他身後牽著一條母狗回來了，衝伍老闆說：「你就將就著跟它開葷吧，它也正發著情呢！」

伍老闆的麻臉，頓時變了，一會兒紅，一會兒白。

「巴郎，幹啥呢你這是！快把狗牽出去！」白沙繃著臉忍住笑，喝斥巴郎放了那條嘴巴直流口水的母狗。又轉過臉安撫伍老闆說：「他跟你開玩笑呢，別往心裏去。伍老闆想女人也人之常情，既然是你們談生意有這規矩，也提出來了……」只見他把嘴巴貼在伍老闆耳邊，壓低了聲音。「明天吧，俺給你想個法子。」

「真的？」伍老闆臉上的不快頓時掃光，圓眼睛又色瞇瞇地閃動起來。

第二天傍晚天還沒太黑，伍老闆就催促起白村長。「老白，有譜兒沒有啊？」

白沙說：「看你這猴兒急的，等天完全黑了的。要不俺這樣大搖大擺地帶著你，傳出去是逛窯子，成何體統？俺這村長當不當了？」

「是，是，我明白，我聽老白的。」伍老闆低聲笑，搓著手。「你們這兒還真有窯兒姐啊？難怪王主任說有好玩的地方，嘿嘿嘿嘿。」

「誰說俺這兒有窯兒姐了？王主任是逗你玩瞎說的。人家可是正經女人，俺只是帶你去跟他聊聊天，開開心罷了。」

「嗨，光聊天那我去那兒瞎耽誤功夫幹什麼！」伍老闆頓時洩了氣。

「除了聊天，你能不能辦成其他事情，那就看你自個兒的本事了。反正俺村裏的老光棍們，都愛去她那裏聊天，出來時個個都容光煥發的，像是吃了藥似的。」

「真的？」

「是啊，小青年按時髦話編排說，那個女人開的是心理診所，給他們喝的是心靈雞湯！」

「哈哈哈哈，老白你真行，還整出這新鮮詞兒！心靈雞湯，對，對，就是心靈雞湯！哈哈哈……好喝著呢！」

白沙擼了一把腦袋，憨笑說：「俺也不懂，聽小青年們講的。」

他們出發了。趁著夜幕將臨，悄悄行走，如一對尋腥的公狗。

也不遠，村北一堵矮牆後的那一家。伍老闆立刻認出來了，失聲悄語：「咦，這不是那個紅衣少婦家嗎？」

白沙哧哧笑，不語。

到了院門口，白沙停住腳，朝裏喊一聲：「看狗啦。」隨聲跑出來一個男孩，七八歲模樣。伍老闆也認出來了，是那個騎柳條馬的男孩，依舊光著屁股。他忍不住問：「她還有個男孩啊？」

「是有個男孩，但沒有男人，去吧。」

見白沙轉過身子，要回走，伍老闆說：「你不陪我進去呀？」

「那叫啥事！俺當電燈泡呀，那你咋喝心靈雞湯啊？呵呵呵。放心吧，明早俺來接你。」

伍老闆儘管有一絲遲疑，但還是在忐忑又興奮中，如被勾魂了一般，就隨那男孩走進了那座黑糊糊的院子。

白沙村長望著他的背影，嘴裏罵一句：「狗日的，日，日死吧你！」

屋裏點著一根蠟燭，拉上窗簾後外邊看不見裏邊有燈光。光線很暗，三間房中間是灶房，東西各一間娘兒倆分住。那男孩把他領進西屋後沒再出現。

紅衣少婦笑吟吟地迎接他。三十多歲，健壯而豐滿，有幾分姿色。屋裏還算乾淨，地上有一張舊沙發。從那面鋪塑膠炕席的土炕上，散發出一股六六粉或敵敵畏之類的藥水氣味，這味兒白沙家也有，他知道那是殺跳蚤或臭蟲的。他們開始說話，有些尷尬。少婦介紹自己叫「山烏樂兒」，就是山上的一種帶刺兒的紅果果，村裏人給起的外號。

「山烏樂兒，很好聽。」伍老闆說。

「現在不這麼叫啦，改啦。」

「改叫啥？」

「紅色一號！」

「啊？紅色一號？哈哈哈哈！」伍老闆爆發出大笑。

那女人自己也笑了笑說：「他們都說俺是全村頭一號美女，俺平時又愛穿紅的，可俺現在成了紅尖椒了，啥事啊，格格格格……」片刻後，她停住笑接著又說：「俺真名叫山丹，丈夫在兩個月前跟俺吵一架後跑了，聽說在瀋陽打工，又姘了一個女人。」

「所以，所以，你才這樣？」

「俺咋樣了？格格格格。」

「開、開心靈診所，給別人喝心靈雞湯啊。」伍老闆也開起玩笑。

「你說的啥呀？」那個過去叫「山烏樂兒」現在叫「紅色一號」的女人，大膽地看著他，眼睛很亮很大。

「就是給別人當彩旗……」

「彩旗？」那女人抿嘴樂。「村裏人總愛拿俺開心，尤其那些光棍，當然還有些不光棍男人，也都愛上俺家來串門聊天，俺有啥辦法，也不能把人家趕出去吧。聽村長講，你也閑得慌，想來聊天是吧？」

「是，是，閒得慌，閒得慌。」伍老闆趕緊說，臉上的每個麻子坑都在發亮。

那女人從後櫃上端來一小盤瓜子，又沏了一杯紅茶，挨著伍老闆坐在那個舊沙發上說：「咱們閒聊吧。」

伍老闆愣了，復又大笑。「好，好，咱們閒聊，閒聊，我還是叫你山烏樂兒吧，這名字更好聽。」那女人稱無所謂，「隨你高興好啦。」

伍老闆細細地打量起這女人。根據他的眼光和經驗，這少婦胸大豐臀，雙眼勾勾，肯定是個很浪的騷貨，自己不一定能整得過她。他知道自己玩藝的尺寸，可別是胡同裏耍麻稈吧。他突然自卑起來。正當他想入非非，「山烏樂兒」說：

「村長交待過了，你是俺村的貴客，叫俺好好招待你，俺村是窮村，俺家在村裏更窮，伍老闆可不能矇俺虧待俺啊。」

「你這樣人也受窮缺錢啊？」

「這世道誰不缺錢啊！尤其待在俺這窮村，唉。」

伍老闆怕話題又回到紅乾椒上，趕緊轉移話說：「大妹子打算怎麼招待我呀？」

那「山烏樂兒」就咊咊笑，不語。低頭含羞的樣子，一下子勾得伍老闆魂都快沒了。他開始動手動腳。她半推半就。不小心撞倒了那根蠟燭，屋裏頓時漆黑一團。伍老闆再要抱她時，那裏已空，黑暗中從炕那邊傳來那女人的咊咊笑聲。伍老闆打開打火機，借幽幽的一縷光線，發現那女人正在那裏解她紅褂子的衣扣，勾勾地看著他。猶如一張溫柔的紅色美人圖。這更激發了他的想像力和勇氣。正當他要餓狼般撲上去時，傳出了那女人的說話聲，跟打火機光一樣幽幽的。

「伍老闆真想辦那事啊？」

「嗯。」他有力地點點頭。

「那咱們把事、事……先講清楚……」

「當然，就照縣城的價兒，我知道縣城啥價兒。」

「俺指的不光是這個……」

「還有啥？」

「那紅乾椒你啥時候拉走，啥時候給錢？俺家倒一棵也沒種，可全村的人都盯著你呢，多麻煩呀！」

「你們家真的一棵也沒種？」伍老闆眼睛頓時閃出亮光，覺得終於發現了一個不是敵對的村民，有希望爭取成為解救自己的基本群眾。見那女人肯定地點頭之後，他說：「這事是有點麻煩，你知道大哥也有難處啊，這麼多的錢，一時上哪兒湊齊？」

「那麼說，你來時壓根就沒計畫拉走紅乾椒嘍？」

「也不能這麼講……」

「那你還來俺村幹啥？」

「是王國林這小子把我給騙來的，說這裏有好玩的地方……不過，現在看來這兒還真有好玩地方。」伍老闆的眼睛，火辣辣地盯著那女人露出的白頸及胸口，又說：「『山烏樂兒』大妹子，咱們辦事吧，大哥不會虧待你的。」

「格格格格……」「山烏樂兒」突然爆發出大笑。那伍老闆聽著，心裏磣得慌。

「你笑啥呢，大妹子？」

「俺笑村長這幫傻瓜蛋，還做著美夢呢！」

打火機燙手，伍老闆關滅了它，屋裏又伸手不見五指的黑。伍老闆說：「你就別管這事了，反正你也沒種辣椒，咱們還是先快樂快樂吧。」他又要撲上去。

「你還沒脫衣服呢……」黑暗中又傳出「山烏樂兒」的那幽幽的勾魂般的聲音。

「對對，我脫衣服脫衣服，嘿嘿嘿。」他三下兩下就吐擼掉衣褲，赤條條站在黑暗中，伸手摸索那個女人的身子。「你在哪裏啊？快點燈吧，我啥也看不見呢！」

「點啥燈啊，俺可不想看見你不穿衣服的醜樣！」「山烏樂兒」哧哧笑。「沙發前茶桌上有那個東西，你自個兒帶上吧。」

伍老闆明白這是指給他小弟弟預備的安全衣。他笑了，別看是村妞，挺講究衛生，自己在這方面也一貫很小心。覺得這事關乎家庭事業，不可馬虎。於是他摸索著，找到一個，就給自己小弟套上了籠頭。

突然，他「啊」地一聲大叫。他感到小弟那兒有種針扎般的疼痛，火燒火燎的。他趕緊拔拉下來那套子，打亮火機看，只見那精美的塑膠薄衣內，沾滿細細的紅紅的辣椒粉末！

「套子裏怎麼沾有辣椒粉？」他大叫。

「哈哈哈……肯定是俺那淘氣包兒子幹的！哈哈哈……你咋就偏偏拿了他裝

辣粉玩的那一隻呢，真是！」

「所有的那玩藝我都沾了辣粉！」門口伸進來那光腚男孩頭，忿忿說一句。

「你這小兔崽子，招打！」「山烏樂兒」笑罵。解釋說：「這孩子恨來這裏的所有男人，唉。」

「快，幫幫我，我這兒辣疼得不行了！」伍老闆呻吟著叫。「快找水來，我得洗一洗！」

「山烏樂兒」從門旁水缸裏舀了一盆水，伍老闆就蹲在那裏洗他小弟弟。「山烏樂兒」在一旁捂著嘴樂。可沒洗多久，那伍老闆又殺豬般的叫嚷起來。「不好啦，不好啦，越洗越煞疼了，你這是什麼水？怎麼有一股子敵敵畏六六粉的味道！」

「山烏樂兒」失聲大笑。「哎喲，俺忘了，那個盆裏剛才拌藥來著！為歡迎你，俺大搞衛生，屋裏撒藥消毒來著。對不住，對不住，俺給你換個盆！」

那伍老闆無比痛苦地呻吟著，眼淚都流出來了。他打亮打火機，查看下身子，這一下他嚇得變了臉大叫。「不好啦，我小弟都紅腫，起了水泡泡啦！」

「哈哈哈，伍老闆，啥叫泡妞？得有泡泡！這才叫泡妞！格格格……沒事的，洗乾淨後明天就會好啦，放心吧。」那「山烏樂兒」安慰他，顯然她很有經驗。

換盆，清水洗，煞疼的感覺漸漸減弱。他小心翼翼地拿衛生紙包裹好小弟，左三層右三層的。然後，他小心著襠部坐進那沙發，喘口氣，定定神。他一邊穿衣褲一邊悲哀地想，這一下，今夜的好事全泡湯了。伍老闆心裏很是有些不甘。而且，好不容易擺脫了那個笑面虎白村長的控制。他突然想，為何不利用這次好機會，想法逃出這鬼地方？於是，他心中重新燃起另一種希望。他慢慢打量著那個只解開紅褂子一個扣子的女人，心想，雖然沒辦成她，倒可以利用她。

當他打起她主意的時候，那「山烏樂兒」也看著他，在重新點燃的燭光下，她那雙大眼睛似含有怨哀之光。或許為沒爭著他的那份錢而惱恨自己兒子呢吧。這倒更有助於利用她。於是他試探著問：「『山烏樂兒』大妹子，你想不想掙錢啊？」

「錢不咬手，誰不想啊，可你的小弟不成了呀，格格格……」

「我還有個讓你掙錢的辦法，比小弟給的還多還大！」

「噢？」「山烏樂兒」的眼睛亮起來。

「你幫我逃出這村子，我付給你這麼多！」伍老闆衝她伸出五個手指，像雞爪。

「五十？」

伍老闆用可憐的目光笑著搖頭說：「那是你們縣城小姐價！」

往下猜了。

「五百？」

「膽子再大點！」伍老闆鼓勵她。可那個缺乏想像力的女人，搖著頭再也不

「五千！我先給你五千，逃成了我再加這個數，五千！」

「啊？！天啊，這麼多！這可是天大數子，俺的娘哎！」那女人驚叫。

「幹不幹？」

「村長會殺了俺的……」「山烏樂兒」臉上有矛盾之色。伍老闆就做起策反工作，像一個特工或地下工作者。他鼓勵她不必怕姓白的，逃出去後拿他給的錢外邊找個出路，要不他給她找個活兒幹，不回這個鬼村子了。說著他從那個從不離身的小黑包裹，立刻掏出一大把錢，放進她的手裏。「這裏就是五千！」

那「山烏樂兒」捧住那把錢時，雙手不由得哆嗦。

「你說的，錢不咬手。」

「好，我幹了！一就一就了！咱們這就走！」「山烏樂兒」一跺腳，一咬牙，下了最後的決心。她死死攥住了那把錢。

他們行動起來。

5

他們向村北方向突圍。

「山烏樂兒」告訴他，村東村南村西都有人把守，唯有村北方向連著大漠沒有路，所以沒派人。她知道有一條穿過沙漠的小路，叫伍老闆放心跟著她。那伍老闆心中可是暗暗竊喜著，樂顛樂顛地跟隨在那個女人肥臀後邊，把自己的一切希望放在了這貪錢的女人身上。同時感嘆，有錢真好。無錢下地獄。

沙漠。荒坨。小路崎嶇。

太陽出來了。酷曬。大漠裏如蒸鍋。他們倆像一對蒸鍋裏的青蛙。

走了整整一天，他們還沒走出那片沙漠。那女人帶著他一直在茫茫荒坨裏轉遊。後來起風了。沙漠中的小路被風吹沒了。風很烈，擊打得他們睜不開眼，臉頰都皴裂。到了晚上，他們貓在一個背風的沙窩裏過了一夜，天亮後接著走路。伍老闆開始叫苦不迭，那女人起初還哄著安慰他，後來見他喋喋不休，索性由他去不管他了，顧自前邊一人走。伍老闆有些後悔跟她跑出來。可現在想退回去也找不到路了。

第三天，伍老闆實在走不動了，他的那雙曾經是鋥亮的皮鞋殼裏，灌滿沙砬，磨得他雙腳都起了血泡泡。這下倒好，他身上可是泡泡滿身，乾裂的嘴角和舌尖上的水泡尤其令他鑽心的疼痛。中午時，喝光了帶出來的最後一瓶水之後，那女人「山烏樂兒」給他講了一個故事。

她們村有一個跟她歲數差不多的女人，她今年在自家的所有地都種了紅尖椒，連房前房後的瓜菜地也沒拉下，她男人卻反對她這麼幹，覺得不應該全賭在這辣椒上，萬一出了岔子這一年吃啥喝啥。她罵她的男人窩囊，沒腦子，沒發財的命，來了這麼好的機會都不敢去逮住它。兩口子因此大吵了一架。兩個多月前，你伍老闆來俺村說不收剛摘下的濕椒，甩手就走了，可忙壞了種辣椒的這些人。那個女人就起早貪黑地忙著曬辣椒，可剛開始曬就下起陰雨，紅辣椒堆在屋裏和倉房開始發黴發黑，紅濕椒變成黑爛椒，損失了一半。她過去沒弄過，不知道咋搞。她男人跟他又大吵了一架，跑走了，再沒回來。那個女人也賭氣，開始喝酒放縱自己，招全村光棍和好色男人去她家耍牌賭博，幹起別的勾當，就你說的插彩旗吧，開心理診所喝心靈雞湯。

講完故事，「山烏樂兒」站起來，拍拍身上的沙子就往前走了，也沒看一眼那伍老闆。

伍老闆愣在那裏，呆呆地看著她的背影，嘴裏只吐出一句：「原來……紅色一號！」

見她頭也不回地走遠了，他才感到一絲恐懼。顯然她這是恨他，丟下他不管了，要他自己死在這沙漠裏！

「等等我！別丟下我！」他從後邊追趕起來，可沒幾步就跌倒了，又餓又渴精疲力盡，他實在走不動了。於是，他就在那裏爬，一步一步艱難地爬，沙地上拉出一條很長的溝溝。生的慾望，促使他拼著命往前掙扎著，嘴上臉額都沾滿沙子，像一隻受傷的獸類。由於嚴重缺水，乾裂的嘴唇滲著血絲，雙眼也變得模糊。

「求求你，救救我……救救我……」他絕望地向前伸出手，喊聲微弱。那鐵石心腸的女人仍然不回頭，他就拼盡生命的最後一絲力量喊。「回來！我這裏有存摺……」

那女人站住了，回過頭鄙夷地看著他。心裏說：村長連你身上的蝨子都數過了，除了黑包裹的幾千塊零用錢外，啥也沒有，哪兒來的什麼存摺？

伍老闆慢慢脫下他腳上的皮鞋，不知怎麼地扭開了鞋後跟，從裏邊凹槽裏真的掏出了一張存摺，裹著薄塑套，遞給了走回來的「山烏樂兒」。是活期存摺，上頭赫然寫有十五萬元！「山烏樂兒」登時目瞪口呆。伍老闆向他解釋釋說，他的公司是個皮包公司，紅乾椒原計劃是倒賣給下家，可下家又不要了，他個人又沒有能力搞走這麼多紅乾椒。這點錢是他給自己預備的一筆救急錢，關鍵時刻才可動用。只要她救了他的命，把他從這大漠裏救出去，錢全給她，心甘情願。

「山烏樂兒」不說話，一哈腰拔下來他的另一隻皮鞋，三弄兩弄也擰開了鞋後跟。只見從裏邊也掉出來一張存摺，一看，上邊存有十萬塊！

「格格格格……哈哈哈哈……」

「山烏樂兒」爆發出驚天動地的大笑。大喊：「村長你贏啦！」

她頭上，太陽煌煌。她笑得花枝亂顫，身上掉下幾多沙塵。

她的紅褂子在陽光下閃耀，顯得那麼的美麗誘人，而又溫柔。

獵手

罕兀拉山是一座海拔二千多米的高山，在興安嶺餘脈中算是最高的一座，扎魯特旗草原的人們又稱它為罕騰格爾・兀拉，意為「摩天神峰」。山頂有三顆碩大的圓石，每顆圓石下邊還有底座磐石，遠遠看去正如放在盤子上的三顆大雞蛋。誰也不知道這三顆大圓石何年何月如何出現在這高山頂上，又有何奧秘，遂成古不解之謎……

那時我還在家鄉的哲盟歌舞團當創作員。為了把我的處女作《高高的烏蘭哈達》改編成歌劇，團裏派我到哲盟北部的扎魯特旗草原深入生活。

我從通遼市乘長途汽車，經過八九個小時的顛簸，才到達扎魯特旗的魯北鎮。半路上，當同車的一位軍官，用司機的槍把幾百米遠處的一隻大鵏射中，並由我們這些坐得太久的旅客們為活動腿腳而幫助追捕時，我才感受到這裏的濃烈的狩獵氣息。追捕一隻受傷的獵物，確實有刺激性，這是我當時也是我第一次體驗到的感覺。

在魯北鎮住了一夜，第二天繼續乘長途車往北奔向最終目的地罕・兀拉山腳下的巴彥霍碩鄉。這裏的牧民採石圍建「草庫倫」改造草原的事蹟很典型，正是我們歌劇所要描寫和反映的新事物。車到巴彥霍碩時已近傍晚，還下著小雨，我下車後隨別人踩著石頭過了一條小河，幸好有一位同車的人是當地的，當我問鄉政府怎麼走時，他一聲不響地抬手指了指東邊的一座磚牆圍著的大院，便頭也不回地走掉了。我心想這人可真是金口玉牙難得開口，一路上也沒見他怎麼開口，總陰沉著臉，只是追捕那隻受傷的大鵏時，發現他的腳步倒格外麻利快捷，眼睛也很敏銳，是他最先發現那隻受傷後藏在草叢中的鳥。由此，我才注意到他，有人曾喚他阿老師，顯然他是當地一名教師。

第二天進村採訪當中，我意外地遇見了一位老同學，他叫布拉格，在鄉中學教語文。他戴著一副深度近視鏡，人瘦弱細高，臉顯得蒼白，像個詩人。一問，果然還在寫詩，我知道他在呼和浩特念中師時酷愛寫詩，至今還在為之奮鬥，雖然沒寫出像樣的驚世之作，但他氣質上絕對像個詩人。他鄉遇同學，「詩人」硬把我拽到他家吃晚飯。沒想到「詩人」娶了一位沒有工作但很漂亮的女人，名叫蓮娃，詩人喚她為「牧民的女兒」，體格健壯豐滿，渾身洋溢著勃勃生機，正好跟「詩人」的瘦弱蒼白相反。看得出，「詩人」看中的是蓮娃的臉蛋和身材，蓮娃看中他的是國家職工和錢袋兒。他們有兩個女兒，四口人靠他一人的工資，好在牧區花銷不大，家裏也養幾頭奶牛和些許隻羊，由「牧民的女兒」照管著貼補生活，也算是小康了。

那一晚，我們喝了很多酒，說了很多話。「牧民的女兒」在一旁默默侍候著。不時瞅一眼丈夫愈發蒼白的臉，偶爾說一句：「我家布拉格酒量差，我替他喝了這兩盅。」然後半搶般地拿過丈夫的酒杯就跟我乾杯。這位「牧民的女兒」果然有酒量有膽氣，看其樣喝個半斤八兩似乎不打顫。還不時衝你樂。後來，「詩人」的家裏來了一位串門的客人。是那位跟我同車來的臉色陰沉的叫「阿老師」的人。

「阿校長來了，快上裏坐，喝點酒。」蓮娃在門口迎著客人，笑臉相讓。

「呵，好熱鬧。不行，我在家喝過了。」阿校長那張陰沉的臉對蓮娃有笑容。我心想，原來他是校長，還會笑。

「老阿上來坐吧，趕上了喝兩盅，這是我老同學。」布拉格也客氣地招呼。

阿校長一見這樣也不再客氣，一邊往桌邊落座，一邊拿出一個小包兒，看一眼蓮娃把包兒遞給布拉格：「你給你老婆捎的花頭巾，買到了，不知你們喜歡不喜歡。通遼的買賣真大，花樣太多，不知買什麼樣的好。」阿校長「滋兒」地一聲乾了蓮娃斟給他的一杯酒，顯示出對酒的在行。

「詩人」打開小包兒，露出一塊花花綠綠的絲頭巾，嘴裏喃喃自語：「我倒忘了啥時候讓你捎頭巾來著，謝謝你囉。還是通遼的貨色好。」說著遞給了他女人。那蓮娃也十分驚喜和高興，嘴說丈夫沒事先說一聲，半嗔半怪地看了一眼「詩人」，接過頭巾來回翻弄，不斷地向阿校長道謝著，給他倒著酒，似乎不是她丈夫而是阿校長掏錢給她買了似的。

蓮娃到外屋照鏡子去了，我們三個男人喝著酒神聊起來。阿校長仍舊話不多，聽著我們聊，光喝酒。我想這個人過於深藏不露，就是燒酒喝爛了也不會輕易打開話匣向人吐露心扉。他越喝臉越紅，正好跟「詩人」的蒼白對襯，體格又壯實，酒精麻醉不倒他。人名叫阿尤士，是村小學的校長，跟布拉格是同行，看著關係還不錯。當我說起半路上追大鵰事時，阿校長才來了興致。他忽然提議：「後天是星期天，咱們上罕兀拉山去打獵怎麼樣？」

我和布拉格拍手同意。尤其我從未打過獵，而且到野外深山遊逛一下，這是難得的機會。

「獵槍呢？你們有槍嗎？」我問。

「我有桿小口徑，再到鄉武裝部借兩支半自動步槍。」阿校長胸有成竹，似乎早有籌謀。

「我也去！」蓮娃從外屋進來，也興致勃勃地插言。

「你……」我驚疑。阿尤士不說話。

「你幹啥去？這是男人的遊戲。」布拉格說。

「中午我給你們燒水燒肉呵，女人怎麼了，當年我嫁給你以前還是基幹民兵，打靶第一名哩，你……你這男人可能還沒玩過打槍的遊戲吧！」蓮娃說完「格格」笑起來。「詩人」無話了，顯然他或是讓或是懼或是無奈，反正蓮娃拿定了主意不好扭轉。「牧民的女兒」從小野慣了，蒼白的「詩人」實在難以駕馭。阿尤士嘴角隱隱呈露出燈光不易察覺的笑紋。

第二天，阿尤士把槍支彈藥全備齊了，顯示出他在地方上的地位優勢和辦事能量。蓮娃把兩個女兒安頓在親戚家，又準備好了野外就餐的炊具和食物。我把準備召開的小型座談會往後推了一天。

為了便於翌日起早出發，我們都住宿在布拉格的家。我很興奮，老睡不著，後半夜剛入睡做起打狼夢時就被布拉格推醒，說要出發了。一看錶，剛凌晨三點。我的媽，還在深夜就出發。嘀咕歸嘀咕，還得忍著瞌睡爬起來，都是合衣躺睡的，起來倒省事了。

三個男人一個女人，一行打獵隊，就這樣出發了。

外邊漆黑一片，暗夜萬籟俱寂。幸好草原的夜空明淨如洗，星光點點，東方又正透出一絲微曦來，我們基本還能辨清方向和前邊物體。又過了那條小河，這回是脫鞋挽褲子，「詩人」告訴我原先有座木橋來著，今年雨水大，來山洪給沖垮了。雖說剛入秋，河水已冰涼砭骨了。我是穿著涼鞋來這裏的，不適宜爬山打獵，可換穿的布拉格這雙膠鞋有些擠腳，也只好忍了。

三個男人背著槍，由阿尤士打頭走在前頭，一個女人背著炊具、食物壓陣走後。一個跟一個走成一排，誰也不說話，靜悄悄地行進。我們的目的地是穿過河南岸二十里的平闊草原，進入罕・兀拉山區，「詩人」說那裏有獐狍鹿兔，還有狼狐野豬，過去還曾有東北虎現在已絕跡。鹿是國家二類保護動物不許打，但這裏地廣人稀，就是有人打了也無處查去，事後總傳出些哪兒哪兒誰誰打了鹿，鹿茸賣了多少錢，鹿鞭送了哪個哪個領導，但一核實卻子虛烏有，誰也不認賬。什麼法令到下邊就那麼回事，中國有法令就有人情。

走了一個多小時，天已經亮了，草原和山野清晰地展現在眼前。這時我才看清我們是沿著一條進山的小路行進，小路兩邊是平坦的草原，長有羊草、艾蒿、灌木叢。一路碰落草尖上的露珠，打濕了我們的鞋和用布繩紮緊的褲腿兒。怕驚動野物，阿尤士已發出不許說話的指令。打獵有打獵的規矩，絕對聽從獵頭兒的指令，阿尤士是我們獵隊的頭領。我們走到山腳時，太陽正從東南遠處的兩山之間升騰，格外的紅而鮮亮。這裏的太陽真乾淨，我心想，不像都市，幾乎很少見到不受污染的沒有霧罩雲遮的太陽。

「你們看右側的山坡，有鹿！」阿尤士低呼。他不像我有心思去觀賞太陽，他那雙陰銳的眼睛始終搜索著獵物。

果然，幾里外的右邊朝陽的山坡上，有一個被晨陽照得紅紅的物體。

「那是鹿嗎？像是誰丟在那兒的一塊兒紅布，或者是一位穿紅衣的女孩兒吧？」我疑惑地說。

「誰家女孩兒一大早跑到野外山坡上站著去？瘋啦？沒錯兒，是鹿。走，咱們過去。」阿尤士不容置疑地下了令，並帶頭轉向右方大步走去。

我悄悄問布拉格真要是鹿還能打嗎？他笑了，說這裏沒有不能打的東西，就怕遇不上老虎呢，遇上了照打不誤。他示意讓我跟著走就是了。後邊的蓮娃也笑我愚和膽兒小，等著吃烤鹿肉就美了，別的不用操心。

疾步趕半小時。果然是鹿，彤紅色隨陽光變得金黃中透紅，上邊還有雪白色的星點，原來是一隻梅花鹿。阿尤士從肩上拿下半自動槍，子彈推上膛，然後讓我和蓮娃在坡上等著，向布拉格招一下手後先貓著腰向山上摸上去。

「帶他去，還不如我去幫你開槍呢。」蓮娃從阿尤士身後說道。阿尤士回頭看她一眼沒說話，似乎顧不上她這種半真半假的玩笑。

「你們……真去打這梅花鹿嗎？『詩人』，這可是……違法的事……」我扯一下布拉格的衣袖低聲說。

「放心吧，沒事的，萬一還打不著呢……」布拉格拍拍我的肩膀，拿眼瞪一眼自己女人，然後從阿尤士後邊跟過去。我心想，要是你布拉格開槍，那打不著的可能性是百分之百，瓶底兒似的近視鏡，跟前兒躺著的死駱駝他都不一定打得準。可那位經驗老道，槍法不會差的阿校長就難說了，梅花鹿是難逃死劫了。

我坐在旁邊的岩石上，焦灼地向上注視。由於不讓我和蓮娃暴露出人影，我們躲在一座大岩石後邊。蓮娃顯得很興奮，似乎正等著那個阿校長和丈夫扛來梅花鹿讓她烤。沒想到這個「牧民的女兒」還這麼喜歡刺激。這都怪她長得太強壯、太豐滿，導致了她慾望的強烈，這可真夠我那可憐同學「詩人」的嗆。我嘲笑般地胡亂想。

正這時，從山坡上傳出似乎是石頭滾落的聲音，接著便聽見受驚的梅花鹿撤蹄奔逃的動靜。

「媽的，布拉格，你瞎眼了？幹嗎碰落石頭！真他媽笨透了！」阿尤士罵罵咧咧，接著傳出他從梅花鹿後邊放槍的聲音。槍聲很大，震盪了整個群山。我登上岩石瞭望，只見那隻梅花鹿如紅影一閃，轉過山坡，向西邊的平野箭一般射去，眨眼間消失無蹤。

「我也不是故意的，你也知道我眼神不好……該著打不著……」「詩人」嘟囔著為自己辯白，蒼白的臉上滲出汗，兩個人一邊埋怨著爭論著，垂頭喪氣地回來了。

「你這半個死人！咋這麼窩囊呢？瞎目糊眼，笨啦嘎嘰，還真不如我上去好了！真是，唉！」「牧民的女兒」蓮娃也毫不留情地數落丈夫。我真為我的老同學難受。

布拉格走過我身旁時，向我眨了一下眼。我在內心裏由衷地感激他，不管他有意無意，驚跑了那隻鹿，他是理解我真的在憂慮，也想到了萬一傳出盟裏下來採訪的某某人與當地人一起打鹿的消息將對我造成不利的影響。可他為此也付出了不小的代價，獵頭兒的責罵，妻子的嘲笑和輕蔑。我看見他臉上唯有苦笑，習慣地把眼鏡兒往上推了推。作為男人，有什麼比當眾被妻子嘲弄蔑視更難堪、更有受辱感呢。但他默默地承受了這一切。我趕上他，走在一起，也默默地。

「哦，『詩人』，今天準能寫出一首好詩。」過了一會兒，我這樣說。

「人家是真的『打獵』，可咱們呢，還找什麼『濕』呀乾呀的，哪兒跟哪兒呵！」布拉格朝前瞅了一眼跟阿尤士走在一起有說有笑的老婆，搖了搖頭。

「朦朧點，超脫點……難怪你寫不出好詩。」我不知自己為什麼這麼說，算是勸慰嗎？

「別說朦朧超脫，我都希望我的視力變成零點零零零，而且超脫到都想把這槍口塞進自己嘴裏扣扳機。」說著他真的把那支半自動槍支在地上，低頭把槍口塞進張開的嘴裏，然後手伸下去摸索著扳機，臉無血色。

「玩笑開過頭了！孩子小，老婆年輕，別介！」我急忙奪過他手中的槍，嚇出一身冷汗，長噓一口氣。

「哈哈……你才是詩人的神經呢，幹那事兒，也不能選這時候！」布拉格開心地大笑起來，半真半假，似夢似幻地細瞇起鏡片兒後邊的眼睛，貪婪地觀賞起大好山野。「多好的山河，多好的大地！比起這大地大山大野，我們都是螻蟻！懂嗎，螻蟻！」

「是，螻蟻！」我也不禁大叫，同時我們兩人抱在一起，笑成一團。

走在前頭的那兩個人回過頭，奇怪地看著我們倆。「你們笑啥呢？嗯？咋這麼開心？」蓮娃問。

「他以為我那個、那個開槍自殺……，你說我能捨得離開你嗎？這麼漂亮，這麼年輕，這麼……哈哈哈。」蒼白的「詩人」，臉笑紅了。

「得啦，布拉格，別沒事找事啦?!」蓮娃看一眼阿尤士，又看一眼丈夫，自顧向前走去。「這麼年輕漂亮的老婆，你可要守得住喲。」阿尤士衝布拉格來一句。

「我守不住，你幫我守呀，你槍法準，怎麼樣？」布拉格反問。

「好說，呵呵呵……」阿尤士也爆發出大笑，全不顧了驚走野物。

我隱隱感覺氣氛有些變。幸好，前邊的蓮娃突然一聲尖叫，從她腳下的草叢中竄出一隻野兔兒。跟著阿尤士的槍就響了，剛跑出十多米遠的野兔兒隨著槍聲滾了幾個跟斗，倒下了。阿尤士的槍法的確夠準，而且訓練有素，短時間內從肩上拿下槍上子彈瞄準，一系列動作一氣呵成，冷靜而不忙亂，顯示出是一位出色而老練的好獵手。

「中午有吃的嘍！」蓮娃揀起那隻血染的白兔兒，毫無懼色並不嫌血污，真是個不同凡響的女人。

阿尤士這回不說話了，繃著臉，又進入了角色，端著槍更為警惕地在前頭搜索前進。

我感到，打獵真正開始了。我們三個男人，各自端著上了子彈的槍，相互間橫向保持二三十米距離向前推進。我能聽得見心臟的劇烈跳動，從未朝活物開過槍，雖然上學時打過靶，但都記憶模糊了，所以心裏反覆記著阿尤士教我的開槍射擊的操作程序，唯恐忘了。遇見獐狍則罷了，要是遇上會傷人的狼或野豬就不是鬧著玩了。我們翻過無數個小山小包，轉過無數個溝坎樹毛子，一直走到那座高高的罕兀拉山腳下，我們再也沒碰到過任何獵物。這時已接近中午，稍事休息後，獵頭兒阿尤士決定爬到罕兀拉山頂上吃午飯，爬山途中或許還能碰上野物。

我們穿過一片茂密的灌木叢，從山的西北坡沿一條羊腸小徑往上爬。

當經過一個多小時的艱難攀登終於到達山頂時，我第一眼看見的就是那三顆巨大的圓石。

「嘿！那是什麼石頭？」我驚問，大口大口喘著氣坐倒在地上，爬山累得我幾乎邁不動步了。

「圓石。」布拉格了蹲在地上，上氣不接下氣。

「誰不知道是圓石！它怎麼會在這兒，在山頂？這麼老大，個個有一間房子那麼大，還這麼圓，下邊還都有那麼大的底座磐石，像是人工斧鑿一樣，可誰有這麼大的本事！這太不可思議，太神了！」我驚嘆不已，蹣跚著走過去，圍繞著三顆大圓石觀賞起來。而且，更奇特的是這山頂，平坦得像個大足球場，廣闊得有幾百米長、幾十米寬，上邊沒有樹林，沒有參差的岩石，光禿禿的山頂上唯有這三顆神奇的巨大圓石，活似從天而降。而它的出現顯得那麼突兀，那麼獨特，那麼不可思議，人是無法想像它來自何處。我想只有神或人類不可知的超人力量才可把它們置放在這海拔近二千米的高山頂上。

「別發呆了，你想知道的，誰也無法回答你。」布拉格也慢悠悠地走過來，拍拍我肩膀。「不過我可以告訴你幾種傳說，有人說這是咱們祖先成吉思汗的射箭石，也有人說是從天上掉下來的隕石，可掉的咋就這麼準還帶著石盤底座？近來又有新的說法，說這是宇宙人放在地球上的座標或者是儲存的能量，這可更神了。叫我說呀，都不是，它只是一首詩。」布拉格推了推眼鏡，進入幻想。

「哈哈，這差不多，不不，這是一部神話、一篇小說。」我也笑起來，發揮想像。

「石頭就是石頭，什麼『詩』啦，『小說』啦的，那都是吃飽撐的閒嗑兒。現在咱們還餓著肚子哪！」阿尤士聽見我們的議論插言道，他務實，一句話把我們拉回現實。「準備弄火吃午飯，我收拾兔子，蓮娃搭灶生火，你們倆去揀乾柴樹枝，別竟他媽瞎扯淡了！」

「你這缺乏想像力的傢伙，也只有配當個小學校長而已，絕對當不了詩人。」布拉格嘀咕著走開，喊上我，去執行獵頭兒的指示。

我往山頂中部走時又發現一個東西，山頂中央有一座小小的人工搭的石屋。我想看個究竟，走近過去。

「別靠近它！」阿尤士從我身後猛喝。

「怎麼啦？為啥不能靠近？」我回過頭不解地問。

「那是祭山神的神屋，不能隨便闖近；再說，你知道現在神屋裏會有啥？萬一靠出來一隻狼或豹呢？」阿尤士口氣稍有緩和，但語氣中仍透出一種敬畏之意，並不是危言聳聽。

我心裏有點討厭這個老向我們喝來吆去的傢伙了，他可不是我的校長，我也不是真打獵。布拉格能忍，我未必。「詩人」向我使眼色。我考慮了一下，收住步往回走，唯恐褻瀆了那神靈。我隱隱感到這山頂上倒有一種神秘的氣氛。周圍突然靜下來了，空曠得很。我身上打了個冷戰。趕緊靠近布拉格一起去山坡揀乾柴。

蓮娃倒是富有野外搭灶生活的經驗。把三塊大小合適的石頭按三角形放好，上邊架放起鋁鍋，然後點燃了我們揀來的乾柴。鍋裏的水是從山坡上泉眼那兒端來的，再放進兔肉和鹽蔥等料，燉起來。午餐美味可口，就兔肉猛灌軍壺裏的老白乾，然後啃玉米麵餅子和吃炒米拌酸奶。

吃完午飯，我們躺在山頂上稍休息假眠。阿尤士抽完一支煙，就說到附近山坡上轉轉，提著槍走了。走時看了一眼蓮娃。在我旁邊枕著一塊石頭躺著的布拉格，似乎真的睡著了，發出微微鼻鼾。我睜著大眼睛望著湛藍高空中的一隻鷂鷹，牠別是把我們誤當作死屍來攻擊。果然，不出所料，蓮娃看一眼似睡過去的丈夫，向我嫵媚一笑說：「我去揀蘑菇，帶回家晚上給你們燉羊肉蘑菇湯喝。」隨後她邁著輕盈的步伐走下山坡。方向跟獵頭兒走去的方向大致一樣。我搖搖頭。繼續呆看起那隻鷂鷹，它已從高空降下，低低盤旋，躍躍欲下。我恨不得操起槍把牠打下來，牠真把我們當成死人了。

我有一種渴望，有一種衝動，站起來也走過去「揀蘑菇」或「轉一轉」。山坡那邊肯定風起雲湧、氣象萬千。但我依然把自己弄麻木了，呆呆瞪著那隻越來越低的鷂鷹。我渴望著牠俯衝下來，攻擊我和「詩人」兩個麻木的僵屍。時間過得真慢，像駱駝行在沙漠上，像老牛破車緩滾在漫長的草原路，像蝸牛從牆根爬到牆頭。我希望著這一切快快過去吧。

誰知他媽過了多久，我卻真的睡過去了。一陣腳步聲把我弄醒，是蓮娃紅撲撲的臉上漾溢著春色回來了，沒有獵頭兒阿尤士的影子。我仍裝睡了，沒睜開眼。

「蘑菇揀了多少？夠燉羊肉不？」是酣睡的「詩人」。

「你剛才，原來沒睡著呵？格格格……」「牧民的女兒」蓮娃歡笑起來，似乎發現了金礦。

「我有神經衰弱，夜裏都睜著眼睛，你不是不知道，」「詩人」坐起來，摘下眼鏡擦拭著，「蘑菇呢？」

「蘑菇？蘑菇……還沒有長出來呢。」蓮娃綳起臉。

「那你幹啥去了？你這騷母狗！」「詩人」布拉格終於罵出口。

「你罵我，哼，騷母狗能幹啥，你去想吧；詩人不是有想像力嗎？」蓮娃反唇相譏。

「你還好意思承認！你這養漢的母狗！」布拉格氣得哆嗦。

「你是啥？公狗，挺不起來的公狗！你行嗎？你會開槍嗎？你的槍早他媽生銹了，待一邊兒去吧！」蓮娃顧不得外人在場，毫無顧忌地抖落兩口子的事兒。

我發現我的老同學「詩人」布拉格一下子蔫巴了，好似霜打的草。臉上一點血色都沒有，白得透明，又透青，鐵青鐵青。我看得出他內心裏滾動著岩漿，渾身綳得如一個爆炸物，尋找著突破口。我趕緊坐起來。

「好一場美夢！可惜叫你們倆給攪了。算啦，有啥事回家說去，在野外又當著我這外人。在野外，人容易變野忘了遮擋。」我伸著懶腰。一聽我這麼說，蓮娃畢竟是女人，也冷靜下來顧起了臉面，再說他們的話題實在不宜隨便扯出來公開討論。於是，她扭過頭走到一邊去了。

我拍了拍布拉格的肩膀，指了一下不遠處的圓石，在他耳邊說：「你看那三個圓石，像啥？你剛才忘說了，你這詩人還是缺乏想像力。」

「像啥？」「詩人」有些莫名其妙，呆頭呆腦。

「像男人的……哈哈哈……」我大笑起來。

「唔！太像了！真他媽的太像男人的……哈哈哈」「詩人」終於忍不住狂笑起來，瘦弱的身子整個亂顫亂抖，還用手捶著我，接著蹲在地上打滾，笑得喘不上氣來，那繃緊的爆炸物也隨之鬆懈。他接著叨咕：「哪個男人要是有了這種武器！……」

這時，去「轉轉」的獵手阿尤士也回來了。黑紅的臉上有倦色。手上還拎著一隻死野雞。他倒總有收穫。

「你們笑啥呀？啥事這麼高興？」阿尤士警惕地問。

「我們笑、笑……」布拉格笑彎著腰指阿尤士身後，阿尤士回過頭看。

「圓石？」阿尤士疑惑。

「不不、不是，像是男人的那個……」

阿尤士又回過頭端詳，這回似乎有了想像力，也咧開嘴笑了。說：「扯淡！」然後為了引起我們注意，提了提野雞：「你們知道嗎？打這隻野雞，我都沒用槍，它趴在那兒壓窩兒，我揀塊石頭就砸死了！」

「你就會打個野雞什麼的，是用像男人寶貝的圓石砸的吧？沒遇上野狗嗎？」布拉格問。

「野狗？」阿尤士被問糊塗了。

「是呵，野母狗什麼的。」「詩人」變得笑咪咪。

「你又犯神經，詩人的想像力！」阿尤士似乎隱隱意會到了布拉格所指，但畢竟偷了人家老婆有些硬不起來，眼神閃避，但臉色陰沉下來。我可以想像得到，他心底也燒起了一股怒火。今天的事態照此發展下去，可真要糟糕，獵手們手裏都有快槍。我不無擔心地看看西斜的太陽，該撤了。

「收拾東西該回家了吧？」蓮娃似有同感，提醒大家。

「時間是有，咱們從山的東坡下去，慢慢迂迴搜索著回去，興許碰上獐子狍子狐狸什麼的。」阿尤士也有意打破這尷尬局面，以獵頭兒的身分部署起來。

於是，我們這已變複雜的三個男人一個女人的獵隊，告別了那神秘的三個圓石和那座始終未能探過的古怪石屋，順東坡下山了。

下山比上山省勁兒多了。我們沿著一條七拐八繞的羊腸小徑，順利而較快地走下山坡。

然後又分散開，阿尤士在右，布拉格在左，我在中間，蓮娃變乖她誰也不跟，卻走到我的後邊，默默地行進。

天有些陰。遠處有鹿鳴聲，也許就是「詩人」放生的那頭鹿吧，以長鳴來表示對人類的敬意。其實有可能是在求偶、求偶，求偶，在人間引起過多少紛爭、多少仇殺，甚至戰爭（當然還有幸福）！在動物間如何呢，有的也是弱肉強食弄得死去活來吧。我回頭看一眼蓮娃，莫名地衝她笑了笑，她也衝我回以一笑。我們又無話。說什麼呢。對她惹出的麻煩表示讚賞或同情或譴責？她只是我同學的老婆。世界上也只有她自己收拾這局面了。

我抬頭尋視那兩個男人，兩個心中都因她而埋下火種的獵手。從我這角度看阿尤士不在我的視線內，他大概走在那叢樹毛子另一邊。而布拉格則膽小，跟我離得不遠，保持著四五十米的距離。我突然發現，他幾次舉槍瞄準，可他瞄準的方向什麼獵物也沒有，而那方向——我的心激蕩一下，天呵，那個方向裏正是阿尤士在行進，時隱時現。「詩人」想幹什麼，難道他真想借打獵之機從仇人背後開槍嗎？我頓時出了一身冷汗，這小子氣昏了頭了！

「布拉格！你記得咱們班有個胡蘿蔔頭嗎？他現在去烏蘭巴托開辦了個國際

貿易公司，在呼和浩特帶著個『小秘』出入酒樓賓館呢！你怎麼樣？乾脆去給他當保鏢吧，你現在對槍挺在行的嘛！」我朝「詩人」喊。

布拉格轉過頭來，咧嘴笑了一下，招招手：「還是你去吧，那胡蘿蔔頭我可知道，下邊的頭比上邊的頭還大！哈哈哈……」他又恢復了搜索獵物的神態，眼睛盯著前邊的樹毛子，輕步前進。我鬆了一口氣。

又走了一陣兒。右前方的阿尤士從一個小土包後邊出現了，遠遠朝我們喊：「發現東西沒有？」

我們朝他擺擺手，表示沒有。他繼續行進，我盯著他的一舉一動。他不時發出一兩聲怪叫，轟趕藏匿的野物。不過，我發現他有時以為我看不見他的時候，他會突然蹲下來向西北布拉格的方向窺視，並悄悄伸出槍瞄一下，動作既隱蔽又迅速，即便被人瞅見了也以為他是發現了什麼野獸瞄瞄而已。我的心一下子發緊，難道他也萌生了歹意？我身後的蓮娃也應該看到了阿尤士的舉動，只見她默默地走著，臉色憂慮，沒有任何言語。我突然想，或許是她授意，兩個人早就密謀設計好的圈套吧！一個精心設計的借打獵物之名槍殺「詩人」的圈套，這樣一來既可避免謀殺罪名，又可達到消除情敵或丈夫的萬全之策，誤殺只是悲劇。到那時，我能證明什麼呢？剛來兩天，活著的三個人裏又是少數，也沒有任何證據可證明蓮娃與阿尤士的姦情，而懷疑不能說明什麼。想到這裏，我毛骨悚然。一旦走在左右前方的這兩個傢伙對射火拼起來，可怎麼辦呢？這個倒楣的一次打獵！本來是一次在大自然中遊玩的活動，將變成血染綠草槍殺情敵的謀殺，這可是多麼可悲的事情！我緊張得喘不過氣來。然而，走了半天，並沒有任何事情發生，走在後邊的蓮娃哼著小曲兒，偶爾低頭摘採些草叢中的蘑菇或蕨菜之類的，剛才臉上的那一絲憂慮也不見了。我又一想，也許這都是我腦子裏的幻覺，是作家的聯想在作怪，屬於多疑心理造成的一幅情景吧。但願如此，天下太平，一切都過去，趕快走過這段佈滿荊棘草叢的山嶺地段，走到那開闊的草原上去吧。

「撲啦啦！」從我前邊草叢中飛出一隻山雞，向前平飛幾十米落下去。聽到動靜，並發現了那隻正好落在他們中間地帶的山雞，布拉格和阿尤士這時都舉起槍瞄準山雞，而槍口卻都瞄得較高，幾乎是要瞄上對方。這時山雞又一次驚飛，兩個人的槍口再往上抬，瞬間形成了兩個人相互瞄準的局面。只見兩個人大眼瞪小眼，冷冷的臉色，冷冷的目光。當然這都是一瞬間的事情，似乎有意無意。

「喂！山雞就在頭上，你們瞄什麼呢！兩個傻蛋！」我驚呼。

「快打呀！山雞快飛走了，快打山雞呀！」蓮娃也叫嚷，急得臉通紅。她指的「山雞」是人呢還是真山雞？只有她自己知道。

那兩個人才猛醒過來，槍口也迅速轉離對方，朝飛在不遠處半空中的山雞勾動扳機。「砰！砰！」兩聲槍響，山雞飛遠了，落下幾片紅褐色的羽毛。震耳欲聾的槍聲，震動了山野，也似乎震醒了兩個拿槍的獵手。都遮掩著尷尬相互一笑，又向我們招招手，然後各自找話衝我們喊。

「打不著！山雞一飛起來，就不好打了！」阿尤士喊；「我的槍勾響了就不錯了，下一次準跑不了！」「詩人」擦擦眼鏡。「我這瓶底兒似的鏡片兒，山雞都變成了四五隻，不知道打哪個。」我們都愉快地笑起來，顯得很輕鬆，剛才每個人都太緊張了。阿尤士也在那兒笑，弄著槍，眼睛嘲笑地看著布拉格。過了一會兒，我們又接著按分散的隊形走開了。我遙遙看見了二三里外的開闊地帶，老天爺，快熬過去了，這該死的打獵可算要結束了。我默默祈禱。

假設，沒那兩隻狼崽兒，事情就不會急轉直下。

這回阿尤士遠遠走開去了，也許作為一名獵人一天沒打著一隻像樣的獵物而感到懊喪，他真想有收穫；不然回村就沒面子了。我們已看不見他的身影了。不一會兒，聽見了他呼喊。「喂！你人快來看，我逮住了兩隻狼崽！」一百米外的一座岩石下，阿尤士手裏提著兩隻掙扎的狼崽子朝我們喊。

「小心母狼！」蓮娃朝他喊。我們迅速向他走過去。「詩人」跑在最前邊。

「母狼不在窩裏邊，我查過了，可能找食兒去啦！」阿尤士顯得很興奮，手裏晃弄著「哽咽」哀鳴的小狼崽。

突然，從他身後的草叢中閃出一條灰色的影子撲向他。閃電般迅猛、兇狠，即龐大而悄無聲息。這是個準確無誤的偷襲，這一切來得太突然了。

「母狼！你身後有母狼！」我們急喊。

阿尤士這才驚醒，趕緊扔掉狼崽兒拿起槍轉過身。可慌亂中，他怎麼也勾不動扳機，好不容易打響了，子彈不知打哪去了。只見那隻灰色的大母狼已經高高躍起，撲過來先是咬住了他的槍並用龐大的身子壓住了槍身，接著順槍桿咬向阿尤士的脖子。齜牙咧嘴，窮兇極惡，為了保住崽兒女牠已紅了眼。阿尤士這回驚慌了，感到恐懼了，那平時的好勇鬥狠的狂態不見了，匆忙丟掉槍連滾帶爬往回逃。

跑在最前邊的「詩人」布拉格，已經趕到了。他倒沒有害怕的樣子，從側面十米處舉槍瞄準。真不知道他是瞄著狼，還是瞄著阿尤士。那種情況，打著狼也可能打著人。這是個千載難逢的機會。我發現「詩人」的手在抖動，槍口在抖動，臉色煞白。

「快開槍呵！還等啥?!」我大喊。但隨即又後悔了，我這是鼓勵他朝狼開槍還是朝人開槍？這一剎那間，只有他自己去選擇了。這時母狼已經一口咬住了阿尤士的肩膀，獸性大發，呈露出與文明的人類全然不同的嗜血成性的野性的兇殘本能。接著，母狼又往他脖子上咬去。

「快救救我！……」阿尤士哭喊。

「砰！」一聲清脆的槍聲，終於響了。

倒下的是母狼。「詩人」幾乎是對準母狼的腦袋開了槍。血花四濺，迸得他滿臉滿手。

他看著死去的母狼，呆呆地站著，也似乎被自己打死一隻這麼兇惡的母狼的舉動驚駭了。阿尤士早已癱倒在地上，那死去的母狼正好壓在他身上。

我趕過去，在蓮娃的幫助下把那隻血赤糊拉的母狼從阿尤士身上拉開。黑紅的狼血和狼腦漿沾滿了阿尤士的臉和脖子，還往下流淌著，他人渾身癱軟，腿腳抽搐顫慄，站不起來了。而臉色又青又白，脖子上有狼牙印，滲出血，肩膀被撕破了肉皮，身上的衣服也幾乎被扯爛了，狼狽不堪。

「謝謝你……」阿尤士有氣無力地對呆立在身旁的「詩人」說，接著喃喃自語，「我以為這回啦，狼咬住了我的脖子……我是個孬種、膽小鬼……，我還以為你……你會把狼和我射個對穿……」

阿尤士自嘲苦笑，兩眼無神，不敢看布拉格。這位平時不可一世，在鄉里算得上人物的阿尤士校長，這回可真的垮了，精神上徹底完啦。

「你不用謝我，應該謝這隻母狼。」「詩人」毫無表情地說起來，眼盯著那隻母狼。「本來，我的槍口是瞄準你的，我也跟你一樣一直尋找著機會。但是最後當母狼咬住你脖子的時候，我看見了那母狼的獸類面孔和野性樣子，心裏就厭惡極了……，這才使我改變了主意，我們畢竟是人，是同類，不是狼。」「詩人」坦誠地說出當時的心態。我想，這大概是人類面臨突如其來的除人類之外的侵害時，會產生的一種共存共亡一起對敵的潛在意識吧。

「母狼死了，那你現在可以朝我開槍了，我也不想活了……」阿尤士低語。

「不不，我現在已經沒有了剛才那個感覺了，也沒有勇氣朝任何東西開槍了。我早知道，你們是早就策劃了今天的這次打獵，其實我也一直等著這一機會……，算球啦，你當校長佔有慣了，都留給你得了，這狼、這槍、還有那女人……她不值得我跟你拼命。」「詩人」踢了一腳那隻母狼，把手裏的槍往阿尤士腳邊一扔，連看都沒看一眼那女人，朝我揮手一喊：「老同學，咱們走，回家喝酒去，打獵可真不是咱們這種人幹的事！」我突然感到，布拉格真的變成「詩人」了。他不像那麼蒼白懦弱了，一瞬間他長大，成為真正的男子漢了。活到三十多歲，才成為真正的男子漢，幫他完成這一飛躍的是一隻母狼。我由衷地為他歡呼、為他高興，想去擁抱他。但我裝出無所謂的樣子，也似乎捨不得地扔掉我手裏的槍，說：「可惜，這一天我什麼也沒打著，也沒放一槍，這槍白扛了一天。唉，這下回去你有的寫了，這『詩』可流成河，我呢，卻空空如也……」

「哈哈哈……」「詩人」爆發出發自內心的大笑，衝我擠擠眼說道：「你知道，我的靈感會從哪兒來嗎？不是母狼，也不是阿校長，而是那三顆大圓石、像男人傢伙的三個圓石！多麼高大粗壯，多麼史無前例，啊！」

「哈哈哈……」我也忍不住大笑，前仰後合。

我們兩個相互擁著抱著，肩並肩臂靠臂，親密無間地踏上回家的路。把狼、女人，還有那位大「獵手」統統丟在後邊。

「等等我！」那個「牧民的女兒」蓮娃從後邊發出一聲情切的急喊，也撇下她的阿校長從我們後邊追來。

「快跑！」「詩人」一拉我的手，兩人猶如兩隻逃命的山兔跑得一溜煙。

我在罕兀拉山北麓的巴彥霍碩鄉一共待了十餘天，完成了採訪任務之後就回通遼市了。

當我離開時，「詩人」布拉格老同學來送行，並交給我厚厚一疊兒詩稿，托我轉交盟裏文學刊物《科爾沁文學》發表。他已把那位「牧民的女兒」趕回娘家去了，並明確告訴他要「休」她，給她以「自由」可隨意嫁阿校長或馬校長。我問他是否真的要離婚時，他詭祕地一笑告訴我先懲罰她一時期，她已向他表示過以後真正地死死地發自內心海枯石爛不變心愛他死去活來。他們還有兩個女兒。等再寫出一打兒詩以後，他去接她回來。他「嘿嘿」地笑了。蒼白臉上的瓶底兒後邊的一雙眼睛，出神地向南遠望著，目光變得深邃而迷離。那邊是高高的罕兀拉山，山頂有三個神秘的大圓石，至今人們不知道它們怎麼會出現在那裏，有何未知的秘密。

哦，圓石，罕兀拉山的圓石，雖然我不清楚你的奧秘，可我知道你給予了我

同學布拉格以詩人的靈感，鼓起了他男人的征帆。

穿越你的靈魂

遠遠望去，是一隻蚯蚓。在那裏，拱起又爬行，拱起又爬行。那是一條冒黃塵的荒漠小路。

巫爺是偶然間瞥見那隻蚯蚓的。巫爺肩上扛著一塊大石頭，長方形的、青黑色的、那種適合建築用的石頭。他右腳上使勁兒，左腳往上邁臺階的樣子，站立在半山腰上，等候香客們上來。山頂上的庫倫廟在陽光下閃著金光。

巫爺繼續遠望那隻蚯蚓。一副玩味的樣子。頭一撥香客還沒到達他跟前來，他有閒暇關注那隻蚯蚓。那是一條穿越「地獄之沙」塔民查干的崎嶇小路，那隻蚯蚓沿著那條小路依舊拱起爬行，時而被風帶起的沙幕淹沒，時而爬在地上短暫歇息。她顯然是趕了很長的一段路。從其一旁經過的三三兩兩香客們，都向其合掌念佛，十分虔敬。那隻蚯蚓，就那麼一個勁兒一個樣子，不停頓地朝這邊的庫倫廟方向爬行而來。

「真辛苦呢，爬行得真辛苦！相比起來，我這扛石頭可是輕鬆多了呢！」巫爺把肩上的石頭掂了掂，往上靠脖子處緊了緊，這樣自語。

「阿、阿拜（爸），那、那、那是一隻野豬、豬吧？」一個臉像十一二歲的男孩，也爬著出現在巫爺的身旁。是個殘疾兒，眼睛是斜的，嘴吧是歪的，更令人不敢觸眼的是他的一條腿從胯根處截掉，另一條腿卻往上長，如一根扭曲的樹枝倒長，貼著耳朵旁往前伸長，而且潰爛畸形，露出的紅肉上流著黃水，上邊還爬著蛆，一望便令人作嘔，形狀恐怖得令人不敢多看一眼。

「啥野豬！那是來朝拜的信徒！苦行徒！」巫爺訓斥兒子無知，沒有眼力。

「那、那個苦行信徒……為啥受、受那份罪呢？」

「傻唄！」巫爺不屑地吐出這句，然後又訓斥起兒子來：「還不快去占你的地場兒！瞎勒勒啥？先把這仙水喝嘍！」

巫爺把一小瓶啥仙水遞給殘疾兒子。

兒子接過去時手有些顫，問了那麼一句：「阿拜，今天不喝行嗎？喝了那個勁兒、受不了……太、太難受……」

「找抽啊你！」

巫爺的麻子臉一橫，臉上的每條紋路都如冰冷的刀子。

殘兒身上一哆嗦，一仰脖便喝下了那瓶仙水，然後十分麻利地轉過身子，雙手撐地，蹭蹭地往下邊的那層山臺階爬過去。綁在雙手掌上的方木塊，與石板路接觸後嘎噔嘎噔發響，臀部蹭在地上唰唰、唰唰，很有節奏，如一組旋律。

巫爺提了提精神，眼睛重新往山下關注起那些陸陸續續爬上山來的善男信女們。今天是山頂庫倫廟的新塑金佛彌勒佛的開光日子，匯集遠近幾百喇嘛念經開法會，十分熱鬧，那些虔誠的佛教徒、善男信女們更是趨之若鶩，從四面八方湧向這裏，朝拜燒香，許願還願，聆聽喇嘛高師念誦佛經。

三天法會，信徒們的節日，也是他巫爺的節日。他已做好了充分的準備。

上山來的香客們三五成群，如螞蟻般往上蠕動。小黑點一簇一幫的，斷斷續續，移動得十分緩慢。巫爺充滿渴望地打量著他們，心裏有些焦急。肩上扛的石頭，漸漸變得沉重，他又不敢卸下來歇息，唯恐從旁邊的斜岔路上冒出來香客，他來不及再扛起來。再扛起來就透出假了。撩動人們的憐憫和惻隱之心，是一種藝術，一種功夫。巫爺是這麼認為的。

那隻蚯蚓又從一座沙包後邊爬出來。由於離山下越來越近，這回蚯蚓的苦行樣子變清晰了許多。也不知為何，或許是冥冥之中的牽引，巫爺的那雙眼睛始終盯看那隻蚯蚓。蚯蚓則爬行得艱苦。站起來，跪下去，往一個置放其前邊的磚頭上磕三個響頭，然後把身體向前伸展開去，同時雙手把那塊磕頭的磚頭向前推過去，接著再站起來走兩步，邁到剛才身體向前伸展時雙手伸到的位置那兒，站定，雙掌合什舉過頭頂，再跪下去往那個前邊的磚頭上磕頭。如此往復，完全是用身軀丈量著那條漫長蜿蜒的沙漠路，向這邊的庫倫廟朝拜而來。如此虔誠的朝拜，令人肅然，唏噓不已。

而巫爺看來還是犯傻，何苦。

他倒是早有耳聞，有這麼一位苦行朝拜者，每年庫倫廟開法會日他必是如此辛苦地朝拜而來。還聽說，此香客是大北邊一百里之外的沙漠小村養息牧屯人。他巫爺對那位香客如此有興趣，全因為是那個養息牧屯！那個兔子不拉屎的窮小屯，他去過，那還是他一生中最輝煌的一段日子呢！

有幾個香客，已走到他跟前來，打斷了他思路，使得他馬上收回心猿意馬，全身心投入眼前的營生。

只見他把肩上的青石瓷扛實了，臉憋得漲紅起來，同時向已到眼前的香客們伸出一頂破草帽，帽窩朝上。那裏已裝有幾張髒兮兮的兩毛伍毛一塊的硬幣和毛票。

「行行好，活菩薩們，俺是為修廟扛石頭的義工，給個買水喝的錢吧，菩薩保佑你們……」

他的扛石頭樣子十分賣力，十分逼真，求討的樣子也比較樸實可信，令那些本是心軟求佛的善男信女們容易心動。於是他的帽窩裏丟進來不少三五塊的票子。

巫爺開始收穫了。

也有認出他的香客。

「咦？你不是那個、那個、在奈曼廟上扛木頭乞討的人嗎？怎麼上這兒來扛石頭了？」

「那邊的廟修完了，嘿嘿嘿……行行好，佛爺保佑……」

巫爺趕緊轉過臉遮掩，把手中的帽子伸向另外的香客。

知其緣由的香客不再糾纏，搖搖頭，便顧自走開，當然不會施捨什麼錢財毛票給他。香客群落可是五花八門，三教九流，各階層人士都有，心態又各不相同。儘管進廟拜佛上相同，可對巫爺的態度卻迴然不同。有人施捨，有人斥之以鼻，有人漠然而過如視之無物。但總的來講，施捨的香客是大有人在。尤其像他這樣的為修廟而扛石頭的義工乞討者，的確有幾分令人心動的感召點。

日頭漸漸高了，也毒了。曬得頭頂上如著了火。

巫爺的額頭上、兩鬢和臉頰上，浸出了汗水，肩上的石頭也變得沉重。他真想放下來歇息一下，喘口氣，可他又捨不得。今天的香客實在太多了，真來錢呢，他的破帽窩，真成了金窩窩，一會兒功夫就盛滿了三五塊的票子。

這時，他的帽窩裏，輕輕飄下來一張十塊錢的簇新的票子！他吃了一驚，這可是今天收穫的最大的一張票子！他本是低頭擦汗來著，馬上回過神來，抬頭仰望那位大善人。

於是，他愣住了。完全的愣住了。

是那隻蚯蚓！

是那隻蚯蚓已經跪拜著來到了他的跟前。

尤其令巫爺心驚的是，蚯蚓原來還是一位七十多歲的老太太！

白髮蒼蒼，骨瘦如柴。黑瘦臉上的皺褶，如老榆樹皮紋絡般縱橫密麻。衣衫襤褸，佈滿補丁倒也乾淨，膝蓋頭上綁著從舊膠鞋上鉸下來的厚厚鞋底子，十分醒目，就如他殘兒手掌上綁著的木塊。長久跪磕，對膝頭的磨損很大。另外，她的寬額上有個特殊的東西，正中央長著一塊一寸高的紅色肉犄角！顯然，那也是長年給佛爺磕頭磕出來的肉瘤子！

天啊！巫爺心裏暗暗感嘆。嘴上卻說：「您真是活菩薩，您長壽百歲，您是我的大恩人……謝謝您的善心……」

他不認識這個老太太，他在養息牧待的那段日子裏似乎沒見到過她。他不免有一絲失望。心裏想：別看這老太穿戴寒酸，可還是一位有錢人呢！

「快把石頭給廟上扛過去吧，人家可能等著用呢。」

老太太跪拜著離去時，丟下這句話。那話如被風吹飄過來的一葉花絮般輕柔。

「是、是……」

巫爺嘴應承著，又把石頭往上抬了抬，擺出就要動身的樣子。他心裏笑：人家才不需要他這塊石頭呢，他扛著它走遍各山廟堂，哪家也沒用過。這時，巫爺才發現這老太太不是一個人。在她的身後還跟隨著一個十二三歲的男孩，肩上扛著搭褳。顯然，那搭褳裏裝有他們的乾糧和飲水等物。更令他吃驚的是，男孩身後還跟隨著另一同伴——一匹「達格」，也就是一匹小馬駒！這簡直令他瞠目結舌。

那匹「達格」（兩歲馬駒的泛稱）甚是可愛挑皮，不時地嗅嗅那男孩的搭褳，顯然它對裏邊的食物十分感興趣，又不時拱一拱小男孩的屁股，小男孩回手拍一拍牠額頭時，它還尥起蹶子，一陣撒歡兒，在山路香客中引起笑聲和騷動。

這真是一個奇特的朝拜一族。

巫爺又習慣性地搖了搖頭。他是有資格對世人搖頭，他太瞭解他們的心態和心理了。他目送著老太太，慢慢跪拜著走進山頂廟裏去。

行人和香客漸漸變得稀少，通向山頂大廟的山路又沉寂下來。

巫爺這才卸下了肩上的石頭，輕輕放在路邊臺階上，手拍了拍那石頭。他把爛草帽裏的錢，統統收進一個塑膠袋裏，揣進懷裏，然後匆匆往下一個臺階走去。他的殘兒在那裏坐場。

一棵歪扭老榆樹下，半躺臥著那殘兒。雙眼翻白，歪嘴邊溢流著白沫，向前伸放的雙手和向前爬臥的上身子（其實他也只剩下半個身子）一直在抽搐著，這是那瓶仙水的功效發揮作用。尤其他那條倒長的化膿腐爛的畸形腿，更是可怕地向前杵著，整個一頭魔鬼怪物臥在那裏。在他前邊放著一個變形的洋鐵盒，盆下壓著一張告白書，上邊敘述著他苦難的身世。洋鐵盒裏已積攢了不少好心人的捐款，其實巫爺已經下來收過幾次了。心裏喜洋洋地想：我這兒子還真是搖錢樹呢！比他掙得多多了。

他伸手拍一拍殘兒的頭。

「耗子，醒一醒！醒一醒嘿！耗子！」

那殘兒耗子依舊昏昏沉沉、迷迷糊糊、半死半活之間徘徊，口吐著白沫，眼斜嘴歪地哼哼嘰嘰。

「這小子，體格兒越來越扛不住了……」巫爺嘴裏說著，從懷裏拿出一瓶水往殘兒的嘴裏灌了灌，又往他臉上呸地噴了一大口水。接著再往他嘴裏喂進一個什麼藥片，折騰半天後那殘兒才漸漸回醒過來。

「阿、阿……拜（爸）……俺、俺、還活著嗎？」

「活著！活著呢！硬實著呢，我的好兒子！」

「下、下回……俺、俺不喝那、那仙水兒了……行不？」

「喝半瓶，下回喝半瓶，沒事的，這不好好的！阿爸給你買肉包子吃，還給你喝啤酒！」

「還喝半瓶啊？」殘兒一見阿爸臉上那麻坑又盛滿怒氣，便軟軟地吐一句：

「中……吧……」

「耗子，你要知道，阿爸花大價錢買來的這仙水兒『三唑侖』，不能浪費呀！你看這半年，你的洋鐵盒裝了多少錢！咱們爺兒倆掙夠了錢，就回家享福，阿爸給你娶媳婦！」

「娶、娶媳婦？嘿嘿嘿。」殘兒耗子苦笑。「我可沒法享受，還是給你自個娶一個吧，嘿嘿、嘿、嘿。」

巫爺也咧了嘴，笑了笑。他抬頭看了看西斜的太陽，又說：「阿爸給你買包子、買啤酒去，午後咱們去後山老地場兒，香客都從那邊下山。」

巫爺說完，轉身走離殘兒處，買食物去了。

殘兒直直地瞪著其父的背影，嘴裏毒毒地罵出一句：「黑心的老狼，呸！」

午後的斜陽，暖暖地照著這座喇嘛教聖地庫倫山廟。

從廟院內緩緩傳出優揚慈和的佛教音樂，伴著那一陣陣喇嘛們齊聲念誦佛經和木魚沉鐘的敲擊之聲。香煙在廟頂上繚繞，小鳥在花叢間鳴唱，整個山嶺都沉浸在一派祥和中，令人心爽陶醉。

山後的下山路上，香客們燒完香聽完經陸陸續續下山而來。有的趕回家接著忙營生，心誠的則去投宿後山腳下新搭的草棚，準備接著聽後兩天的念經。

巫爺扛著他的青石，在後山路上已挺了半天，可收穫不如上午。不知是香客們拜完佛心腸又恢復原樣了，還是大多數人著急趕路顧不上施捨，反正他和他的殘兒再裝可憐也沒幾個人搭理，惱得巫爺恨不得上去翻那些冷面香客的衣兜。

「咦，義工施主上這邊來扛石頭了？」

是那個苦行老太太，她下山時不再跪拜，恢復了正常行走。但腿腳一拐一拐的。

「奶奶，他扛的還是上午的那塊石頭！」

小孫子眼睛尖，嘴巴實，看什麼記什麼也說什麼。

「可不是，嘖嘖嘖，你扛這塊石頭，跑前跑後也真夠辛苦的。」

老太太似乎漸漸明白是咋回事了，但她是個虔誠的佛教徒，說出的話從不傷人。

「嘿嘿嘿……俺也是為了活呀，又不像大施主你那麼有錢……」巫爺撓撓汗漬漬的頭，這麼說。

「我們哪有錢！給你的那十塊錢，奶奶俺們倆在沙坨子裏揀了一夏天山杏核攢的錢！奶奶當你是為修廟扛石頭才動了善心，結果你在騙人！俺們自己都捨不得吃捨不得花！」老太太的小孫子說時眼淚汪汪的。

「阿倫！」老太太制止小孫子的抱怨，低語道：「這個施主這麼做，也有他的苦心吧，好孩子，已經施捨了，就不要抱怨了。」

「是、是、是的……你看看我這殘疾兒子，我是為了給他治病才這麼做的，不得已啊，不扛石頭，更沒人施捨了，唉，俺父子倆活著難啊！」

「你看看，你看看，好孫子，放過人家吧，咱們是信佛修善人家，多做善事，多幫幫別人，不記回報，這是咱們做人的本分，咱們吃點苦沒啥的，記住奶奶的話。」老太太和善勸導著小孫子，那雙粗糙的手溫柔地撫摸著小孫子的頭。那手指頭因為長時間野外揀杏核，都皴裂後滲著血。

「是，奶奶，孩兒懂了。」小孫子阿倫很快露出笑容，不再計較此事。回頭又拍拍一直跟在他屁股後頭的小「達格」馬駒，認真說：「哈倫，你也記住嘍，多做善事不記回報！」

小馬駒哈倫甩甩尾巴，揚揚脖子，朝那個正要把石頭放下來的巫爺尥了一下後蹶子，差點踢到他。動物似乎更有本能的好惡表現。

「哈倫，老實點！」老太太輕喚小馬駒，歉意地向巫爺笑一笑，一張空洞的嘴巴沒有一顆牙，只有額頭上的肉瘤在陽光下泛著紅潤的光澤。只見她嘆口氣，又說：「唉，施主你不知道啊，阿倫和哈倫，都是孤兒，苦命呢……」

老太太似乎走累了，就在巫爺旁的樹蔭下坐下來，歇息。有認識她的香客喊她：「包爾金施主，我們先下山了，晚上在山下草棚裏一塊念經吧。」顯然，老太太在這些善男信女當中頗有些威望和人緣。老太太愉快地答應著，又衝巫爺說：「你的孩子病得不輕呢，苦命的孩子，咋就生得這般模樣呢，施主你早點去醫院給孩子瞧病吧，別耽誤了。」

「是、是……老太太說得是。」巫爺瞧一眼一旁抽搐吐白沫的殘兒，訓斥道：「耗子，醒一醒了，到後邊坐去，別嚇著人家！」

巫爺擋住想仔細瞧一瞧殘兒的包爾金老太太，支走了那殘兒。

那殘兒停止抽搐，拖著殘缺不全的半個身子，唰唰地爬行到後邊樹後不見。

包爾金奶奶望著他的背影，一個勁兒唏噓不已，一臉的慈悲。

「大嬸兒，聽說您老是北邊養息牧屯人？」巫爺捲根煙抽著，蹲在地上，像一隻狗熊。

「是哩，咱們那是窮屯子，土地衰敗了、沙化了，以前可是大好的草地喲……」

「我去過你們屯子。」

「唔？」

「那是在運動中，我是去你們屯子的貧宣隊成員，嘿、嘿、嘿。」

「噢——」包爾金老太太看他一眼，嗓音拖長，臉色也微變，然後眼神超然地望著前邊的長空，接著低聲說一句：「俺記得你們那幫子人……」

「我咋不記得您老太了呢？」

「嗨，那時咱們家是挨整清理對象，俺一個老太太又不怎麼出門，你們上哪兒記住咱們這種人喲，唉……」包爾金老太被勾起往日傷心事，一聲嘆息，不再想說什麼。欲要站起來走開，可又被談興正起的巫爺留住說：「大嬸兒，再坐一會兒吧，我向您老打聽一個人……」

「誰？」

「你們村的老薩滿巴楊……還有他的啞女……」巫爺說出這兩個人時有些遲疑，眼神游離，顯得吞吞吐吐的。

「你說老巴楊啊，早沒了。自打他的獨生啞女跟你們的哪個貧宣隊員私奔以後，他罵貧宣隊是個勾引良家婦女隊，就被打成現行，後來就投河了。他那啞女兩年後跑回來時，已得了魔症病，成天嗚哩哇啦瘋瘋癲癲地喊寶兒寶兒的……唉。」

「後來呢？」

「沒有後來了，學他爸的樣子，也投河了，唉，造孽呀。」

聽了這話，巫爺臉上的一塊肉抽搐了一下，不吱聲了。他朝後邊樹後的殘兒處瞟了一眼，那神色有些怪怪的。

包爾金老太似乎感到這話題太壓人，低頭閉目念叨起「唵嘛咪叭咪吽」六字經來。據說這六字經能通天地宇宙，祛心魔歸平安。聽孫子喊餓，她就從褡褳裏拿出兩個乾硬的苞麵粗餅子，祖孫倆就那麼默默地啃吃起來。

後來閒聊中巫爺得知，老太太的兒子出河工死於事故，兒媳在運動中也受牽連，後死於難產，小孫子是她的唯一親人，至於那匹小馬駒則是她家唯一牲口老母馬所生，那老母馬在野外生產時，遭狼攻擊，產後的老母馬為護衛自己的小馬駒而引走惡狼再沒回來……

「大嬸兒不容易。」巫爺說：「我明白大嬸兒為啥為麼信佛了。」

「你明白啥，你不明白的。」包爾金老太搖頭苦笑，說得乾脆。

巫爺有點被噎得感覺，心中有些不服。

「人們進廟燒香拜佛，不就是求佛爺保發財保當官保平安保福壽嘛！」

「那是別人，俺可不是，佛爺保不了那麼多，你捐那麼點香火錢，就想讓佛爺保那麼多東西，等於跟佛做交易，你把佛當成什麼了？這都是對佛的褻瀆啊。你知道，佛要求我們眾生信徒不是伸手索取，而是奉獻、奉獻……去做善事幫助別人……」

巫爺有些愕然，沒想到自己這樣的人都看扁的這老女人，居然會說出這番話來。他似有不甘地又說一句：「那你老太太這麼辛苦地跪拜著走百里路，穿過那茫茫大沙漠，來廟上朝拜，圖的是什麼？」

「俺啥也不圖。俺只是贖罪，說圖也行，只是圖佛的寬恕。」

「你老太太犯啥罪了？」

「俺們每個人都有罪，你、我、他……都有罪啊——」

包爾金老太太說完這話，拉起孫子，緩緩下山而去，沒再理會原地發愣的那巫爺。山上的夕陽光依然那麼暖暖地照著。風不吹，樹不動。

巫爺自顧說一句：「爺有啥罪，真是胡扯。」

樹後的殘兒出現在巫爺前邊，嘿嘿嘿笑說：「俺明白了，俺娘叫啞女，俺姥爺叫老薩滿巴楊！你是那個勾引良家婦女的貧宣隊員！格格格格……」

「閉上你的臭嘴！」啪！巫爺大巴掌搧得兒子打了三個跟斗。

漸行漸遠的那祖孫倆互相說的話，不時隨風飄過來。

「奶奶，今天你得告訴我，我娘到底怎麼死的？」

「好吧。你娘她懷你八個月，挺著個大肚子被貧宣隊喚過去了，你娘是婦聯主任，說她是什麼『內人黨』反動組織成員。」

「後來呢？」

「有人就朝她鼓著的大肚子上抽了三鞭。」

「多疼呀！後來呢？」

「後來你就被打出來了，早生又難產。你娘沒挺過來。」

「原來我在娘肚裏就挨了三鞭呀！」

「你得感謝，讓你早兩個月出來見世面。」

「我感謝那個抽三鞭的人？」

「是的，孩子。他這麼做，預示著事先打掉了你身上所帶的罪孽，而他卻把罪孽帶在自己身上了，留給你的只有福，福啊！孩子。所以，你不能記恨那個打三鞭的人，要忘記這事，徹底忘掉。你要朝前走，孩子。」

「朝前走？」

「是的，完成你命裏的事。」

「命裏啥事？」

「讀書、讀大書、幹大事，按佛的意願，多做奉獻！」

祖孫倆身影徹底消失在夕陽光幕裏不見。

巫爺的身上，穿過一絲不易察覺的顫慄，嘴巴歪向一邊咧開來苦笑了一下。

那個殘兒又鬼靈般出現在他跟前，嘴邊這回流的是血，而不是白沫，他又惡毒地說一句：「那個朝孕婦大肚上抽三鞭的人，肯定又是你！俺阿拜幹得出來，格格格格……」說完，那殘兒唰唰地蹭地逃向一邊。

巫爺這回沒有追著殘兒打，只是邪邪地吐出一句：「是我又怎麼樣？是我又怎麼樣呢……老太太說了，還得謝謝我呢。」

太陽落山了。

山下的草棚裏，人很多。信佛的善男信女們都聚在這裏，交流朝拜心得，等候著第二天再上山聽佛經，大家臉上都掛著慈和安祥的笑容，精神怡悅而超然。

三天後，庫倫廟的法事功德圓滿。信徒們也都心滿意足地各自散去。山上的野杏花開得燦爛，如雪又如血，雪中帶紅，紅絲又牽動漫山燦雪，煞是醉人美麗，宛若這人世陰陽相輔，似又暗示善惡可互轉。

包爾金老太的孫子阿倫早起後發現，他的小馬駒哈倫不見了。本來是躺在草棚門口的，可門口只留下一灘綠綠的屎蛋子，馬駒不知去蹤。阿倫急得要哭，哈倫是他相依為命的好夥伴，本準備把它培養成一匹駿馬，參加旗那達慕大會馬王賽，拿馬王稱號的。小阿倫發瘋般地尋找，草棚前後山坡山下，可就是不見哈倫的身影。

有人說：「遭賊了。」

有人說：「狼叨了。」

包爾金奶奶勸慰孫兒說：「放心吧孩子，哈倫丟不了。狼叨的話會留下血跡足印，可都沒有。我估計，可能是被好心人牽去餵了，會找到哈倫的。」

眼淚汪汪的阿倫半信半疑，可奶奶的那雙對萬物總是以善相待的渾濁老眼，此時正洞若觀火般地朝半空中凝望著什麼，超越時空。她額頭上的那個肉犄角，迎著晨曦紫光鼓凸著，裏邊似乎盛滿洞曉一切的智慧。就這樣，包爾金奶奶領著孫子，胸前捧著從廟上請的「阿日亞布魯佛」像，一拐一瘸地踏上返家的路途。

熱鬧鼎盛的三天法會結束了，庫倫山廟也沉寂下來，喇嘛們要閉關內修佛經，不接待香客。庫倫山是被圍在一片沙化的農地中間，通向四方八面的都是些荒漠小徑，沙坨沙包縱橫這裏，似乎宣告農耕文明入侵草原文明之後的失敗結局。土地也如人，有一盛便有一衰乎。踏入衰期，那要等待漫長的孕育恢復期，土地和人都要有足夠的耐力才行。

包爾金老奶奶的那雙老眼，始終盯著周圍的沙地路面。人和畜走過上面，都留下清晰的印跡。果然，通向西方的一條沙路上，留有一行粗粗拉拉的什麼東西蹭走過去的痕跡，其間隱約顯現兩塊方木著地踏出的印痕。

「阿倫，孩子，你再向前過去看看，這條路上有沒有哈倫走過的蹄印？」孫子阿倫就走過去瞧了，仔細辨認後喊起來：「有啊，奶奶！哈倫真的從這條路上走過去了，還有牠拉出的綠糞蛋子！」

包爾金奶奶笑了，每條笑褶子裏都流露著慈祥與和善。「瞧瞧，哈倫多聰明，留下屎蛋給你了。奶奶沒說錯嘛，你的哈倫丟不了的，是好心人帶去餵了，這會兒它肯定被餵飽了，咱們牽去吧。」

祖孫倆就這樣拐向那條朝西方的沙路上，去牽他們的小馬駒哈倫。（哈倫之意為熱血，阿倫之意為純潔，包爾金奶奶給兩個孤兒取的名字都頗有意味。）

那條小路曲曲彎彎通向一個村莊。

路上，那匹小馬駒顯然走得不夠聽話、不夠順暢。蹄印很亂，時而後蹶後退，沙地被踩踏得亂七八糟，時而向前衝撞飛躥，路邊的沙柳條子都被折斷壓伏。然而在小馬駒的左右，始終有一雙人的大腳印伴隨著，顯然這個人用繩索套住小馬駒脖子牽著牠走，還處於稚嫩的哈倫無法擺脫那個大漢的控制。

「哈倫走得很不情願呢，奶奶。」阿倫說。

「是啊，它認生，性子又剛倔，那好心人就是帶走餵了，也圈不住的，一瞅準空子牠就會跑回家去的。」奶奶這樣說。

「那人是賊，不是好心人，奶奶。」小孫子阿倫終於反駁奶奶一句。

「孩子，你說錯了。世事都有輪迴註定，那人一時心生貪念，完成著一生註定要完成的惡行劫數，離自己終身圓滿又近了一步，接近他的大解脫，這豈不是好事？對咱們哈倫來說，是一次難得的歷練，與牠成長為一匹駿馬的目標也近了一步。再說了，那人為了馴服牠，肯定好吃好喝照料牠，小哈倫現在可能美美地填飽肚子呢！」

阿倫聽後格格地笑了，儘管奶奶講的深奧佛理他聽不大懂，可哈倫在那人家飽餐一頓的景象，他是可以想像得到的，心裏十分爽朗。

「這都是前世冤孽所牽引啊，誰知還會引出什麼樣的一個結局呢，唉。」包爾金奶奶望著茫茫前路，一聲嘆息，她如一位哲人般地預言著什麼。

走了二三十里路，黃昏時分祖孫倆走進了一個村莊。

小馬駒被牽進了村邊的一戶人家。三間新磚瓦房，整齊的院落，這在窮困的沙村來講是個相當殷實富足人家了。村莊裏大多是破舊的土房，沒有幾個有磚瓦房的像樣人家。當下窮村有兩路人發財，一是家有殘兒出去要飯，二是家有閨女出去三陪。

「嘖、嘖、嘖……」包爾金奶奶搖頭咂舌。

阿倫望了望奶奶，沒明白啥意思。顯然，奶奶從這幢磚房裏也許看出什麼潛在的禍福之類的意思了。朝聖信徒的慧根，總是能發現凡人看不到的東西。

他們從矮花牆上邊往院子裏張望。

院角一根柱子上，拴著他們的小哈倫。它的嘴下邊地上，放了一盆黃豆和苞米粒碾碎的混合飼料，一邊還放有一盆井水。那哈倫正大口大口吞嚼著那盆高檔的猶如人類熊掌鮑魚燕窩般的食物。它身旁，有一個大男人正親熱地侍候著牠，嘴裏不時地啊──唷──啊──唷輕喚著。見哈倫吃東西了，以為被馴服了，那人便大膽地伸手撫摩一下哈倫的脖子。霎時間，那哈倫掉轉屁股就尥起後蹶子，嘭哧一下便踢到了那人的身上。那人哎喲一聲痛叫，往後四揚八叉倒在地上，惱怒的他爬起來，操起一旁的皮鞭子就要抽哈倫。可他的皮鞭還沒落下來，手腕上中了一顆杏核大的石子兒，痛得他丟下皮鞭趕緊往外張望。

「你這大惡賊，不許打我的哈倫！」短牆外，阿倫手裏揮著一把彈弓。

那人一望見這祖孫倆，便愣住了。他們當然互相認識。

「是、是……你們？你們怎麼找來了？」乞丐王巫爺支吾著問。

「你做賊還不如一頭狼！狼牽羊時，嘴咬著羊脖，用尾巴掃平自己的腳印走，你倒好！你這恩將仇報的笨賊！」阿倫氣惱地嗆白巫爺，但被奶奶喊一聲阿倫制止住了。

巫爺有些尷尬，紅了臉申辯說：「俺可沒偷你們的馬駒，牠是自己跟著俺過來的！俺心思著，趕明兒找個時間給你們送過去呢！是不是，耗子！你看俺好心好意餵它，它還踢了我一蹄子！」

「是，你是打算明兒個送過去，但不是他們家，是昌圖縣的馬販子家！」那殘兒耗子奚落著揭露說。

「你這混蛋小子！淨胡說八道！」巫爺氣惱至極，揀起地上的鞭子就要抽殘兒。那殘兒唰唰地往一邊蹭走著躲避。

「不許你打他！要不我的彈弓射你的眼珠子！」阿倫舉著裝鐵珠子的那張彈弓，威嚇道。

巫爺頓時怔住了，他知道這小嘎子的厲害。

「好啦，好啦，阿倫快收起你的彈弓，這位叔叔是鬧著玩的。」包爾金奶奶轉向巫爺，又謙和地說：「既然施主你說小馬駒是自己跟著你來的，施主你又想送回我們家，那太謝謝你了。這樣我也省了很多事，不用再到你們村部報警報案的，給你添麻煩。」

「別、別，別報案，大嬸兒，馬駒的確是自己跟來的，你們現在就牽走牠吧……」巫爺有些沮喪，但掂量出老太太話中的分量。他說著便鬆開了小馬駒脖子上的拴繩。

「哈倫！哈倫！伊熱（過來）——伊熱——嗚咿——」

阿倫就衝小馬駒吹口哨，高聲召喚。

哈倫早已發現主人，一直在那裏掙扎，等脖子上的套繩已鬆開，它一聲咿嗚——地歡叫便從那矮牆上飛躥而越，衝老少主人奔來。阿倫抱住小夥伴的頭脖就親吻，熱淚盈眶。

事情本來就這樣圓滿結束了。

可誰曾想，又橫生枝節。

那殘兒耗子，不知何時唰唰地蹭走到正轉身離去的包爾金老太太身邊。他突然衝她這樣說道：「帶我走吧，求求你……我是啞女生的兒子，是老巴楊的外孫子！你肯定是我姥姥！帶我走吧，帶我離開這火坑吧！」

這令包爾金老太太很愕然。

「罪孽呀，這都是罪孽……可孩子，俺不是你姥姥，你姥姥也過世好幾年了，唉，不過，你有個舅舅在村裏，他們可能從來不知道啞女生過一個兒子。這都是冤孽呀，你身子骨怎麼弄成這副樣子？」包爾金老太太合掌念佛，這樣問。

「五歲時我阿拜（爸）一直讓我睡凍炕，我腰就直不起來了，他就蒸鍋上蒸我的雙腿，我的雙腿就廢了……」殘兒控訴般地訴說著，雙手不知怎麼又卸下了那條往上倒長著的畸形腿，狠狠地摔在一邊，又說：「這是我阿拜花錢買來的假腿騙人的！他這三間磚房，全靠我和他合夥騙善心好人施捨的錢財蓋的……我就受不了他給我喝那仙水呀，喝完了人跟死狗差不多，嗚嗚嗚……」說著那殘兒耗子痛聲哭泣。

這時，那個巫爺如凶煞惡神般地衝過來了。

「耗子，你給我回屋去！你胡咧咧啥？老太太你快走吧，我兒子腦子有毛病，別聽他胡說！咱們之間的事已了了，你們還待在這兒幹啥？你們別管閒事摻乎俺們家事！要不俺不客氣了！」那巫爺說著，幾步追上往外逃的殘兒，如揪著一隻耗子，狠狠往自家院子裏扔過去。那可憐的殘兒，在地上打了幾個滾。

包爾金老太太望著這一幕，不忍目睹。閉上眼睛，一個勁兒合掌念佛，同時琢磨著解救這苦命孩子的法子。

這時，那個本來手裏舉著鞭子一步步走向殘兒走過去的巫爺，卻走到半路上就撲通一聲摔倒了，嘴裏冒著白沫，眼睛變斜，臉龐和嘴唇發黑發綠，伸出手指著殘兒，費力地說：「你……你……」

「對，是我，那仙水兒還拌著耗子藥，都攪和進了你剛才喝的茶水和吃的飯裏了！你身子骨真好，拖了這麼半天才發效，這回讓你也嚐嚐那滋味兒！」那殘兒耗子用手背擦一下嘴角的血，就這樣毒毒地發著狠說道。

「好、好……不虧是我的兒子……」

包爾金老太太完全沒想到事情會弄成這樣，出於慈悲之心，趕緊走到巫爺身旁，想給他施救給他幫助，可那巫爺拒絕了他。

「來不及了，老太太……這是我應得的……」那巫爺搖了搖頭，嘆口氣，又艱難地說：「有個事你能否告訴我，你在山上說，你苦行拜佛是為了贖罪，罪人是你、我、他，是什麼意思？」

「告訴你也無妨，我這麼多年苦行拜佛，其實只為一個人贖罪，請求佛的寬恕……」

「那人是誰？」

「那人我不認識，聽說名叫巫楞嘎，他朝我懷孕八月的兒媳肚上抽了三鞭，提前打出了我這孫子，叫我兒媳難產而死……這在佛界裏，三生不得超生的大罪孽，是罪孽深重啊，所以我才一直為他祈禱為他贖罪……」包爾金老太合掌閉目，緩緩而說，臉上呈出濃重的慈悲之色，顯得超然而聖潔。

那快噝氣的巫爺，聽了此話，似乎靈魂被擊中、被穿越，喉嚨裏咯兒的一聲響，然後他也似乎有了一種解脫的快慰，只聽他以微弱的幾乎聽不見的聲音喃喃而語：「謝謝你……老太太，我就是那個巫楞嘎……三生不得超生的罪人巫——咯咯——求求你，就說耗子藥是我自己喝的，放過我兒耗子的罪孽吧……我應得報應。」那巫爺最後的懺悔，讓包爾金老太有些感動，覺得這麼多年的苦行贖罪終有結果，她虔誠地跪在那具屍體旁，合掌念了半天超度經。眼角掛著清淚。

從此，她有了第三個孤兒——耗子。

後來，他孫子阿倫進城讀大書了，按他的命理，朝前奔行。

而那匹「達格」小馬駒哈倫，果然成為一匹駿馬，可參加那達慕大會將要跑第一成為馬王時，它卻突然衝向旁邊林子中的一頭狼，楞是用鐵蹄剁死了那頭老狼。動物不懂寬容，只懂以牙還牙，牠始終牢記了奪走其母馬生命的那頭惡狼。

包爾金老奶奶，則跟耗子廝守終身，並且一直虔誠地念著她的佛。

唵嘛咪叭咪吽。

苦蕎

大北方，有片沙地，盛產苦蕎。鐵子媽就生活在這片沙地的某村。她是個寡婦。

這一天，當東沙崗上剛濛濛亮，鐵子媽就起早去馱水。她去牽圈裏的驢。那驢戀棧，不肯出來。鐵子媽就撅著屁股拉拽。她的臉漲紅，渾圓豐韻的臀部撅得老高，衝著東方。那驢，依然紋絲不動，也跟主人一樣，撅著屁股後退。鐵子媽輕呵斥：「你也欺負俺，你也欺負俺！」

她委屈地丟下驢繩，眼裏湧出淚水，就自己肩挑著水桶出去。丈夫死兩年，家裏的壓水井壞了無人修，早起六歲的兒子小鐵還要吃飯上學，鐵子媽早上頭件事就是去馱水。她擦著眼角，挑著水桶奔三里外的村南小河。感覺身後有動靜，回頭一看，她破涕為笑。原來，那頭倔驢卻跟在後邊，還用鼻子觸了觸她的屁股。

鐵子媽拍拍驢脖，把水桶架擱在驢背上，嘴裏說：「現在只有你是俺的幫手，還犯倔不聽話，唉。」她說著又傷心。那灰驢噴兒噴兒地響鼻，認錯，順從地跟著她走。

村口，她遇見了丈夫的哥哥村長高黑柱。

高黑柱正跟兩個外鄉人也朝村南走，似是要過河。外鄉人操著南方口音，不知在說啥，臉堆笑容，低眉順眼。

大伯子看見兄弟媳婦，站住了。

「大哥早。」鐵子媽低著頭，打了一下招呼。

「還在馱水哪？井還沒修好？」大伯子走過來，拍了拍驢背上的木桶。見弟媳低頭不語，又說：「瞧我這記性，本答應給你修井的，可這一忙，全忘腦後去了，這樣吧，今晚，我過去看一看，合計合計。」

「別、別，大哥忙你的吧，今晚小鐵到老師家補課，我得陪他去。」鐵子媽委婉地說。前一陣兒，這位大伯子晚上也來過一兩回她家，不說修井的事，扯了很多別的，她就摟著兒子小鐵念課本，講故事，唯恐兒子撐不住睡過去，直到大伯子自己感到無趣走為止。

大伯子不再說什麼。目光掃了掃弟媳那張雖憔悴但依然嬌秀的臉，轉身離去時，丟下一句話：「啥時候想修井捎個話。」

鐵子媽牽上驢繼續趕路。前邊三人的話，依稀傳進耳朵。

「原來是高村長的兄弟媳婦，很漂亮嘛。」

「漂亮當飯吃？薄命，守寡兩年了。」

「那你這位大伯子多關照嘍！」

「啥話？避都來不及呢！我可警告你們倆，在俺的蕎麥地裏放蜂子可以，可別惦記村裏的娘們兒！」

「我們哪兒敢啊。」

「有敢的！去年，西村老劉頭閨女就被你們放蜂人勾跑，老劉頭帶人追到通遼市火車站，差點殺了那小子。」

「高村長，我們哥兒倆可是規矩人，放心吧，我們只採蕎麥花，不幹別的。」

鐵子媽聽著他們的話，忍不住笑了笑。原來，河南岸的蕎麥地來了養蜂人。她這才抬頭眺望了一眼，這一下，她驚呆了。河南岸那片茫茫的蕎麥地，昨天還綠綠的，可這一夜間就雪茫茫白皚皚一片了。「啊，蕎麥開花了！」

鐵子媽感覺鼻息間有股淡淡的清香，空氣裏也漂盪著蕎麥花的芬芳，近幾年，這苦蕎麥突然吃香，還全出口到小日本，聽說小鬼子更鬼，拿蕎麥製成烏龍麵，宣稱降脂降壓利尿排毒等等，一包賣幾十塊錢，傾銷東南亞港臺澳。鐵子媽家的幾畝地，也在河南岸，跟大家的連成一片，滿山遍野，如雪似絨，白茫茫望不到邊兒，煞是好看。

鐵子媽下到小河邊舀水。前邊的高村長和養蜂人，過河而去，看樣子是去查看他們擺放的蜂箱礙不礙事，少不了喝喝酒，讓養蜂人意思意思。鐵子媽把水馱回去，做了早飯，送走兒子上學，然後再來小河邊馱白天和晚上用的水。

她正低頭舀著水，突然，身旁的灰驢嗚哇嗚哇叫起來。接著，河對岸也傳出了驢叫聲。跟這邊的驢一唱一和，一聲長一聲短，透著一股急切和強烈。鐵子媽愣住了。抬頭看，原來河對岸也來了一位牽驢馱水的人。是兩個養蜂人中的年輕的那個。

小河床只有四五十米寬，兩頭驢隔著河就那麼對叫著。猛然，鐵子媽的灰驢向河南岸衝過去，攔也攔不住。淺淺的河水，濺起一路水花，劈哩啪啦的。只見對岸的那頭小黑驢，也掙脫開主人的拖拽，猶如一頭豹子向這邊跑衝過來，連背上的塑膠桶都沒來得及卸下，嘀嚕噹啷的，大有機不可失時不再來的感覺。

兩頭驢，在小河中央會師了。先是相互用鼻子觸一觸，嗅一嗅，咬咬脖子，灰驢又轉到黑驢的屁股後頭聞一聞，而後仰起脖衝太陽掀掀鼻嘴露露牙，又大叫了一聲。口吐著白沫。

鐵子媽脫了鞋，下到河裏來，想把自家的驢牽走。嘴裏嘿哈吆喝著。可她走到一半，走不動了。她不好意思了。因為她家的灰驢，後腿間忽然放出了長長黑黑的生殖器，來回晃動著，瞬間又踩上了那頭黑母驢的後臀上。而那頭黑母驢也十分順從和配合，拱著腰，撅著屁股，嘴巴還一張一合的。就這樣，這一對性急如渴的畜生，當著主人的面，不管不顧地做上好事了。

鐵子媽的臉「唰」地紅了。紅得如夏日的牡丹，秋日的紅葉，紅到耳根，紅得心跳。她站在那裏，定定地站在那裏，走也不是，不走也不是，閃避著眼睛，挽起的褲腿兒也掉進河水裏。

這時，河南岸的年輕養蜂人從驚愕中甦醒，驟然爆發出大笑，前仰後合，接著又戛然而止。顯然，他看到灰驢女主人的窘樣，有了節制。

儘管場面尷尬，但兩頭驢的主人誰也沒想去打擾盡興的牲口。一時間，周圍變得安靜，沒有任何聲響，連樹上喧鬧的雀鳥此時也沒了動靜，似乎周圍都寬容地等候著它們辦完驢事。

驢辦事，還很長。後來年輕養蜂人牽走驢時說：「臨時租借來用的，沒想到來這一手。」

鐵子媽則抿著嘴，數落自家的驢。「真丟人哦，你今天可真丟人呢。」

那頭灰驢晃晃腦袋，似是心滿意足，還頻頻回頭，向那頭盡一夜情的情侶哼叫兩聲，顯得意猶未盡。

兩個主人，回到各自的河岸，接著舀水，已經耽擱半天了。突然，對岸的年輕人大呼小叫起來。

「不好啦！我的塑膠桶漏了！大姐，你的驢踩壞我的塑膠桶了！」

鐵子媽一愣。抬頭望了望對岸。然後，心裏不由得樂了。

「這咋辦呢？大哥還等著我燒水喝茶呢，他請你大伯子到鎮上喝酒，一會兒就該回來啦！」

年輕養蜂人舉著塑膠桶，衝太陽照著看，十分著急。水從桶的裂縫裏淅瀝瀝往外灑。鐵子媽這才注意到，那個年輕養蜂人戴著副眼鏡，很文氣，年紀也不超過二十三四歲，乍一看很不像個野外放蜂人。

鐵子媽對他有了些好感，剛才他的舉止也不猛浪有節制，而且自家的灰驢也太猛了些，於是她衝對岸說：「俺替俺的驢抱歉了，要是你很著急，先把俺的桶拿去用吧，反正俺馱過一趟水了。」

「謝謝大姐，謝謝大姐！」

「不用謝，你用完就放在河邊好了，待一會兒俺再來取。」鐵子媽說完，也沒等那個小夥子走過河來，留下水桶後顧自牽上驢走了。

說著，就偏晌午了。初秋的天空，清爽明亮，空氣新鮮得吸進後胸肺如洗淨了般舒暢，變得透明。鐵子媽鏟了一遍菜地，壘了壘塌邊兒的豬窩，這才想起還沒去取河邊的水桶。她剛要出門兒，院門外就有人叫了。

「大姐，這裏是你的家嗎？」

「是哩！是哩！」鐵子媽趕緊邁出院門。只見年輕養蜂人把她家的水桶從驢背上卸下來，放在地上，裏邊裝滿水。

小夥子說：「我是來還大姐的水桶，怕放在河邊丟了，耽誤你用了，不好意思。」

面對面站著，又經歷過早上驢事，兩個人不免有些侷促。倒是鐵子媽大方些。「那路事在農村田間地頭常碰到，不算個啥。」她招呼著年輕人進屋喝口水抽支煙再走。

年輕人說：「抽煙喝水就免啦，我倒是想看看你家的水井。」

「你會修井？」鐵子媽頓時臉上綻出笑容。

「在老家，早先做過修井的活兒，就不知道你家的壓水井跟咱們那兒的一樣不一樣。」

「看吧，看吧，你真是個好心人，來，這邊。壞兩月了，我會付你工錢的。」鐵子媽一邊引路，一邊這樣說。

「大姐你這是罵我一樣嗎，這點事，我哪能收你錢呢！」小夥子說著，查看水井。伸手壓壓井把，咕哧咕哧空響，倒些水進去也提不上來，敲敲聽聽，然後他拍拍手說：「大姐，井的地下管子頭那兒壞了，堵住了。」

「能修嗎？」

「能修。簡單，挖出來換個塞子，換個新的鋼絲井紗就成了。」

「太好了，真是遇上明白人了。」鐵子媽高興得直拍手。

「這樣吧，我寫下零件名稱、尺寸，大姐哪天去鎮上自個兒買回來備著，我抽空過來給你換上就是。」

「好、好，太謝謝大兄弟了，為這井的事愁死俺了，每天都去河邊馱水，煩人不方便不說，這一入冬封了河，吃水就更困難了，唉。」鐵子媽說著嘆氣。

小夥子也同情地說：「家裏沒了男人，大姐的日子過得不易呢，大哥是怎麼沒的？」

「嗨，兩年前去城裏打工，包工頭欠他們工錢，他跟人家就動了手，不明不白地叫人給打死了。唉，俺命不好啊，幸虧俺還有個兒了……」說著，鐵子媽的眼圈又紅了。

小夥子聽後直搖頭，不知怎麼安慰這位好心的大姐才好，只說：「是啊，大姐還有兒子，日子總會好起來的，而且你還有個當村長的大伯子可以幫忙嘛。」

「他？哼，俺指不上喲。也許人家正等著小河冰封，等著俺娘兒倆吃不上水呢。」鐵子媽的臉變得陰沉。

小夥子趕緊打住話，表示等她買回零件後就過來幫她修井，然後他告辭走了。

鐵子媽手裏攥著小夥子留下的紙條，望著他遠去的背影，心裏熱乎乎的，心中充滿了期待。（如果，她要是瞧見了離去的小夥子，在河口被她大伯子攔住說話的那一幕，不知她什麼心情。）

鐵子媽第二天就去鎮上，買回來修井的零件，就等候那個年輕的養蜂人。可好幾天，都沒看見小夥子，河邊也不見他來馱水的影子。她好生納悶兒，那小夥子咋就不見了人影呢，難道他病了或者出門兒了？可她遠遠瞧見，在河南岸的蕎麥地地頭兒，影影綽綽活動著那兩個養蜂人兄弟的身影。於是，善良的鐵子媽有一種被人耍弄了的感覺，自責說自己太天真、太輕信別人了，人家就那麼嘴上說說而已，怎能當真呢。

鐵子媽苦笑，悄然把買來的零件丟進倉房不去管它了。她要淡忘了這件事。大約過了十天半月，有一天傍晚，天基本都黑了，鐵子媽拴好院門剛要回屋，有人便噹噹噹敲響院門。那敲聲不大，輕輕的，似有似無，但鐵子媽還是聽見了。她手裏拿著手電筒，回到院門口問：「誰呀？」

「大姐。是我；開開門。」門外的人壓低聲音說。

「大兄弟，這麼晚了，你來有啥事啊？」鐵子媽聽出是年輕養蜂人。

「大姐，別誤會，我是來幫你修井的，快開開門吧。」小夥子十分誠懇，甚至有些固執。

鐵子媽就開了門。

小夥子是騎著他的驢來的，還背著個工具包。也許怕再出尷尬事，他把驢拴在大門外。

鐵子媽默默地看著他。

「大姐還以為我是個矇事的騙子吧？我就怕你這麼想，也覺得做人要講信用，所以才咬咬牙過來了。零件呢？」小夥子笑一笑，十分坦率。

「俺倒沒想到你那麼壞，大家都忙，你不來俺也怪不著的。」鐵子媽心裏釋然，覺得自己誤會人家了，有些不好意思，趕緊去倉房翻找零件。

小夥子跟鐵子媽要了一把鐵鍬，要挖開壓水井。為照亮，鐵子媽想把屋裏的電燈泡引到外邊來，再換個大燈泡，掛在井邊柱子上，可被小夥子制止住了。嘴說太惹眼，又費電，用不著。

鐵子媽這才慢慢明白小夥子為什麼選擇天黑才來，也大致猜到他前些日子為何沒來。自己畢竟是個年輕寡婦，還有個那樣的大伯子罩著，簡單事情會變得複雜，她心中更有些感激這位好心的養蜂人了。

小夥子開始挖土。鐵子媽在井柱上掛了個馬燈，又拿手電筒照著。先是圍繞井杆往下挖了兩米深處，才摸到井杆的下邊末端，又費了不少功夫才卸下那節管子。幹完這些，小夥子成了泥土人，滿臉汗水。他還真是個行家，很熟練地擦洗那節管子，換上新塞子，蜂眼處換上新的鋼絲井紗，然後重新下到深坑裏，安裝上。活兒就這麼齊了，埋上土壓夯實了，一試水，水就嘩嘩地冒出來了。

「出水啦！太好啦，出水啦！」鐵子媽高興地叫起來，拍著手蹦跳，屋裏熟睡的兒子小鐵被吵醒，跑出來，見自家的井又冒水了，也樂壞了，歡叫著抱住井頭嘴對著飲起那清涼的井水，還一個勁兒吧嗒嘴說：「真甜！」

鐵子媽的眼睛濕潤了。握著小夥子的手，一個勁兒說謝，又是遞煙，又是遞茶的。弄得小夥子都不好意思了，看著這對母子的高興樣子，他也由衷地欣慰了，更覺得這口井對這倆孤兒寡母何等重要。儘管內心有股隱隱的擔憂，儘管身體有些疲累，但他那雙眼睛善良而快意地閃動著。

鐵子媽要給他煮碗麵吃，要給他付工錢，一一被小夥子拒絕了。他拿起自己出汗脫下的褂子，說聲：「太晚了，我該走了。」便匆匆往外走。小夥子不讓鐵子媽送出院外，吭哧半天說了這麼一句：「大姐，別跟人說井是我幫你修的……另外，這話可能不該說，大姐，我看你還是嫁了人吧。」

「嫁人？」鐵子媽苦笑。

「大姐這麼年輕，這麼漂亮，早嫁人早安穩，日子也好過了，也省得……」

小夥子嚥下話。

鐵子媽明白他的意思，嘆口氣說：「孩子爸活著時對俺很好，俺們是中學同學……眼下俺不想再嫁人，不想給俺兒子找個後爸，再苦的日子俺也得熬。」她的臉變得堅毅。

小夥子沒再說什麼，牽上驢走了。

鐵子媽滿懷感激望他的後影，然後返回井邊。她壓出一桶又一桶的水，裝滿所有的缸啊盆啊等器皿，還覺不夠，又壓出一桶一桶的水，去澆後院的菜地。然後坐在井旁，雙手撫摸著那冰冷的鐵井頭，哭起來。她就那麼無聲地抽泣著，雙肩一聳一聳的。黑夜的星星，靜靜地瞅著她。

那一聲聲驢叫，是在她回屋躺下後傳來的。不是她家圈裏的灰驢，聲音是從小河那邊傳出來，嗚哇嗚哇亂叫著，十分急切而悠遠。接著，她家的灰驢也回應著叫喚起來。仍是一唱一和，遙相呼應，但叫喚聲怪怪的，亂嚷嚷的，不是那種打發夜的無聊或為求偶發出的呼喚。

鐵子媽豎著耳朵，心裏生疑。那小夥子早該到了河南岸的帳篷呀，他的驢怎麼還在小河這邊叫喚呢？而且，叫得那麼急，聲嘶力竭，似是受了什麼驚嚇，難道他和他的驢遇著野狼了？

鐵子媽放心不下，穿衣出門。她要到小河那邊去看看，臨出門手裏還拎了把砍刀。儘管平時膽小，一天黑早早鎖上院門不出屋，但這會兒她顧不上那麼多了，壯著膽子朝河邊摸過去。手裏的砍刀攥出了汗，拿著的手電筒抖抖呼呼的。

那驢還在叫著。

她發現，驢是站在河南岸衝著河中央叫喚。她舉手電筒照過去。微弱的手電筒光，依稀照出了河裏的一個東西。是一個黑團，趴在那裏，在淺淺的小河水裏一點一點地嚅動。像一隻拱泥的豬或者電視上常見的那種泥潭裏的鱷魚。她還依稀聽見了低低的呻吟聲。

鐵子媽的頭一下子大了。緊張得心都撲騰撲騰亂跳，有股不祥的預感升上心頭。

「誰？誰在那裏？」她衝那團黑影喊了一聲，又拿手電筒晃了晃。

「救……救、救我……，救、救我……」

那黑團發出了微弱得幾乎聽不見的聲音。但鐵子媽感覺到了，那是年輕的養蜂人。

她慌了，踢掉鞋就往河裏跑，褲腿都來不及提。

年輕的養蜂人沒個人樣了。臉上和頭上都是血，嘴角撕了一口子，眼睛青腫得老高，眼鏡也不知跌落何處，渾身都是傷和血，衣服被撕爛，正艱難地在泥水裏爬行。他身後留下一條長長的爬行的泥溝，爬過去的地方混合著從他身上流出的血和泥水。血肉模糊的身軀，怪模怪樣，令人恐怖。

「大兄弟，你這是咋啦？叫狼咬了還是遇著歹人啦？」鐵子媽急問。

「狼咬？哼……是、兩條腿、的狼……兩三個，攔住了我。」小夥子咧了咧冒著血沫的嘴巴。

鐵子媽明白了。不再問什麼，替他擦了擦臉和嘴角的血，想扶他站起來。可小夥子站不起來，身子骨軟軟的。鐵子媽見狀，背起他就朝河南岸走。沒走兩步，她滑倒了。這小河床別看水不多，可泥濘不堪，因鹼性大那泥又滑又稀，人無法站穩，何況她又背著個一百多斤的小夥子。幾步路她滑倒了好幾次，很快她也變成了泥猴。索性，她就背著那小夥子爬行。四肢著地，頭臉朝下，像一隻蛇蠍般爬行，這樣可穩當多了，不易滑倒。但變得十分艱難，嘴裏灌進泥和沙子，臉上也糊滿了泥，眼睛變得睜不開還煞疼，秋夜的河水又冰冷冰冷，浸透了她的胸和身子。她咬緊牙關，就那麼爬行著，一步一步，猶如一隻母狼堅韌而固執地爬行著。喘口氣時，她問小夥子又傷著骨頭沒有。

「肋條、好像斷了……喘氣兒都疼……」小夥子在她後背上呻吟著，他感覺到那後背儘管嫩弱，但很溫暖很堅實。他又說：「大姐，把我放在河岸上就行，你回去吧，我的事你別再管，我自個兒回去。」

「咋回去？爬回去？你的血快流乾淨了。不送你去醫院搶救，俺還是個人嗎？你別想那麼多，已經這樣了，咱們把這趟子事扛過去再說。」鐵子媽說得堅定。

終於爬到河南岸。

鐵子媽從小河渡口那兒正要爬上去，有一雙靴子踩住了她的手背。一束強烈的手電筒光，同時照住了她的臉，刺得她睜不開眼睛。

「嘖嘖嘖，我當是誰呢？原來是我的弟媳婦呀！真是天下奇景，這麼黑燈瞎火的深夜裏，你一個婦道人家身上背著一個野男人，這是咋回事啊？啊？大家瞧瞧，你們這是在幹啥呢？」村長高黑柱嘿嘿冷笑著，用手電筒晃著鐵子媽的眼睛，一隻腳踩著她的手，他身後站著兩三個村裏的小夥子。

「俺在救人，他叫野狗咬了，你走開！」

「呵！野狗就是咬死他，跟你這無干的寡婦有啥關係？啊?!」

「野狗咬他是因為，他幫我修了井，斷了別人的念想兒。」

「胡說！啥念想兒不念想兒，你以為你是誰？看看你這樣子，成何體統？傷風敗俗，勾搭男人，你丟盡了我們老高家的臉面！」

「呸！你們老高家的臉面，跟俺有啥關係？告訴你高黑柱，自打鐵子爸死後，俺跟你們高家沒關係了，俺現在是單身寡婦，別說背野男人，就是俺跟這野男人睡了，你也管不著，你不要欺人太甚！快走開，快把你的髒蹄子挪開，別耽誤俺救人！」鐵子媽終於橫下心，放出重話，撕破了臉面。

那高黑柱一時愣住了。一向以為柔弱可欺，退讓三分的弟媳婦，沒想到突然變得強硬，他有些下不了臺，有些惱羞，依舊口逞強橫說：「要是我這髒蹄子，就是不挪開怎麼著？」

「那這養蜂人流血過多死了，俺就直接背著他屍體去公安局，告你！」

「你敢！」

「試試看！」

這時，那個年輕養蜂人呻吟著說：「大姐，你把我放下吧，我自個兒走，我自個兒走……高村長，對不起，我做錯了，你大人大量，放過我這不懂事的後生吧，求求你啦……」

高黑柱這才哼了一聲，狠狠地瞪一眼鐵子媽，挪開了腳，關了手電筒，向後揮揮手便消失在河岸的黑暗中，如夜行的狼族。也許，他是真怕出了人命逃不了干係吧。本想悄悄教訓教訓養蜂人，沒想到驢叫引來了鐵子媽，弄得事情公開又複雜化，他畢竟是一村之長，事情鬧大對他並無好處，有損他的聲譽。

鐵子媽長舒了一口氣，趕緊背著小夥子上了岸，又把他扶上驢背，直奔二十里外的鎮醫院。由於鐵子媽的及時救助，年輕養蜂人沒耽誤治傷，沒出意外。他大哥還算有本事，痛罵弟弟愛管閒事，又息事寧人出錢擺平跟高村長的關係，他們的蜂箱繼續擺在那片蕎麥地旁，小蜜蜂們依然忙忙碌碌地進出蕎麥地。

時間又過了一個月。

秋日愈加變涼了。天空中，出現了南飛的大雁，那白雪般的蕎麥花，也開始凋謝、枯萎，結出一粒粒褐紅色的三角小果實。

望著眼前的蕭瑟，年輕養蜂人詩人般感嘆道：「蕎花謝了，大雁南飛了，我們也該南飛嘍。」他的胸肋上綁著厚厚的紗布，嘴角的傷痕也隱隱可見，眼鏡片是碎裂的，其樣子十分滑稽。

哥哥見弟弟那樣兒，逗說：「你還是回你學校讀書去吧，不要跟我養蜂了。」

「那不成，我得掙夠我的學費，不能老讓你供我讀書。」弟弟遙望著小河北岸的村莊，那裏正炊煙繚繞，不由得說了一句：「不知那位好心的大姐怎麼樣了，好久沒看到她了。」

「得得，又來啦，當好人還沒受夠罪呀？你給我老實待著吧。」哥哥笑著數落。

於是，弟弟無話，哥哥也無話。

北方沙地的秋日，天氣瞬息萬變。這一天，鐵子媽接到村上通知，各家準備兩車柴草最好是沙蒿子，運到河南岸蕎麥地自家地邊和指定地點堆放。氣象預報說，這兩天可能下霜，受西北冷空氣影響，霜期提前了半個月。眼下蕎麥正灌漿成熟，一旦叫霜打了，那都得凍死發黑，農民將顆粒無收。顯然，情況非常緊迫。這一帶農民長期跟老天周旋，受祂恩惠，又受祂迫害，實踐中摸索出一套用土法防霜的技能。那就是，當後半夜霜氣從上空降落時，點燃堆放在蕎麥地周圍的柴草。那柴草和沙蒿子煙大火苗小，又耐燒，大面積的濃煙和火苗蒸騰升空，就會把這片田地上空的霜氣化解驅散。這是個沒辦法的辦法，從老天嘴裏爭時間爭飯吃，再熬過幾天，那蕎麥就成熟變硬不怕霜打了，農民爭的就是這麼幾天。

村民忙碌起來。氣氛有些緊張。大家爭分奪秒，家有柴草的直接往地裏送，沒有的現去割草湊夠。鐵子媽家無男人，日子過得緊巴，沒有太多的柴草，只好自己去割，可畢竟有限。

村長高黑柱帶一幫人來檢查，冷眼瞟著說：「就這麼點柴草啊？別說趕霜，趕蚊子都不夠！再去割，要湊夠兩車！」

鐵子媽無奈，只好又拎著鐮刀去割柴。附近的草都叫手腳快的割乾淨了，她只得去遠處割，畢竟是女人，手腳沒那麼快，不小心還割破了手指頭，鮮血直流。她忍住淚，纏上手指，繼續玩命割，臉上汗一道流一道的。天黑了，看不見了，夠不夠只好就是它了。

傍晚村上又通知，夜裏十點之後，各家派一人到蕎麥地裏值更守夜，聽鑼號行事，統一行動，統一點燃柴草，不得各行其事。鐵子媽家裏沒他人，只好自己去，兒子小鐵害怕不肯一人留在家裏，她只好又帶上兒子，穿上厚衣，又抱了一床被子，去了野地裏。

一入夜，天就陰沉下臉。濕氣很重，陰冷陰冷的，氣壓又很低，典型的下霜前的徵兆。鐵子媽坐在自家的地頭，挨著柴草，兒子依偎著她睡，渾身縮成一團，蓋上被子都瑟瑟發抖。入秋後在屋裏蓋被子都嫌冷，何況在無遮無擋的曠野上，寒氣從四面八方侵襲，會把人凍僵。鐵子媽心疼兒子，把身上的大衣脫下來給蓋上，兒子還喊冷。她一咬牙，攏了一把火，給兒子取暖。

可從不遠處的黑暗中，立刻傳出高黑柱的呵斥聲：「找死哪？不到時就點火，誤導大家都點火了，這責任你負得起嗎？快把火滅了！」

鐵子媽無奈，只好又把火給熄滅了。

夜漫長，黑沉得如一口大鍋扣在頭頂上。鐵子媽上牙磕著下牙，哆嗦著詛咒般說：「該死的霜，要下快下吧！別折騰人了！」

後夜一點左右，當鐵子媽又凍又睏正睜不開眼時，前邊的小山頭上噹噹噹敲響了銅鑼。有人在喊：「點火嘍！大家點火嘍！要下霜了！」

鐵子媽趕緊劃火柴。可她那雙發僵的手，怎麼也點不著柴禾，幸虧兒子小鐵醒了，小手還沒凍僵，幫助媽媽點著了火。於是，柴草就燃起來了，冒出了濃濃的黑煙，並向四周和上空彌漫開去。小鐵子拍手叫喚：「燃著嘍！燃著嘍！這一下暖和啦！」

母子倆如得救的羔羊，幾乎撲進那堆火裏取暖，眉毛和頭髮都被燎著了。霎時間，這茫茫一大片的蕎麥地裏，家家點火，人人放煙，四面八方都冒出了紅藍的火苗。霜夜無風，那湧出的滾滾濃煙，彌漫在空中，一時間全罩住了蕎麥地的上空，迴旋，盤騰，久久不散。

這真是一幕奇特而壯觀的景象。

一堆堆篝火，從這裏連接到山的頂部，平闊的田地裏到處都是晃動的人影，閃動的火焰和蒸騰的濃煙，遠近相接，頭尾相顧。黑夜被燃紅了，大地被燃紅了，一切都如夢如幻，神奇美妙。小鐵子幫著媽媽往火裏添柴，咯咯咯笑著說：「真好玩！真有趣！」

漸漸，她們的柴草越來越少了，不久就燒完了。火堆，在慢慢地熄滅，而霜氣還在下降。鐵子媽的幾畝地又靠在邊上，霜氣更大，可她乾著急一點辦法都沒有，恨不得去燒了手指頭。兒子小鐵急說：「媽媽，咱們沒柴了，咱們沒柴燒了。」

這時有人衝她這邊喊：「東南角！火怎麼滅了？快點上！快點上！霜氣從你那兒漫過來啦，東南角，死人啦！」

鐵子媽呆站在那裏，猶如一根木樁子。由著人罵，由著人叫嚷，她那煙薰火燎的臉也是木木的。受霜重的她家蕎麥，開始發蔫，正在凍黑，而且受霜面積正逐步擴大，眼瞅著自己一年的汗水將付之東流，將顆粒無收，她的心在流血，她顯得絕望。兩行淚水，流過她那張冰涼的臉龐。

不遠處，又傳出她大伯子冰冷的詛咒般的罵聲：「掃把星！剋夫不算，還要剋全村呢！」

小鐵抱住媽媽問：「媽媽，我大爺在罵誰呢？」

「罵你娘呢，他已經不是你的大爺。」

「媽，沒柴了，咱咋辦呀？」

「看著，看著咱們的蕎麥全凍死。」

鐵子媽臉上的淚水，已冰冷，已凝固。她的那顆心，也隨著冰冷和凝固，如那外邊的冰冷的世界。她就那麼漠然地看著自家的蕎麥地。

這時，兒子小鐵突然叫嚷起來。

「媽媽，你看！你快看！」

鐵子媽便側過頭去看。她發現，有人正往她家那即將熄滅的火堆上加柴加草。那人影似乎很熟悉。身上綁著紗布繃帶，戴副眼鏡，文氣而瘦弱的身軀在火光中來回奔忙著。不遠處，停著他的一輛套驢的膠輪車，上邊裝滿柴草。很快，鐵子媽的蕎麥地旁，又燃起了熊熊大火，那滾滾升騰的濃煙又漸漸罩住了她家蕎麥地上空。

「是戴眼鏡的叔叔！」小鐵歡叫。

是他，這裏就剩下他一個好人了。

鐵子媽的心，「呼」地熱了。雙眼湧滿熱淚。

她走過去。年輕的養蜂人衝她笑一笑，露出白白的牙。

「你們這兒真好玩。我們明天就走了，還剩下不少燒飯的柴禾，我就給你送來了。」小夥子說得輕描淡寫，因綁著繃帶，行動很僵硬不方便。

「大兄弟你送來的不是一車柴……」鐵子媽有些哽噎。

「大姐不要這樣，我這是舉手之勞。我就怕別人掉眼淚，說這感謝那感謝的。」小夥子制止鐵子媽的話頭。

於是，鐵子媽不再說下去。她挨著他站著，一同往火堆裏添柴加草，一同凝視著那堆溫暖而熱烈的火焰。那是他們用人世間心與心的真誠和善良，共同燒燃的火焰。

「大姐，我向你討個東西，不知行不行。」年輕的養蜂人片刻後這麼說。

「大姐是個窮寡婦，不知大兄弟討啥，儘管說。」鐵子媽笑了笑，顯得坦蕩。

「大姐的姓名。」

「俺的姓名？」

「是啊，到現在我還不知道大姐叫什麼名字哩。」小夥子說得認真。

鐵子媽不由得格格格樂了，這才想起他們還真的沒有交流過姓名，也沒想到互相問一下。

「俺娘家姓田，名叫一葦。」

「一葦？一葦渡江，從古詩裏取的，其實一葦就是善，善可渡人，起的很有學問。」

「俺父親是鄉中學的語文老師，愛讀些書。那大兄弟呢，你叫啥名字呀？」

「我叫楊樂。等攢夠學費，我還要去讀書，想當數學家，像那個楊樂。」年輕養蜂人眼裏閃閃有光。

「難怪呢，大兄弟還真是個讀書人。兒子，記住這名字，要記住一輩子。」

火光映紅了他們的臉。

周圍變得暖融融，陰冷的霜氣在消失，蕎麥地在復活，重新挺起了綠色的麥稈。

哦，苦蕎。夜，變得很美麗。

暖岸

老媽走出老屋看日頭，這是第三次了。

那日頭終於偏西。斜掛在西牆雞窩後的樹梢上。

「咦，日頭偏西了，這老爸咋還不回來？」

老媽嘀咕，往雞窩裏撒苞米粒。被圈好多天，防什麼禽流感的雞們嘰嘰咕咕發著牢騷，搶食。老媽說：「俺也不願意關你們啊，上頭規定的。那郎村長還差點殺了你們呢，說是三十里外的沙龍村，天上掉下來一隻大雁！說出來笑死個人，那大雁是盜獵的拿槍打下來的！哈哈哈哈。」

老媽站在那裏笑，插著腰。雞們似是聽懂了，在雞窩裏格格唔唔鬥。

餵完雞，老媽走到院門口，朝河南岸的那條路上瞭望。路上空無人影。百里外的某村已發現那禽流感，封了路，那條國道如今也變成了擺設，安安靜靜，連個鬼影都沒有。

老媽搖搖頭，回屋開始包餃子。她尋思，等包完餃子，老爸該回來了。

她包出三十個餃子，整整齊齊碼放在案板上。一人十五個。不，老爸二十，她十個，老爸肚子大。然後再給老爸燙上一壺酒。

可老爸仍不見人影。

老媽心裏如長草，不安生了。又出去朝路口望。

日頭已經很偏西很偏西，都掛到西牆樹腰上。碼放的餃子，有些塌了，歪巴了。

早上，郎村長像一頭狼般在門口吼。「來情六乾（禽流感）啦啊！各家雞窩門口前後院子都要撒白藥粉啦啊！」

可那白藥粉，要自己去鎮上領。老爸老媽無兒無女，老爸喊老伴叫老媽，老媽喊老頭子叫老爸，相互當孩子，只好六十多歲的老爸便騎上毛驢去了鎮上。還順便捎帶兩隻豬崽去賣。

老媽瞅著那些塌窩歪巴的餃子，愈發地焦灼。

這一生，她有過無數次等候，老媽突然想起老早前那次最心焦的一次等候。那時他們兒子剛三歲，村裏發生鼠疫，小日本逃走時散佈給老鼠，有人吃野鼠染上了。村裏天天往外抬死人，跟現在一樣封鎖了村莊道路。不久他們的兒子也染上，嘴裏冒著黑沫，老爸趁夜背上兒子穿越封鎖線，去鎮上求醫。結果半路被逮住，關進一所重病隔離區。那是個四面都是冰冷的水泥牆，患者只許進不許出，橫七豎八躺一地等著抬出去。三天後兒子在老爸懷裏死了，他自己也奄奄一息，鼻腔流出黑血。於是他被人連同兒子一起當死人丟扔在亂石崗，點火燃著了。老媽在家一人苦等兒子和丈夫，杳無音訊，五天後有人告說他們都死了，她哭昏過去了。那夜下著大雨，她也包了餃子，供在丈夫和兒子靈位前，然後準備懸樑。這時她聽見有東西碰門，還有依稀的喊聲，她便從脖子裏拿開繩套，去開門看看。原來是丈夫老爸爬著回來了，大雨澆滅了大火，他也奇蹟般地復活了……

老媽打了個冷戰。罵自己怎麼想起這件倒楣的事情來。

她把那些餃子，一一扶正、擺好。然後，為擺脫剛才的不祥情緒，又走到外邊來。外邊的冷氣嗆得她咳嗽起來。這時，那條路上終於晃出一個人影來，老媽迎上去，在河岸等候。那結冰的河，陰森森的。

不是她的老爸，是鄰居孟和。

見小夥子渾身沾著白粉，連頭髮和臉上都是，老媽忍不住笑起來。

「你這是鑽白灰窯啦？咋成了白麵鬼！」

「嗨！嬸兒，不用提了，鎮北路口設了卡子，見人就噴藥水噴白藥粉！躲都躲不過，追著你打！」

「嘖嘖嘖，難怪你身上全是六六粉敵敵畏的味兒呢！你見到俺家老頭子了嗎？他也進城了！」

「頭晌進城時見過，他更麻煩了，帶的豬崽不光要打藥水，還要帶去化驗！

結果那豬崽還給跑出來了，到處亂鑽，嚇得那些人雞飛狗跳的，像見了狼！哈哈。」

老媽忙問：「逮回豬崽沒有？」

「逮回是逮回了，可折騰得那對豬崽快成了死耗子，不知還能不能賣出去！」

「唉，這事鬧的！禽流感還沒來，人都快瘋了！」

「是這話，是這話呀嬸兒。」鄰居孟和搖著頭，拍一下身子，飛起一溜白煙兒，走了。丟下老媽一人留在河岸上，呆呆地張望，等候。

鎮防疫站的那幢房子，白得像醫院太平間。

老爸走出那道鐵門後，回頭看了一眼，身上不由得戰慄了一下，就像男人小便後身上哆嗦一下一樣。

驢牽在他身後。驢背上，馱著從那「太平間」領來的一口袋白藥粉。懷裏抱著的豬崽，在口袋裏尖啼。他擔心豬崽被他們打針打壞了，剛才抓回時人們又是踢又是踹的，可憐的豬崽別是那兒傷著了。

農貿市場冷冷清清的。尤其賣雞鴨鵝的那溜攤位，空空蕩蕩，往日雞鳴鴨叫人歡的熱鬧場面不見了。老爸選個無人的角落，蹲在那裏，前邊擺出拴著的蹄子的豬崽。

無人問津。半天，過來一個老太太，眼神兒不大好，摸索著問：「賣的是啥物兒啊？是兔貓嗎？噢，你說豬崽啊，咋老哼哼呢？不會是有病吧？」

一聽有病，旁邊的人後躲。有人起哄，夏天南方鬧豬戀球軍（鏈球菌），死過好多人哩！

這一下可好，老爸的豬崽更是沒人搭眼。現在的人，都很金貴，一個個像驚弓之鳥，唯恐染上什麼。從河裏撈個魚吃，死人；殺個自家養的雞豬吃，死人；連地裏種的菜，吃後不死也讓你上吐下瀉折騰個半死。人不知現在吃啥才安全。

老爸熬到日偏西，才賣出一口豬崽，剩下那隻沒人要，只好帶回去了。填完肚子，他還得趕二十里路，老媽在家肯定等著急了。

老爸牽上毛驢，鎮街上穿行。懷裏還抱著個豬崽。

他要找到那家「切糕張」。他家的切糕，實惠又好吃。街旁新樓林立，別看是沙鄉窮地，這些年老百姓生活沒提高多少，到是樓房蓋了不少，都不大辨清老街舊巷了。老爸好久好久沒進城來了，三年？五年？走在大街上，腳下踟躕。憑印象，他找到「切糕張」舊址。可那裏已矗著兩層樓的酒樓，如一位貴婦，華麗又妖豔。

「『切糕張』賣切糕，發了。」老爸叨咕著，站在那裏呆望。

有三五成群的人進進出出。老爸實在想吃切糕了，把毛驢拴在門側一個不顯眼的地方，顧不上自己寒酸不體面，便隨一群人往裏走。他納悶，這些人基本都臉色凝重，步履沉緩，尤其使他驚奇的是，每人手裏還捧著一束花！

那花鮮紅鮮紅，嬌豔欲滴。

老爸稀罕得如醉如癡。驚詫寒冬臘月竟然有如此美麗的鮮花！而且是真的，不是紙捏的。老爸心想，城裏人真好，吃切糕還這麼莊重，捧一束鮮花來。他幾乎是聞著一股花香走進大廳的。紅衣紅帽的門侍，猶豫了一下沒攔他。也許把他當成前邊那撥人中的一個。

廳很大，人很多，擺著好多張圓桌。很安靜。

隊伍排得很長。

老爸感嘆，「切糕張」的生意真大，這麼多人排隊。

廳裏回蕩著低緩的音樂。老爸覺得耳熟，很多年前毛主席升天時村裏來輛車拉他們進城，在縣城廣場聽過這曲子。老爸一絲奇怪，吃切糕放這曲子幹甚。終於到達前頭。老爸以為那裏是開票交錢的地方，他早已掏出一張皺皺巴巴的五塊錢票子等著呢，結果不是。那裏放著一張蒙白綢的長條桌，桌後邊牆上掛著很大一張人頭像，黑框邊垂著黑綢條。前邊的人把手捧的花放在白綢桌上，然後向牆上的人像三鞠躬。

老爸這才嚇了一跳。

糟糕！自己怎麼糊裏糊塗闖進人家追悼會來了！

他頓時身上冒冷汗。有人喊一鞠躬，他慌忙忙也一鞠躬。抬頭時，他掃了一眼那遺像。覺得眼熟。二鞠躬後，他又仔細看了一眼。這一下認清了。他的嘴巴哆哆嗦嗦地嘎巴著，張合著，冒出一句：「她是劉鎮玉！」

儘管聲音不大，可周圍的人都聽見了。投來白眼。從哪兒冒出來一個鄉下老漢，如此唐突。遺像一側肅立著一排人，頭一個走過來問他。是個女的。

「大叔，你是哪兒的？」

「下楊村的。」

「你認識我媽？」

「她在俺村插隊當過知青，當然認識。」

「我媽插隊的那村子，可是叫紅寶書大隊。」

「那是文革中改的。你是你媽的長女吧？那你還是在俺村懷的呢。」

「對，對，一點沒錯。聽我媽講過，還有段浪漫故事呢！」

老爸差點說，一點都不浪漫，為你我還坐了兩年冤牢，被扣了一頭屎盆子。但他嚥下話，畢竟人已死，場面也不對。

「你是怎麼知道我媽去世的？你是代表你們村老鄉來參加追悼會的吧？」劉鎮玉的長女很受感動，也不管老爸的反應如何，轉身對大家說：「這位是我媽當年插隊那個村的老鄉代表，大家不要見怪。」老爸想，真不虧是她的女兒。

人們低聲議論。

「劉主任的人緣還真不錯呢。」

「縣婦聯過早失去一個好幹部好領導，可惜。」

老爸進退為難。

當年老爸還是村裏的民兵連長，那個劉鎮玉當婦女隊長，認老爸為乾哥，成天長在他們家。後來，劉鎮玉的肚子突然大了，天天在老爸家哭，可死活不說出那個弄大她肚子的男知青名字。有一天，她突然給老爸跪下了，哭哭啼啼求說：「乾哥你認下這孩子吧，要不我們兩個人都死定了，一輩子都完了。」當時，老爸和老媽以為她是讓他們認下她的私生子收養，正好自那次鼠疫後他們兩口子始終沒有孩子，便答應了。然而，三天後情形完全變了。劉鎮玉指認老爸勾引姦污並弄大了她肚子。員警抓走老爸，判了兩年勞改。當時知青紅得發紫，號稱是毛主席派下來的紅衛兵，極為金貴，豈容老農搞大她們的肚子。劉鎮玉由此受照顧，回城安排了工作。老爸當了冤大頭，跳海也說不清，人家也不信你的申訴，寧可信其有。肚子的確大了，又是女方指認，而且女方又長在他們家，這事板上釘釘。刑滿回來後，老爸要拿菜刀去砍了劉鎮玉。老媽苦苦攔住了他。那時的劉鎮玉已當上縣團委副書記，後又當上縣婦聯主任。

老爸一生嚥不下的，就是這口氣。

面對著那個遺像，老爸的心潮難平。可又一時無語。畢竟已過了四十來年，人已死，他又能如何。一個農民，勞改時幹農活兒，回來後也是幹農活兒，那年代國家主席冤死了也是沒招兒嗎。只是每每想起此事，他的心便隱隱作痛。不過這個女人死得挺早，算起來頂多五十出頭吧，肯定是折騰的。這時他感覺自己還活著，挺好，還很硬朗，且活呢。於是他也釋然了，跟死人計較個什麼呢。

三鞠躬結束後，有人拉他去入席。吃喪飯，對死人是個尊重。可他不想吃，怕嚥不下。

正這時，門外傳出一聲長長的驢叫聲。嗚哇——嗚哇。

廳內人們一時驚愕。

隨著有個保安跑進來，大聲喊。

「誰的驢？誰的毛驢？」

人們頓時樂了。

「俺的驢！是俺的毛驢！」

人們這下轟地大樂，實在忍不住了。壓抑低沉的氣氛，一時間輕鬆許多，不像個追悼會了。

也許地太滑，也許太著急，老爸又摔了一跤，十分狼狽。人們更是笑得前仰後合。哀樂聲伴著他逃出會場。

毛驢是本來拴在大門一側，花欄後邊的木架子上。大花欄擋著，本不引人注意。可旁邊的一輛轎車開走時，突然摁喇叭，毛驢受驚，又蹦又跳的，一下子拽倒了花欄木架子，唏哩嘩啦倒下一片。

老爸趕緊拽住毛驢，拍拍其脖，讓它安靜下來。

保安訓斥他：「咋搞的？老漢！毛驢怎麼拴在這兒了？」

「那拴哪兒？他們的洋驢子電驢子也不都拴在這兒了！」老爸犯倔，也沒好氣。

「那是人家的小車、自行車！不是毛驢！」

「毛驢就是俺的小車自行車！」

老爸拽上毛驢往前走，昂著頭，倔倔地直瞪著眼睛。

保安從他後邊罵罵咧咧，可也無奈，人家畢竟是來參加追悼會的客人。

那倒地的鮮花，隨風吹過來吹過去。

有一朵，滾落到老爸的腳下。

老爸的眼睛頓時亮了，哈腰揀起來。他吹了吹上邊的土。完好無損，純潔無瑕，鮮美而芬芳。老爸稀罕得不得了，眉梢喜滋地張揚，粗手輕輕撫摸花瓣，嘴裏說：「是朵寶花哩，是朵寶花哩。」

他把花放進懷裏，小心翼翼。

心裏覺得，自己終於從劉鎮玉那兒，補償回來點什麼了。

老媽如下蛋的母雞，從窩裏進進出出。

她不知去了多少趟河岸了。凍得兩腮通紅，雙唇發紫。她奇怪啥事拖住老爸了呢？比他晚去領藥的，都已回來了，他死哪兒去了？豬崽賣不出去？那就不賣了嘛，死心眼兒，一出門總讓她擔心上火。門口拴著的黃狗衝她叫，她說一句：「狗都餓肚子了。」她拌食給狗。狗搖著尾巴感激不盡，狼吞虎嚥。她摸摸狗脖，鬆開拴鏈，說：「大黃，吃完你去迎迎老爸吧，俺老眼跳呢。」

那黃狗「嗖」地往外躥出去，如箭一般。

老媽感到放心了些，這才回屋開始張羅著把餃子蒸出來。老爸愛吃蒸餃。悶在鍋裏，不易涼。

蒸完餃子，再燙酒。

老爸在城街上舉步維艱。

見人就打聽「切糕張」搬哪裏去了。他固執而心誠。一定要吃到一口那個熱乎乎、甜黏黏的切糕不可，何況他三五年才進一次城。

一個遛鳥的白鬍子老者，給他指點迷津。

「切糕張」三年前就搬家了，你去舊城羊拐子胡同找找看吧。老者慈眉善目，鳥在蒙著厚棉布的籠子裏鳴叫，格外悅耳。

老爸也不會城裏人一樣說謝謝，只是木訥地冒出一句：「老哥的鳥叫得人心癢癢的，好聽。」

白鬍子老者爽朗地笑著走了。對他，這一句夠了。

羊拐子胡同如羊拐，曲裏拐彎。

可「切糕張」已改賣餛飩包子了。店堂小的也如雞窩。

老爸大失所望。心說，原來他沒發起來，還不如原來，丟了老手藝老本行了。

一個胖乎乎的閨女問他：「大爺，吃包子還是餛飩？」一口山西腔。

「俺吃切糕。」

胖姑娘沒聽懂。又問了一遍。老爸也答了一遍。

胖姑娘也許是新來的，還是沒聽懂，回頭看了一眼櫃檯後邊。有個抹口紅如吃了血耗子般的年輕女人，抬起頭來說：「喲，啥年月了，還找切糕吃？咱家早就不賣切糕了，再賣該喝西北風了。」

老爸被噎得無話。轉身出去時丟下一句。「賣餛飩包子就能喝東南風了？」

這時，從後堂顫顫巍巍走出一個老頭來。拄著拐杖，哈著腰，嘴裏說：「誰要吃切糕？小華，跟客人怎麼說話呢！」

「切糕張！」老爸認出來了，也喊出來了。

「你認識我?老哥是……」

「俺是下楊村的鐵寶!不認識了?那會兒，俺們老吃你蒸的切糕!」

「切糕張」拍拍腦門。「記得記得，想起來了，那會兒你還有時給我拎來個兔貓山雞什麼的，沒帶你媳婦來?那會兒你總帶媳婦來，哈哈哈。」

「是是，她也好這口。俺們倆的訂婚飯，就是吃你的切糕呢，哈哈，一晃多少年了。」

兩個老相識老朋友，相擁而坐。一起熱乎乎地懷舊，憶惜思甜。那個年月，對他們都很親切，很溫暖。

「你能找到這兒來，真不易呢!難得鐵兄弟還記得我這切糕張，歲月無情的。怎麼?還想吃這一口?」

「可不!可惜，你們改手藝了。」

「切糕張」的身上似是戰慄了一下，然後說:「沒辦法呀，鐵兄弟，一是我老了，二是現在買不到上好的黃黏米了。你說你們坨子裏的農民，現在誰還種著黃黏米?嗯?」

老爸憨憨地搖搖頭說:「那玩藝產量低，賣不出價，俺們那兒都種蕎麥了，蕎麥出口小日本，價錢高。」

「瞧瞧，這不結了，沒人種黃米，我拿什麼蒸切糕呀兄弟。」「切糕張」感嘆著，看一眼老爸，又說：「不過，等一等，我一會兒就回來。」

「切糕張」站起來，向老爸使了個眼色，神神秘秘地向後堂走過去。

老爸不知他要幹什麼，坐在椅子上等。胖姑娘給他端來一杯熱茶。老爸一口喝了下去，身上熱乎了些。瞅了瞅牆上的鐘，時針還指著早上九點。腳下的豬崽沒動靜，他踢了一下。馬上傳出哼哼尖叫，把胖姑娘和那位紅唇女郎嚇了一跳。他歉意地笑一笑。解釋沒賣出去的原因。可沒人注意聽，他也就作罷。

「切糕張」終於笑吟吟地出來了。

「鐵兄弟，你有口福了！我把壓箱底的那點黃米麵，全拿出來了，老伴在後頭和麵蒸糕呢，上好的紅蕓豆也泡上了，你就等好吧。小華，給我們燙一壺酒，上兩個下酒菜，記我賬上，我陪鐵兄弟好好喝一壺！」

「別、別、別，老哥哥，這哪兒成啊，這多麻煩啊，我還急著趕回家呢。」

老實厚道的老爸受寵若驚，一再拒絕，站起來要走。

「瞧不起咱切糕張，是不是？認老哥哥的手藝進門來了，又是多年不見的老哥們兒，哪能說走就走？那會兒你沒少往我這兒送老苞米，農家院新鮮瓜果什麼的，你就寬心坐下來，吃完切糕喝完酒再走，著什麼急，日頭還早著呢。」

老爸就這樣，被那位念舊情的「切糕張」強留下來，尊貴如賓，坐在那裏人模人樣地喝開了老白乾。烈酒撬開男人的嘴巴，過去時光的那些陳芝麻爛穀子，如海水般從他們口裏往外冒。

紅唇女人儘管撇嘴，可一想有了一次狠敲公爹的機會，便也沒了脾氣，倒被他們有趣的陳年舊事給吸引住了，聽得如天方夜譚。

老媽的餃子蒸熟悶在鍋裏，也有一個時辰了。

老爸仍然沒有動靜，出去尋迎的黃狗也沒有動靜。

西邊的日頭，已掉到西牆下，快要落山了。老媽現在已不是下蛋的母雞，而是熱鍋上的螞蟻。樹頂上落隻烏鴉聒噪，更讓她心驚，舉掃把揮走了那隻烏鴉。

汪！汪汪！黃狗躥回院裏來，衝她叫。跑得急，伸出紅紅的舌頭，呼呼喘氣。

「大黃！你咋跑回來了？老爸呢？」老媽回頭伸脖往外張望。

汪汪，汪汪！黃狗又一陣衝她叫，搖搖尾巴，似乎在告訴著她什麼，可惜她聽不懂。

黃狗有些急，咬住老媽的褲腿兒，往外拖她。

老媽終於明白，心格噔一下，紮上頭巾就往外走。

黃狗前邊領路。它顯得比主人還著急，蹭蹭地飛躥出好遠，一見老媽沒跟上來，它只好站在那裏等候。它也不想想，儘管老媽身體還壯實，可畢竟是六十年的老寒腿，怎麼能跟得上牠狗的四條腿呢。

黃狗跑跑停停。老媽可沒有停的功夫，一路小跑，呼哧帶喘。走到河岸。又下了河，踩過那段一百多米長的冰面。平時那冰面上有一道人車行走的痕跡，昨夜下小雪把它蓋住了。黃狗如蜻蜓點水般輕捷地跑過冰面，老媽可是艱難了許多，小心翼翼，一步一步提著一口氣走著唯恐滑倒。到達南岸後問：「大黃，人在哪兒啊？」

黃狗扭頭繼續跑，沿那條進城的土路。

老媽趕緊跟上。

黃狗，終於停在那段土路跟國道油渣路的會合處。她也遠遠看見自家的驢站在那裏。只見那驢豎著耳朵，警惕地張望四周，看見她後如得救般嗚哇嗚哇地大叫起來，揚頭，又是踩蹄子。

老媽也發現，老爸躺在地上，一個土坎上。

「老爸！」她大叫一聲，撲過去。

準確說，老爸是歪臥在那裏。老媽原以為老爸是從驢背上摔下來，起不來了。可她發現，他渾身酒氣，嘴邊地上全是吐出來的穢污，人卻鼾聲如雷，在睡大覺！

「老天啊！咋喝成這個德性！」老媽那顆懸著的心，稍稍放鬆下來。

老爸渾然不知來人，依然酣睡。黃狗舔他的臉和嘴邊。

老媽推推他，擦掉臉上的草屑。可老爸沒反應。他的鼻子和臉凍的發紫發青，身子僵硬得如木頭一般。老媽從這邊搖推，他又翻過那邊，嘴裏還含糊不清地吐著醉話。「別，別碰，讓我睡一會兒……切糕張，喝酒……你，你不行……」

聽他說話，老媽苦笑著搖了搖頭。可在這寒冬臘月，零下二十度的野外，睡時間長人會醒不過來，會睡過去的。那年前村的一對兄弟進城賣苞米，也喝多了酒，回來時兩人在驢車上睡，驢把他們拉回家時，凍死了一個，凍殘了一個。

老媽的心一緊，她拼命搖老爸，拍拍他凍僵發紫的臉，又往他耳朵裏大聲喊叫：「老爸！快醒醒！酒來啦，再喝一壺！」

這話管用，老爸掙扎著要坐起，含混地問：「酒、酒在哪裏？」

老媽掐一下他的臉蛋。「酒在家燙著呢，咱們回家喝去！」

老爸的眼睛紅紅的，咬著舌頭，奇怪地盯著她。「你你是老媽……你、怎麼在、在這裏？切糕張、張呢？俺、再跟他喝喝兩壺！」說完，他又要倒下去。老媽扶住他，並扶他站起來，一邊說切糕張在俺家等著呢，咱們回家跟他喝。這話也管用，可他搖搖晃晃，站不穩，更是邁不開步。老媽一撒手，又如一堆爛泥往下觸溜。嘴上還說：「你先走，俺、俺先睡一會兒再走。」

「這可咋辦喲，你會凍僵的，會凍沒命的！」

老媽叫苦，畢竟是農村婦女，儘管年邁，依然有股子蠻力。她把驢牽過來，讓老爸靠驢身站住，然後再把老爸抱推上驢背。那驢也很配合，善解主人意。可老爸不配合，從這邊扶上去，卻從那邊倒下，像一捆羊草。幾番折騰，終於讓老爸趴在驢背上。

莊稼院的驢，調教有素。不用人牽，自己前邊走，還根據老爸身體重量傾斜情況，調整它的身體和走路。老媽後邊扶著老爸，不由得誇獎起自家的驢來，能把醉成這樣的老爸從城裏馱回自家附近，太難為它了。這「切糕張」也是，怎麼能這麼灌老爸呢，這不是要人命嘛。

野地，臘月的風很硬。吹在臉上，如刀刮般疼。

她才發現老爸的氊帽不見了，不知是路上丟了，還是落在城裏，他那雙招風耳凍得紫紅紫紅。老媽趕緊扯下頭巾，給他包上頭，又揉又焐那雙耳朵。

終於來到河岸。

那毛驢站在冰河邊上，猶豫。黃狗已經率先衝過去。

河的冰面，如鏡子般光亮。那毛驢怕滑不敢走過去。老媽拍幾下驢屁股，這才那毛驢勉強下到冰河上，噴兒噴兒地響鼻，嘴巴幾乎觸到冰面上，聞著那條撒灰的痕跡慢慢走。

沒走幾步，毛驢還是蹄子一滑，摔倒趴下了。老媽拽牠打牠後來踢打打牠，也不管用。那可憐的毛驢也試著站起來，可掙扎幾下，終不成，鼻孔噴出兩道熱氣，徹底趴那兒不動了。老爸也被摔落在一邊。老媽回到岸上想弄點活土過來撒冰上。可大冬天，那土地凍得嘎巴嘎巴硬，沒有鐵鎬別想弄下一塊土來。老媽無奈，又跑回來，看看四周，可冰河上了無一人，空曠得嚇人，老媽可是叫天不靈叫地不應了。

老爸跟驢一樣，趴在冰上又睡起來。老媽趕緊推推他：「老爸，你別睡啊，老爸你不能再睡了！」

老媽不小心自己也滑倒了，四仰八叉，頭昏眼花。

歪坐在冰面上，她幾乎哭出來。前邊還有一百多米長的冰河床。她這時看見馱在驢背上的那口袋藥粉，有了主意。走過去，卸下藥粉，一溜朝前撒下去。這一下好，防禽流感的藥粉，發揮了真正作用。那毛驢踩著藥粉，可以站起來了，並重新馱上老爸，沿那粉白的一條路，向前走起來。可很快那藥粉撒光了，還剩下一截子路，那毛驢又趴在冰上走不動了。

老媽又沒招兒了。

老爸在冰上，哼哼呻吟。老媽一急，四肢著地爬過去看他。突然發現，爬比站著走穩當很多，也不必擔心滑倒。於是老媽把老爸背在自己後背上，朝前爬行起來。這招好使，老爸死沉死沉，壓得她有些喘不過氣來，何況是一個六十歲的老太太，在冰面上爬行實在太艱難了。

老媽的雙手撐冰面，沒有手套，光溜溜的，漸漸凍得發青，開始失去知覺。她咬牙忍著，身後拖出一條長長的痕跡，那冰面被擦得亮晶晶。

也許，趴在老媽溫暖的後背上，老爸那凍僵的身體有些緩過來了，加上冰河上清冷空氣刺激，那老爸微微蘇醒，囁嚅著問：「俺，這是在哪裏？俺這是怎麼啦？」

「別動，你在老媽的背上，醒過來就好了，別再睡過去。」

「老媽，你在背俺？切糕張呢？他可是把我灌醉了。」

「知道醉就好，啥年齡了，還這麼往死裏喝！」

「讓俺下來，老媽，你別背俺，應該俺背你。」說著，那老爸硬要從老媽背上下來，爭執著，結果兩人都摔趴在冰上了。老爸哈哈哈醉笑。掙扎著，自己想站起來，結果他的手腳都不聽話，馬上又趴窩在冰上，如一隻壓蛋的母雞，臥在那裏嘿兒嘿兒地傻笑。

老媽看他傻笑，自己也忍不住笑起來。她搓搓雙手，又塞進懷裏焐一會兒，然後脫下腳上的毛襪子套在手上，再去哄勸著老爸，背上他。

他們又開始了冰上爬行。如一對蝸牛。

怕老爸又睡過去，老媽繼續逗他說話。

「老爸，你可是好多年沒這麼喝醉了。」

「今日個，老子高、高興！老媽，你、你說，俺今日，看、看見誰了？」

「誰？」

「劉鎮玉！」

「啊？那個惡毒的女人？毒蛇一樣的女人？咋碰見的？」

「不是本人，是……是，她的遺像，死人遺像。」老爸咬著舌頭，就把過程說了一遍。

老媽一時無語。片刻後，她才嘆口氣說：「靠害人往上爬，紅得發紫，沒想到也有死的時候。唉，人啊，多大能耐，還是難逃一死。」

「說、說得是，都都難逃一死！古代、那麼多皇帝、也不都死了！要不、天底下哪兒都走著皇帝了，哈哈哈哈……」

老媽也被說樂了。

「可你怎麼又跟切糕張喝上了？」

老爸又拖著大舌頭，囉哩囉嗦告訴她過程。

「那你的豬崽呢？豬崽賣了嗎？」老媽突然想起來問。

「賣、賣了一隻，那一隻、那一隻……對了，俺就留給切糕張了，他夠朋友，俺不能小氣。」

老媽苦笑，搖搖頭。繼續奮力往前爬。

她已經疲憊不堪，雙掌完全沒有了知覺，像是別人的什麼東西掛在她的手腕上。額上浸出冷汗，臉色發白，因體力透支。快支撐不住了。她低聲提醒自己。

「別昏過去，再堅持一會兒，快到北岸了……」

其實，就剩下一二十米距離了。

這時，那隻早到岸上等候的黃狗，衝下來了。這隻通靈性的狗，咬住主人的衣袖，便往岸上拖。冰面光滑，沒想到牠又有那麼大的力氣，人被唰唰地拖走。拖幾步，歇一歇，搖搖尾巴，汪汪叫兩聲，然後再拖。

最後的二十米冰河，就這麼過去了。腳下是渾厚實在的大地。老媽感激大黃。

河的懸岸下，避風又暖和有個凹陷進去的坑窩，一縷黃昏的陽光，恰好這時照在那裏，顯得暖暖的。

「咱們歇一會兒，暖暖身子再走。」老媽說。

「歇、歇一會兒，剩下的路，俺、俺背你走。」後背上的老爸清醒了不少，也這樣說。

就這樣，老倆口慢慢坐進那個溫暖的凹槽裏，相互依偎著。那縷黃昏的最後一溜陽光，暖暖地照射著他們。

老爸的手哆嗦著，伸進懷裏。不一會，摸索出一朵紅花來。雖然有些蔫巴，花瓣也皺了些，可看上去依然那麼鮮豔奪目，美麗嬌紅，紅得醉人。

老爸的手哆嗦著，把那朵紅花插在老媽那花白的頭髮間。那裏已是土一把灰一把。

「真好看！天下第一大美人！」老爸嘖嘖感嘆。

「三九天，還有這麼好看的鮮花！哪兒來的！」老媽有些害羞，臉微紅。

老爸沒告訴她。

他的手接著往懷裏摸索。

不一會兒，又摸索出一個塑膠袋，裏邊裝著一大塊切糕。被他的胸懷焐著，還冒出一絲熱氣。

「啊！切糕張的切糕！」老媽像隻鳥般歡叫起來。

「是，切糕張的切糕。吃吧。」

老媽點點頭，打開來，輕輕咬了一口。

此時，她的雙眼裏，湧出兩滴熱潤。癡情而幸福地仰臉望著老爸那張醉臉。

她覺得這一切這麼美好，這麼幸福。

那縷陽光，黃昏的最後一縷陽光，依然照著這對老夫妻，似是也被感動了，不忍離去。

天音

老孛爺天風，待到午後才背著四弦胡琴出發。

來接他的那後生趕著一輛毛驢車，車上鋪著小羊氈，老孛爺卻不屑坐那毛驢車，打發那後生先回去，說他跟著就到。後生以為老孛爺是乘自己的紅氈馬車或是騎自家馬。結果都不是，老孛爺靠兩條腿走路，徒步穿越那三十里沙坨路，他寧願步行，也不坐驢車。

老孛爺是位說唱藝人，早先叫流浪藝人，是走到哪兒、唱到哪兒、吃到哪兒的那種居無定所的民間藝人。其實老孛爺過去的真正身分，那時叫薩滿教的孛師。更早先這一帶逐水草而居的遊牧年代，部族都信奉拜長生天為父、長生地為母的原始宗教——薩滿教，後隨著草原沙化、農業化之後，薩滿孛師們也沒落了，跟那些綠草一起消失了，傳到如今更是鳳毛麟角，老孛爺天風便是那個倖存的鳳凰毛或麒麟角。

羊腸沙路七拐八繞隨著沙坨子地形伸展，那個敖林屯好多年沒去了，路變得很生，好在毛驢車的新轍印在前邊清晰可辨，雨季的秋日，沙坨子裏風輕，氣候蠻宜人，走路很涼爽。遠處坨根的柳叢中可聞狼狐低狺輕吼聲。這一帶沙坨叫塔民查干沙漠，意思為地獄之沙，活動著一群野狼家族。多年前老孛爺的兒子從野外帶回一條患病凍僵的小狼崽，在他家炕上躺了兩個月，那時候老孛爺的老歌，村裏人聽得少了，老孛爺每晚在昏暗的油燈下自拉自唱，只有那小狼崽在炕頭趴著靜靜地聽。幾個月後，那狼崽便逃走了，不知行蹤，老孛爺也不以為意，任其自然。

黃昏時分才走進那沙子埋了半截的敖林屯。

村長熱情款待，殺了羊，喝了酒，然後就開唱。在村公所那沙子快埋到頂的三間舊土房裏，圍著幾十口老老少少男男女女，聽老孛爺的民歌說唱。敖林屯明天就不復存在，生態移民，七八十戶村民分成三五戶一撥撮到幾十里外還能耕種的甸子地村莊，這原址一帶的沙化地搞退耕還草，封坨育林。這是敖林屯的最後一個夜晚，村長請來老藝人唱最後的輓歌。

氣氛倒看不出什麼壓抑或悲涼，年輕一些的還滿高興，遷到富裕新村生活更有些奔頭，不至於像如今這樣窮得叮噹響，猶如困在沙窩子裏的餓狼，沒有電燈電話，沒有電視廣播，搞個活動也只能請一名過時的老藝人說唱昨天的老歌。

開始大家還聽得津津有味，人漸漸變得稀少了。老孛爺以為有些人是方便解手去了，可回來的少，不再見影兒的多。老孛爺不洩氣，依舊地賣力氣拉他的琴，唱他的歌；琴是好琴，東蒙地帶流行的那種四弦胡琴，蒙古語稱胡古兒，古色古香，琴箱是六片古松板黏製，弓弦是上等駿馬長尾上選出一根根精絲合成，四根音弦則是粗細不等的精良鞣皮調成的京都琴行上品，琴柱中間由鍍金黃銅圓匝連接，整個四弦琴便是一件上百年的老古董老古琴，那拉出來的旋律更是悠揚渾厚，餘音繞梁。老孛爺覺得可能自己說唱的長篇敘事民歌〈達那巴拉〉不合時宜了，曲調過於悲涼，故事也頗曲折，現在的人能聽進去的少。於是老孛爺清清嗓子，鼓起精神，換了一曲幽默戲謔稍稍帶有男女調情的老歌〈北京喇嘛〉，可效果依然不佳。閉目自顧自唱的老孛爺再次睜開眼時，偌大的三間房裏，變得空盪盪，他的前邊只坐著一位聽眾，一個八九歲的男童。

「還好，畢竟還剩著一個忠實聽眾。」老孛爺自嘲說，放下右手握的弓子，端起前邊方桌上的紅茶潤潤嗓子。

不過，老孛爺也好生納悶。

他俯下身子對那男童說：「小嘎子，坐到這會兒，真難得呀你。」

那小娃子撓撓頭，嘿嘿直樂。

老孛爺又說：「小嘎子，你愛聽老爺爺唱的歌呀？」

那小娃子憋紅了臉後直說：「不愛聽。」

「呃？」老孛爺不悅了，又不大甘心地問：「那你也是聽不懂我唱的歌兒嘍？」

「是，聽不懂，老爺爺。」小娃子膽子大了些。

「那你坐在我前邊，神色又那麼著急幹什麼？」老孛爺問。

「我是著急回家。」

「那你回家便是。」

「可你屁股下坐著我家的氈墊子吶。」

老孛爺的臉頓時變了。本想從屁股下抽出那墊子，狠狠擲給他，可又改變了初衷，輕輕拿出墊子，輕輕遞給那男童，又輕輕對他說：「小嘎子，謝謝你，難得你這麼長久陪坐著，沒有直接提出要墊子。」

「謝謝老爺爺！」那男童如獲救的兔子，抱著墊子撒腿就跑出屋去，帶出的風差點搧滅了那昏暗的馬燈。

老孛爺有些淒涼。緩緩地把琴弓掛在琴耳上，準備收攤停活兒。這時，那名村長出現了，不知上哪兒喝了一通酒回來，臉膛呈豬肝色。他是安排完老孛爺開唱後便稱有事出去的，他以為村民們都在這兒熱熱鬧鬧地聽老孛爺說唱呢。眼前這空空盪盪場面，頗使他臉上掛不住了。他喊起來：「人呢？人都哪兒去了？寶柱！你死哪兒去啦？」

應聲跑進來一個小夥子。

村長訓斥他：「你這團支書怎麼搞的？聽歌兒的人都跑哪兒去啦？怎麼能這樣子！怎麼能給老孛爺涼下場子呢！」

團支書撓撓頭苦笑著答：「隔壁有幾桌撲克比賽，巫嘎禿子家又設了賭局，東村哈爾套請來了放錄相的，說是武打片，好多人湧過去了。」

村長說：「黑燈瞎火，十里外的東村，人都去看武打片兒了？」

團支書說：「東村也搬遷，這一晚他們那兒搞得比我們熱鬧。」

村長半晌無言，隨後對老孛爺抱歉說：「對不住了老孛爺，慢待你老孛爺了。」

「沒關係，沒關係，我倒省了嗓子省了力氣了，反正你也付了我酬勞，這樣一來我還合適了呢。」老孛爺倒寬容，不計較，替十分尷尬的村長開脫著。

「老爺子不介意，那晚輩就放心了，那麼，今晚咱們就到這兒吧，您老就隨我去歇息。」村長滿臉堆笑。

「好吧。」老孛爺說著就要把胡琴收進緞布套子裏。

「等一等，我還聽著呢。」從昏暗的土房遠角傳出一個老弱的聲音，嗓音沙啞。

老孛爺和村長都吃了一驚，回過頭，循聲尋找那個人。屋裏實在太暗了些，樑上掛著一盞馬燈，那光線微弱得根本照不清那位龜縮在遠屋角聽歌的人。

村長索性摘下那盞馬燈，提著走過去，後邊跟著老孛爺。村長的馬燈終於照清了一張榆樹皮似的老臉。

「原來是您，達日瑪老奶奶！」村長的聲音都變了。

「是我，你小子，不像話呢，我是特意來聽老天風唱歌的，你咋就這麼早收場了呢。」達日瑪老奶奶張合著一張無牙乾癟四處漏風的嘴巴數落著村長。

「是，是，老奶奶，晚輩不知道您老在這兒聽歌兒呢，您老咋就選了這麼遠的背角坐呢，前邊坐著多好啊。」

「在這兒聽歌清靜，入耳，能聽到心裏去。」老奶奶說。

「您老都八十了，耳朵還這麼好，真是難得。」

「歌兒是用心聽的，不是用耳朵聽的，懂吧，你小子。」

「是，是，您老說得是。」村長笑笑。他回過頭向老孛爺介紹說，她是村裏年紀最大的八十歲老奶奶達日瑪，也是一位「老五保」戶孤寡老人。

老孛爺的心有些震動。他也是年近七十的人，一直以為自己身體硬朗，耳不聾眼不花，可現在比起這位八十歲的老大姐來說可差了不少呢。尤其令他心裏感到熱呼的是，她才是真正的聽眾，一位會聽歌聽懂歌的真正聽眾。

「老大姐，小弟在這兒向您請安了。」老孛爺左腿向前，屈膝行老禮。

「不敢當，這可過了。我只是你的一個聽眾，按現在小子姑娘們說法兒，是你的歌迷，你的追星族，哈哈哈哈。」達日瑪老奶奶說著，張開無牙的嘴樂了。

「老大姐說笑啦，您老愛聽的話，小弟在這兒繼續給您說唱好啦。」老孛爺說。

「那敢情好呢。」老奶奶笑了，臉上皺褶全擠成一團。

老孛爺看一眼面有難色的村長，回頭說：「這樣吧，老大姐，我就去您家給您一個人唱，反正這裏也沒人聽了，您老就躺在炕上，舒舒服服地聽我給您唱，這兒的木頭板凳坐久了屁股會木會麻，這房子又四處透風。」

「我那兒也透風，比這兒強不了多少，又沒有燈油。」

「那我摸黑兒給您唱，唱一宿。」老孛爺說。

「那也不錯，您坐著唱，我躺著聽，跟聽匣子差不多，我還老合適呢。」

就這樣，村長提著馬燈攙扶著達日瑪老奶奶，走在前邊，老孛爺抱著他的胡琴後邊跟著，在村中沙路上深一腳淺一腳地行走。這時節夜黑風高，從遠處傳來沙狼的哀號，村公所旁邊一家燈火通明，有一撥人在那兒玩牌賭博，歡送著這窮沙村的最後一個夜晚。越窮的地方，賭博倒成風氣，賣房賣妻甚至殺人越貨。

左繞右繞，終於在一座沙凹裏戳著的土房前停住。說是房子也抬舉了它，東倒西歪，流沙埋了一半兒，四周都用柳木棍支撐著，如一座舊馬架子或牛棚。走進屋裏，一股又潮又澀的沙腥味夾雜著其他味兒撲面而來。屋裏也支撐著好幾根柱子，頂著牆或房樑，唯恐哪天塌下來活埋了老奶奶。房子四面地角有好多耗子扒出的土，一堆一堆的，風從那耗子洞往屋裏灌，也從簷下或四角縫裏往屋裏颼颼地吹進來，夏天這倒是涼快了，可寒冬三九怎麼熬呢，沒有把老奶奶凍成人凍兒真是萬幸。

老奶奶塌陷的嘴巴嘟囔著說：「這就是我的金鑾寶殿，天風老孛爺你就將就點兒啦。」

「挺好，挺好，這兒更安靜，好唱歌。」

「俺屯子窮，日子難熬。」村長說著，把手裏的馬燈掛在靠炕的一根柱子上，又說：「這馬燈就留在這兒，照個亮兒，油不夠過會兒我讓團支書寶柱再送些過來。」

老孛爺說：「不用再送了，黑著燈唱更好呢。」

村長走了，留下一個愛唱、一個愛聽的兩老人，在這大漠孤房裏說唱蒙古民歌。風作和，遠處狼嚎伴唱。

屋裏很靜。

達日瑪老奶奶索性吹滅了那盞馬燈，屋裏更是漆黑一團。她摸索著爬上炕，歪靠炕角的被摞半躺著說：「唱吧，老天風。」

黑暗中，老孛爺笑一笑，喝一口老奶奶上炕前倒給他的一碗涼水，潤潤嗓子，問：「老大姐想聽啥曲子？」

「你隨便唱些，過一會兒我會告訴你想聽啥。」

「好吧。」

老孛爺調弦，往琴箱上方的弓弦磨擦處又上了一層新松香，還拿出一個絲錦松香包好好地餵了餵馬尾做的長弓弦，一直到那黑黃色的馬尾弓弦變白為止。

老孛爺那渾厚低沉的嗓音開始迴響起來。

第一首是敘事民歌〈嘎達梅林〉，唱的是一位反對東北軍閥草原開荒、屯墾使草原沙漠化的民族英雄。唱者和聽者都迴腸盪氣。接著唱的是哀婉牧歌，如〈努恩吉雅〉、〈孤獨的白駝羔〉、〈金色的興安嶺〉、〈小黃馬〉等等，有長調有短歌，有敘事和不敘事，也有些詼諧幽默冷嘲熱罵的情歌、宴歌、古歌、今歌。漸漸地，這間土房被濃濃鬱鬱、悠揚哀婉的蒙古民歌旋律所淹沒。

兩個老者的眼角，都掛出些許淚水來。外邊吹著颯颯的風沙，夾雜著那條孤狼的低嗥，都令人斷腸。說來奇怪，流傳很廣的蒙古民歌，以曲調憂傷、敘事哀婉、令人辛酸惆悵的為多，而節奏歡快喜慶的少，近些年騰格爾如泣如訴的吟唱，尤其充分地體現了這一點。這大概跟土地有關，一百多年來蒙古草原開荒後沙化嚴重，大多草地淪為荒漠，失去牧場故土的蒙古人流離失所，生活困頓無所依託，唯有通過一首首傷感的民歌來抒發胸臆表達情愫。當然，蒙古長調的形成，跟草原的遼闊和馬背民族的胸懷也密不可分。

古琴胡古兒奏出的音響，渾厚洪亮。低沉中透著悠揚，加上民歌旋律的迷人醉人，尤其演奏古曲八譜時達到了淋漓盡致的境界。

老奶奶達日瑪已經沉醉，如睡了般無聲無息。

老孛爺輕輕停下弓弦。

「老孛爺天風也有累手的時候，喘口氣歇歇吧。」黑暗中達日瑪老奶奶的聲音很突然又清晰。老孛爺天風的手無意中抖了一下，他以為老大姐聽累睡過去了呢。

「對不起，中斷了大姐的聽興，我不該收弓的。」

「無妨，你也該喝口水潤潤嗓子。」

「老大姐，還想聽啥，您還沒告訴我最想聽的曲子呢。」

「難道你不知道我最想聽啥曲子嗎？」

「不知道，小弟還真不知道。」

「嘿嘿嘿，這也不好怪你。我問你，你老孛天風，為啥名號叫天風？」

老孛爺身上顫慄了一下。靜默片刻後說：「小弟對古曲〈天之風〉略知一二，年輕時性狂，不知天高地厚，喊出了『天風』的名號，收都收不回來了。」

黑暗中達日瑪老奶奶看不清老孛爺微紅的臉色，卻可能聽得出他話音中的羞愧之意。

「那你給我拉一段〈天之風〉古曲吧。」達日瑪奶奶並不在意他的名號，她一心想聽曲子。

「可……我……」老孛爺天風也許有生以來頭一回支吾起來。

「怎麼啦，剛才還稱略知一二呢。」達日瑪老奶奶問。

「不瞞老大姐說，小弟只會上闕〈孛爾帖——赤那〉部分，師傅沒傳我下闕〈豁埃——馬蘭勒〉，不好意思。」

「可惜！」老奶奶低嘆後又說：「那就拉你會的上闕〈孛爾帖——赤那〉吧。」

老孛爺天風這會兒真正地另眼看待這位八十歲老太太了。倘若在此之前只是拿她當一位酷愛民歌的普通老歌迷的話，現在他已改變了看法，覺得這老大姐肯定有些來歷並深通音律，他更不敢怠慢了。甚至有一絲激動和興奮。這麼多年，背著胡琴闖蕩大漠沙原一輩子，很少遇到聽眾提出聽〈天之風〉，很多人甚至不知道還有這麼一首古老曲譜〈天之風〉，今天他是遇上行家了。

老孛爺天風重新調琴弦，抖擻精神，臉色凝重而十分投入地奏起古曲〈天之風〉來。

史書《蒙古秘史》開篇就講蒙古人的祖先成吉思汗之根源，「奉天命而生之孛兒帖赤那，其妻豁埃馬蘭勒，渡騰汲思而來」。這「孛兒帖赤那」和「豁埃馬蘭勒」，有人譯為蒼狼和牝鹿，古曲〈天之風〉歌唱的就是〈孛爾帖——赤那〉（蒼狼）和〈豁埃——馬蘭勒〉（牝鹿）。

老孛爺天風引吭高歌曰：

如天之風般飛騰，
如天之風般狂灑；
如天之風般自由，
如天之風般偉雅；
啊——哈——嗚
我的天之風！
我的孛爾帖赤那！

古老的民間曲譜〈天之風〉旋律在低矮的土房裏迴響，又在夜的高空中傳蕩，世間萬物似是被這古曲打動而陶醉，一時間萬籟俱寂。

此時，一聲渾厚的女中音接著和曰：

如天之風般溫柔，
如天之風般火熱；
如天之風般慈懷；

如天之風般永爍；
啊——哈——嗚
我的天之風！
我的豁埃——馬蘭勒！
是八十歲的老奶奶達日瑪在和下半闕。嗓音略顯沙啞，但高亢而悠遠，韻味十足，長調綿綿而氣不絕，蒙古民歌特有的技法「努古拉斯」表現得自如而濃郁。

老孛爺天風失聲驚呼：「老大姐，你會唱下半闕，你唱的是〈天之風〉的下半闕！」

老孛爺情不自禁地抓住老奶奶達日瑪的雙肩，搖晃起來。他的眼角已流下兩行老淚，灑落在胸前白鬍子上。小時候只聽過一次師傅低哼，未及傳他便鋃鐺入獄，因涉嫌參與嘎達梅林造反事件被王爺砍了頭。如今聆聽這驚天古曲的下半闕，他如醍醐灌頂，如醉如癡，情不自禁。

其時，達日瑪老奶奶也已淚落如雨。

她也是薩滿教另一支脈列欽．幻頓的唯一傳人，她的師傅只會〈天之風〉下半闕，她從未聽過上半闕，今天耄耋之年能夠聆聽到心儀已久的〈天之風〉上闕，完成了她心中的整闕〈天之風〉，也實現了終生所願，老奶奶顯得十分知足，暗中變紅的臉上顯出嬰孩般純真的笑容。

「好啦。」老奶奶說：「咱們再和一遍。」

他們就又和唱了一遍。這回他們二人採用了蒙古民歌手們很少用的「呼麥」唱法。這種唱法是用喉音同時發出低音部和高音部的兩種聲音，聽著美妙無比，如天籟之聲。這是一種蒙古族的古老演唱絕技，如今會運用者已不多，用這種古老傳統絕技演唱古曲〈天之風〉，而且由這兩位碩果僅存的蒙古族民歌手佼佼者演唱，實在是太合適不過了，把歌詞和韻律內涵表現得完美無缺。

他們接著又和唱了一遍。

然後，都住了聲，兩人屏氣回味這天籟之聲。

屋裏一派寧靜肅穆。

「好啦，我已知足，不再勞累你老天風啦。」老奶奶說。

「這是天意，〈天之風〉今日得以完整復全，這是天意！」老孛爺感嘆：「我師傅在天之靈，也可得以安息了。」

「是啊，一生宿願還清，夫復何求，我好高興啊！」達日瑪老奶奶像小姑娘般發出格格的笑聲。而後對老孛爺說：「老天風，你也歇息吧，我是要休息了，要不你在這兒找個地方睡，要不找村長安排更舒服地方睡，隨你好啦。」

說完這些，老奶奶長長地嘆口氣，安安靜靜地閉目而睡。她眼角掛著幸福的淚水，她那一雙閉闔了八十年的老眼睛，從此再也沒有睜開。

老孛爺天風沒有在她家炕上睡，也沒去找村長，而是胸前合掌，跪別了安睡的列欽·幻頓傳人達日瑪老奶奶，然後悄悄踏上了回家的路程，星夜返回三十里外自家村莊。

外邊的夜風好清爽。

星月映照著白色沙野，顯得有些蒼涼靜遠。

老孛爺天風緩緩行走在沙路上，心情依然沉醉在剛才的情景中，後背上胡琴的五色飄帶在夜風中飛揚。

走了一半路時，老孛爺坐在沙包上抽了一袋煙。

這時，他的前邊不遠處亮起了一雙綠光。起初他以為月光反射的玻璃什麼的，可這一對綠光會移動。接著他的身後也出現了這樣的一對綠光，然後是左側和右側，在他周圍出現了很多一對一對會移動的綠光點，有的模糊，有的刺亮，有的一閃一滅，有的凝視不動。

老孛爺暗叫一聲不好，「老天爺，怎麼來了這麼多狼？從哪兒冒出來的？這回叫我老天風夠嗆呢。」

他有些後悔，不該乘激情獨自走夜路，尤其這荒漠之路。一群惡狼圍住了自己，身上除了一把古琴沒有其他任何鐵刃火器，這一下可不好脫身呢。

狼群慢慢圍上來，縮小著跟他的距離。

好在他選坐了沙包頂高處，狼群攻上來有一定的難度。

他吼了幾嗓子，狼群並不懼怕他的聲音。其中有一條狼，體魄健壯高大，如牛犢般，雙耳陡立，長尾拖地，低低的吼聲威震四方，群狼都按牠的吼音低嗥行事。若哪條年輕的狼按捺不住要衝上去，牠便拖著長尾向牠走過去，喉嚨裏滾出一聲低低的雷聲般吼嘯，那條狼便趕緊縮頭而逃。

群狼圍住老孛爺，等待著時機，等待著頭狼發令。

老孛爺也不敢貿然突圍，失去了制高點，一旦陷入近距離的撲咬廝打，他更不好應付，支撐不了多久便會被狼群撕零碎，餵進狼肚子裏，他有些不寒而慄。

老孛爺就這麼與群狼對峙起來。

老孛爺哀傷地想，今天是難逃此劫了，不一會兒狼群會撲上來的。他心有不甘，天賜機緣剛學會〈天之風〉下半闕，還沒來得唱熟，就這麼餵進狼肚子，他真有些壓不住心中的哀怨。

何不趁狼群撲上來之前痛快誦唱一遍〈天之風〉呢？

老孛爺想到就做。隨即盤腿端坐沙丘頂上，撤去古琴胡古兒的布套，嗡嗡呀呀地調響琴弦。

古曲一響，本準備發令攻擊的頭狼身上顫慄了一下，一聲低吼穩住了四周的群狼。一對對綠光停住了閃動，都聚焦在沙頂老漢奏響的那把古琴上。

老孛爺天風清清嗓子緩緩而沉穩地誦唱起〈天之風〉古曲來。那洪亮渾厚的嗓音和旋律，從荒涼的沙包頂上傳盪開去，在夜的高空中久久迴響。

狼群有些震驚，尤其那匹頭狼死死地盯住那把古琴和那位吟唱的老人，在朦朧的月光下，使勁想辨認什麼，那感覺有些奇特。

老孛爺一遍一遍地引吭高唱著〈天之風〉。越唱越發地入情，如醉如癡，似乎入定了般，完全忘卻了身處險境，忘卻了那群野狼馬上會撲上來咬碎了自己。他狂放地唱著，豪邁地說著，瘋瘋癲癲，如處無人之境，如處無狼之地，那情形完全是只要唱〈天之風〉，只要唱夠了〈天之風〉，死又何妨，死何足惜！

他現在只為唱〈天之風〉而活著，一息尚存，就唱〈天之風〉。他那樣子似在說：等我唱夠了，你們上來吧，狼崽子們。面對這情形，那群狼反而畏縮不前了，尤其那匹頭狼，定定地站在那裏聽著曲子，一動不動，低垂著尾巴，雙耳也並不像最初那般尖尖地直立著。漸漸地，那匹頭狼乾脆趴在沙坡下的流沙上，靜靜地聽老孛爺拉琴唱曲子，消淡了那兇狂的殺氣和嗜血的嗥叫。見頭狼趴臥沙地，其他的狼也慢慢地和緩下了凶相，老實了許多，也都圍著那座小沙包趴臥下來，跟頭狼一樣，靜靜地聽歌。於是，老孛爺腳下的沙包周圍閃動著一雙雙的綠色光點，安安穩穩地在原地處於靜止狀態。

「這匹頭狼能聽懂我的歌，愛聽我的曲子！」老孛爺心中暗喜，更加來了情緒，更加賣力地說唱起來。他忘卻了當年在他家炕上趴臥了兩個月的受傷狼崽，是在他的琴聲和歌聲中養好傷逃走的。他沒想到，也沒認出眼前的這匹頭狼便是當年那條養好傷逃走的小狼崽。

老孛爺只是感到很爽。

心中的傷感，在敖林屯受聽眾冷落的鬱悶，此時一掃而光。啊哈，牠們才能夠聽懂我的歌！牠們比他們還識律聽音！我的〈天之風〉，我的民族，來自大自然，來自這廣袤的荒野，只有荒野的精靈，大自然的主人們才聽得懂！現在的人，為利益所困，被現代化所異化，已失去了純淨而自然的心境，已完全聽不懂來自荒野，來自大自然的天籟之音！這不是他老孛爺的悲哀，而是他們這幫俗人的悲哀。

他換了一首勸奶歌〈托依格，托依格〉來唱。

這也是一首古老的民歌，一般都由擠奶的老額吉們吟唱，唱給那些剛生完小羊羔又棄羔而不餵奶的怪戾母羊們聽，勸牠們認自己孩兒快快餵奶哺乳。曲子哀婉傷感，優美動聽，老太太們一遍一遍地唱著，抱著被棄的小羔子圍著母羊轉，緩緩地吟唱，一直到那母羊眼角滾出淚水，給自己孩子餵奶哺乳為止。這是一首如佛教音樂般感化人和狼的心靈，令那些迷途的惡者心境變得慈柔，變得和軟，向善的方向轉變的曲子。

老孛爺的渾厚嗓門吟唱〈勸奶歌〉，更充滿了魅力，充滿了說服力，催人淚下，綿綿哀婉，斷腸散魂。

那群狼果然聽得更是如醉如癡，魂不守舍。

最後老孛爺又唱回到古曲〈天之風〉。

那匹頭狼已經把尖嘴伸放在兩爪中間，完全像一條家犬般聽著老孛爺的〈天之風〉，這是歌唱與牠祖先同名的蒼狼的曲子，是屬於牠的歌。

當〈天之風〉古曲下半闕最後一段音律從老孛爺的嘴中哼出，當這首古曲最後一次演唱完畢時，那匹頭狼便深深嘆一聲氣，張了張嘴巴，從牠張開的大嘴中吼出長長的，如〈天之風〉尾音般的一聲高亢嗥叫！

這時，東方沙線正吐露一片狐肚白。

頭狼再次發出一聲〈天之風〉尾音般的長嗥。然後牠一躍而起，轉身就走。走時回眸看一眼老孛爺，旋即伸展四肢，飛馳而去，頭也不回。後邊跟著那群狼——牠的家族，轉瞬間消失在大漠中，無影無蹤，無聲無息，似乎從未出現過。

老孛爺天風入定般僵坐在沙頂，唱完最後一曲〈天之風〉，他已經這樣，兩眼直視前方，一動不動，其實他也沒看見群狼是何時消失的。這對他已經無所謂，他已經沒有感覺，唱完最後一曲完整的〈天之風〉，不覺中他已坐化，臉上顯出一片寧靜而幸福的紅光，顯得無怨無悔，在東方的紫霞中猶如一尊銅像。

從此，古曲〈天之風〉徹底失散，成為絕唱。

偶爾，那匹頭狼站在沙頂，在黑夜的月色中高亢嗥叫時，不覺間便吼出了〈天之風〉的尾音，高亢而悠遠，響徹暗夜的天空，遠遠地迴盪！

哦，天之風！。

樹上人家

樹上有個「鳥窩」，大「鳥窩」。

「嘎嘎嘎……」

從那「鳥窩」裏陡地盪出嘶啞乾巴的陣笑，震飛了樹頂那對兒灰鵲。寂靜的河灘晴空萬里，平添了這聲震盪，沙灘上的黃鼠，草尖上的蟈蟈，都住了聲停了動，側耳傾聽注意有何事要發生。

沒有什麼事。能有什麼事呢，這裏已經是空空的廢棄的乾河灘，羊牽走了，雞抱走了，人搬走了，唯剩下樹上鳥窩那對兒鳥人——祖孫二人。於是黃鼠又開始啃起草根或打架，蟈蟈又聒噪或跳躍，悠閒的日子又復始。太陽暖融融，春風滿河谷，真是個太平世界呢。

咋說那窩兒比鳥窩兒是大些，能容下兩個人呢。

榆樹是夠老，上百年，五六個人合抱才抱得過來，樹冠高而茂密，能遮住幾十坪地面。離地面兩米高處，橫出兩根大腿粗的樹杈，上邊搭的就是那大「鳥窩兒」。其實是一間樹上草棚，籬笆圍籠，草苫蓋頂，風不透，雨不漏，鼠不侵，狗不入，最重要的是防水，防洪水。這是它的主人——饅頭大娘最在意的優點。

說起饅頭大娘，還得囉嗦兩句她這怪名字，她的娘家在北邊沙坨子裏的芒汗村，她出生時爹娘盼的是胖小子當勞力，窮苦的沙坨子裏需要使牛勁的男人拱坨子才能從那貧瘠的沙土裏找出食兒來，可偏偏來的是沒用的丫頭片子。老爹在一旁嘆氣，原先請廟上的喇嘛點簽好的名字：桑布、巴特、朝魯等等響噹噹硬梆梆男人稱呼統統用不上了，那一隻羊兩斗炒米白白地餵進了老喇嘛肥胃裏，一賭氣，老爹也不給這丫頭片子起名字了，隨村人稱她為無名丫頭。有一日，村裏來了庫倫鎮上的「撒胡拉」（小販子）賣饅頭，借宿他們家，白給她吃了一個饅頭，當時她大口大口嚼吞著那白花花的有生頭一次吃的饅頭，感覺天下最好吃的東西就是白麵饅頭，於是乎已經八歲還沒名字的她就衝她老爹央求：「就叫我饅頭吧，天下最好聽的名字就是饅頭了！」

老爹哈哈一笑，鄭重其事地點頭應允：「俺家閨女往後就叫饅頭姑娘！」

當年的饅頭姑娘如今已是六十有八的饅頭大娘了，居住在羊西木河的乾河灘老榆樹上，猶如一隻老鳥兒，只是差了展翅飛空。

饅頭大娘上樹，是去年夏天的事兒。

平時流水像蛤蟆尿的羊西木河，去年也遠學長江近學嫩江發了洪水，而且是泥石流。這是百年不見的事。自打大躍進那會兒上頭赤峰那一帶修了紅山水庫，截住了流過科爾沁草原的西拉木倫河源頭起，本來流量少的草原河就斷了水，成了乾河灘，漸漸又變成乾沙床，日益向四周擴散，形成沙坨地帶。這也是科爾沁草原沙化成科爾沁沙地的一個原因。去年，如當年全國「學大寨」一樣，也全國發洪水，乾涸了幾十年的西拉木倫河也不例外，而且由於上游植被草皮全呈沙粒，沖下來了空前的創造歷史的草原泥石流，並灌滿了下游的所有乾河溝，包括羊西木河。

那水是嚇人的。建在河灘上的羊西木村，一瞬間被沖走了，無影無蹤。那會兒，饅頭大娘在房後老榆樹下給孫子「小丫頭」講故事。一見來了水，沖了房子捲了豬羊還有大人小孩，饅頭大娘慌忙中把小孫子「小丫頭」推上樹，然後自己也抱住了那棵老榆樹，就像江珊姑娘。只是她沒有當兵的叔叔來救，全靠自己老胳膊老腿往樹上爬，再加上「小丫頭」從上邊生拉硬拽，好歹上了樹，躲過劫。她嚇壞了，望著腳下的渾黃的洪水洶湧澎湃，她由懼生悸，由悸生恐，由恐生哭，突又由哭生笑，一邊哭笑一邊往那洪水裏吐唾沫，唱罵曰：

「洪水呀洪水奈何我！
老娘我有老樹抱！
洪水呀洪水氣死你！
老娘我就不下樹！

…………………………」

就這樣，饅頭大娘一邊哭一邊罵，一邊唱一邊笑，瘋瘋癲癲，披頭散髮，還不停地往樹下洪水吐口水，極盡輕蔑之意。她望著茫茫水面漂浮著房屋、漂浮著兒子兒媳村民老少，她就嚇傻嚇魔怔了。蹲在樹杈上嘩嘩往下撒尿，嘴裏還咒罵：「澆死你這水魔，澆死你這水魔！」

災後，政府幫助重建羊西木村，把倖存的百姓搬遷到五里外的沙崗上建村，可咱們的饅頭大娘說啥也不下樹子。她說我哪兒也不去，我在樹上挺好的，哪兒也沒有樹上安全了……任幹部親戚們說乾了嘴講夠了理，饅頭大娘就是不下樹，死活不下樹。被逼急了，她就說：「你們真想救濟我，那好，那你們就在這棵老榆樹上給我搭個窩兒，建個遮雨擋風的棚，我就給你們磕頭了……」說著，她真的跪在那老樹橫杈上磕起頭來，弄得幹部們哭笑不得。村幹部中有個是她遠房侄子，就說依了她的意思吧，樹上住膩了自己會下來的。然後就給她整出這麼個大「鳥窩兒」，還修了一把木梯子放下邊以便她上下。

饅頭大娘拍手樂了，比當年小時候吃到白麵饅頭還高興，招呼著孫子「小丫頭」——她的兒孫中唯一倖存者，往樹上窩裏搬吃搬喝，提東提西。

一住就是半年多。她沒有像那位幹部侄子所說住膩了，而是越住越習慣，住出了癮，住出了新生活，住出了遠近聞名的「住樹鳥人——饅頭大娘」這大名堂，還上了報紙拍了電視成了「名人」。她這老榆樹「鳥窩」，在縣郵局掛出自己獨立地名，那些慰問信，捐物捐款，書報照片猶如雪片猶如雨後春筍般源源不斷地直接寄往這「老榆樹鳥窩」。從香港還發來特別的樹上帳篷，她只是嫌麻煩又習慣草窩而沒有搬上樹。

過年時幹部們來慰問。樹上樹下搭話。

「大娘，開了春你們家的那幾畝地還種嗎？」

「不種了，不種了，我也種不動，這些一箱一箱的方便麵就夠我們祖孫啃的了……」

「那往後呢？」

「往後？還會有洪水有捐助吧……」

幹部們樂了，敢情這大娘就認定靠天發水靠社會捐助養老了呢。他們全當老人還是糊塗人說糊塗話，不去計較，笑一笑留下慰問品就走了。

那會兒時不時有記者來，從樹下仰著頭採訪。

「鳥人大娘，住樹上感覺怎麼樣啊？」

「可好哩，冬暖夏涼春溫秋爽，可好哩！」

「打算住到多久啊？」

「住一輩子哩，地上不安全，還會有洪水呢。」

於是這些點點滴滴都成了新聞，上了報紙，題目為：「鳥人」大娘預言：明年還有洪水！

入春後，老樹底下變得冷清了。從原來的門庭若市漸成了無人問津。也難怪，人們的關注點從去年的災情、災民轉移到了新的熱點，那些受災農民也以極大熱情投入新春耕作新的勞動創造，誰也沒有閒工夫再來光顧這對祖孫樹上人家了。

有時，尋食的野狼偶爾到樹下轉一轉。

有時，飛過的烏鴉在樹頂盤旋片刻。

然後就是寧靜，寂寥的空洞的沒日沒夜的寧靜。

「奶奶，他們咋不來給你這鳥人照照相送吃送喝了呢？」「小丫頭」躺在草窩裏，嘴裏啃著壓縮餅乾，懶洋洋地問。

「聽放羊人說他們都得『咳嗽餓』了，美國人給他們扔『鳥蛋』吃，所以就不來俺們這兒了……」饅頭大娘答。

「歐，他們可逮著了，美國人咋不給咱們扔鳥蛋呢？」

「俺們也沒有『咳嗽餓』……哦。」饅頭大娘瞅著小孫子一副無所事事老躺著啃餅乾的樣子，有些看不慣了。「小丫頭！你還是去上學吧，別整天待在樹上啃餅乾！」

「年初人家學校來老師要我去入學，你不是沒答應嗎？說咱們孫子不用上學，守著這樹上鳥窩就成了。」

「年初是年初，現在是現在，這樣待下去你會變成一個懶漢變成廢物的。」

「我去上學了，誰給你往樹上提水呢？」

「我也下去活動活動我這老筋骨呢。」

三天後，孫子「小丫頭」就去沙崗新村上學了。畢竟，外邊的世界熱鬧新鮮，比守在老樹上啃壓縮餅乾有趣多了。

饅頭大娘也下得樹來，慢慢溜達到被沖塌的自家老房基那兒，不由發起呆來。殘垣斷壁，滿目荒涼，那地窖口兒像黑乎乎的狼洞般張著口，她更是不敢正眼瞧它。她老伴當時就是被堵在地窖裏淹死的，泥石流就如水泥灌漿般灌滿了地窖，可憐的老伴兒是聽她話晚飯後下地窖清理冬季剩蘿蔔的。她覺得對不起老伴兒。被挖出來時成了泥人的老伴兒鼓突著雙眼，像是要對她說什麼。饅頭大娘走開去。她舉目望起下游平灘縱遠的空河谷。眼神迷茫。她的兩個兒子兩個兒媳還有四個孫子，都遠逝在那平灘縱遠的河谷裏，屍骨未見。或許沖到大海裏去餵魚了吧，她這麼想。她又回頭望了望那棵老榆樹。依然蒼老地挺立著，卻很孤獨。她似乎突然發現這片河灘河谷裏，只有那麼一棵孤獨的老樹，多處都裸露而且光禿。

老榆樹是她老伴兒的先人栽的。先人栽樹，後人爬樹逃命。保存了一脈香火，保住了一條根。現在她也只有這條「根」了——「小丫頭」。她得保護好這條「根」。

第二天起，饅頭大娘走了很遠的路，從一個苗圃上背來了兩捆樹栽子。然後，在老房基和空河灘上插條子栽樹。

晚上，放學回來的孫子「小丫頭」，望著臉色變黑紅的奶奶那麼吃力地挖坑埋條子，不解了。

「奶奶，在這沒有人住的空河谷種樹幹啥呀？」

「瞎說，不是俺們倆住著嗎，俺倆不是人呀？」

「那種樹幹啥？」

「為了你。為了保住你這條根啊！」

「為我？啥根不根的，奶奶，你又犯糊塗了。」

「奶奶今天才最明白了一件事，要是當初這河谷河灘上樹多，你爹媽叔叔嬸嬸他們，就有得抱了，就跟俺們一樣，逃過那洪水了不是。」

「你老是擔心再來洪水沖走了我呀？」

「對咦。」

「那咱們搬到沙崗新村不是更安全了，省得你老種樹了？」

「那沙崗子？」饅頭大娘搖了搖頭，「我才不離開我的老樹鳥窩兒呢，天下這裏最安全。再說這兒是咱們的老家，埋著你爺爺。」

「對呀，咱有那棵老樹，還種小樹幹啥呀？」

「萬一我老了，我死了，你又上不去老樹怎麼辦？你不是可以抓住這邊的小樹了？」

「奶奶想得真周到，嘿嘿嘿……」孫子「小丫頭」不當回事，嬉笑著，且當奶奶又犯魔症，隨她自個兒插條子。他爬上老樹草窩啃起他的餅乾來。餅乾沾牙床，他用髒乎乎的食指刮掉沾牙的餅乾泥，又放進嘴裏嚥下去。

「奶奶，咱們沒菜吃。」

「小丫頭」向樹下喊，餅乾和方便麵也讓人膩味。

「會有的。」饅頭大娘說。

第二天，饅頭大娘在老樹下又侍弄出一小片菜地。然後，她又天天去插條子。不幾日遠赴一次苗圃背樹苗。她幹得不慌不忙，但不停頓，天天栽埋，太陽一出來就下樹來插條子，太陽一下山她就爬到樹上「鳥窩」裏歇息。有一點是固定的，她從來不在地上過夜。她說誰知道那洪水啥時候沖下來。就這樣，她整整幹了一春天，插滿了原先空盪盪的河谷河灘。

然後澆水。從那條底部流著蛤蟆鳥們的羊西木河裏挑水，一坑一坑地給插的條子澆水。她要澆活它們，看著它們長大，以至到她小孫子能抱為止。到那時，她可以閉眼去了。現在還不行，她還得不停歇地做。在這乾涸的沙河灘上成活一棵樹，難著呢，需要侍候月子裏的嬰兒一樣侍弄才行。她有這個耐心，也有這種耐力，一看蹦蹦跳跳放學回來的孫子——她的「根」，她就渾身充滿了勁兒，充滿了希望和樂趣。

可她的孫子並不在乎這些。

有一天晚上，躺在樹上「鳥窩」裏，「小丫頭」對奶奶說：「奶奶，我想住到新村裏去。」

「為啥？」奶奶奇怪。

「天天來回跑十里路上學，我嫌累。」

奶奶沈默了。

「你是嫌棄這老樹鳥窩兒了。」過了片刻，奶奶嘆口氣說。

「星期六星期天我回來陪你老住還不行啊？」「小丫頭」噘著嘴懇求。

「行，行。反正念完了書，你還得回來這兒的，等你長大了，在老樹下蓋個房子再娶媳婦，把你的根續上……」

「奶奶，你瞎叨叨啥呢，長大了，我到外邊去了，到城裏去打工呢！」

「到城裏打工？你打算……永遠不在這兒住了？」饅頭大娘茫然了。

「奶奶，你不明白……」「小丫頭」怕太讓奶奶傷心，不再想說這話題了，以後的事到時候再說吧，於是他就閉了嘴，假裝睡過去，還打出了小呼嚕。

饅頭大娘卻望著黑茫茫的河灘河谷，久久不能入睡了。不知道她在想什麼，一直那麼望著黑夜的河谷。

到了第二天，饅頭大娘還是讓孫子「小丫頭」到沙崗新村住著上學了。借住一位親戚家。走時饅頭大娘叮囑說：「看著不好，看著出事，就趕緊回來吧。」

「小丫頭」笑了，說：「能出啥事呢，奶奶你真是。」

「說不準哩，這天下，說不準哩……這如今老樹上是最安全哪。」最後還是這句老話。小孫子什麼也不說地又樂了。他真的確信奶奶是老了、糊塗了，隨她說吧，不要跟她爭辯。

就這樣，孫子走了，留下孤獨的饅頭大娘住樹上。依舊是日出下樹種樹，日落上樹住宿。默默地，日復一日地做著她想做的事情。她侍弄出來的菜地夠她吃，後來又在河灘上侍弄出一小片莊稼地，也夠她自給自足了呢。

後來那場風就來了。

那會兒是傍晚，饅頭大娘剛從樹下小菜地裏揪下兩根黃瓜吃。

那是一種草原沙地上常見的白毛兒龍捲風。像一根根白色的柱子，從平地上拔地而起，旋轉著直入雲天，遠看猶如靜止的連接地和天的圓形柱子。難怪古人詠詩曰：「大漠孤煙直」。其實後人解釋有誤，那不是真煙，古時大漠不可能儲備那麼多狼糞燒煙，也不可能那煙直拔雲霄而且久久不散。只有到大漠草地親自走一走，才會徹底認定那就是白毛龍捲風，眼見為實嘛。只要你往草崗上一站，前後左右都會有幾根柱子圍著你轉。

剛開始饅頭大娘沒有在意，她只在意洪水，風嘛，科爾沁沙地八百里瀚海，哪天不見風呢。後來，她覺得空中好像奔馳著什麼群獸，有一種轟隆隆轟隆隆的聲音，她的老樹的頂部抖個不停。地上的草屑和塵土也捲動起來了。一陣風衝過來，颳得她趔趄了一下。她嘴裏自語這風還不小呢。說著她就爬上老樹窩裏，躲避那風勢。她抬頭看了看天，心裏「格登」一下，一根不算大的白色柱子襲擊了她的老樹，後邊和左右還有幾根更大的白色柱子正在向老樹靠近，這真是樹大招風。樹頂部的灰鵲窩裏，那對灰鵲正在「嘎嘎」叫，那聲音可不是平時那種喜慶，而是含滿恐懼的驚叫，牠們又不敢飛出窩逃避，旋風的力道太強，會把它們拋到九霄雲外七零八落。

饅頭大娘嘴裏念起佛來。她預感到今天的旋風不一般呢，她發現遠處和近處有著好多好多白色的柱子在旋轉，面積很大地襲擊了這一帶。她遙望了一眼沙崗新村那邊，不由得倒吸了一口冷氣，那一帶更是白茫茫一片的沙幕。地處高沙崗，風力遠比河灘這邊大了許多。

饅頭大娘開始採取行動。她不能像那對灰鵲那般縮在窩裏沒有行動，她要自救。她先是用繩子跟樹綁牢了木梯，然後又用繩子纏繞她的「鳥窩」，跟這樹幹死死連結在一起。

這時幾股更強力的白色柱子纏住了老樹。

她稍伸出頭，「嗚」地一下，風把她的包頭巾捲走了。那個為她遮陽擋風的褐色方巾飄飛在高空，猶如一隻黑色老鷹，時而下時而上，漸漸消失在很高很高的天上不見了。饅頭大娘攏了攏披散下來的灰髮，臉色變得焦黃。她十分緊張。這時，她也看見了那鵲窩，樹頂的灰鵲窩，「呼啦，呼啦」地彈動，搭窩的那根高枝猶如一張彎弓般被風力拉成直角，來回彈拉，終於，那鵲窩「嘩啦」一聲散了架，紛紛飛進風中，兩隻灰鵲發出一聲哀鳴，無情地被拋進旋風中掙扎起來。比起強大的旋風，它們的翅膀太渺小了。搧動幾下便失去掙脫力，然後如兩片樹葉般隨著旋風旋轉起來，直吸到連接天的頂端部分不見了。

饅頭大娘再次嚇呆了。跟去年遇到洪水那會兒差不多。她暗暗慶幸自己比那對灰鵲聰明，提早綁牢了自己窩，可是她的高興沒維持多久。

她的這棵老樹完全陷入了強大龍捲風的中心漩渦。老樹的上端，受枝葉茂密所累，招風招得最瘋狂。有些枯枝開始劈哩叭啦折斷，新出的樹葉紛紛剝離樹枝捲進風中，整個老樹上部搖晃起來，甩過來甩過去。

「阿彌陀佛！」饅頭大娘長這麼大頭一次遇見這麼大白毛兒龍捲風，臉色由焦黃變得蒼白如紙，沒有一丁點血色，嘴裏只說：「老天要幹啥呀？老天要幹啥呀？非毀了我老婆子不成？」

但她仍沒有放棄行動。有了行動就有了希望。

她在她的鳥窩裏又找開繩子。沒有繩子，都用完了。她就想法解開了最初綁木梯子的繩子，然後纏繞住自己的腰，又把另一頭拴牢在鳥窩下的基礎橫杈上。

顯然，她又搶先了一步。

這時，她聽到了一種異樣的聲響。「劈嚓嚓——」這是個震天動地的巨響。如雷聲、如地裂、如海嘯河吼。她突然感覺老樹的上空變輕了許多。她抬頭一看，才發現老樹的樹冠不見了，老樹三分之一部分攔腰折斷，成了光禿禿的老樹，只剩下主幹戳在那裏。饅頭大娘連叫出聲的膽氣都沒有了。這是多大的風力，把她相依為命的百年老樹攔腰折斷！接著便是她的鳥窩了。那苫頂的蒲草啦，堵籬牆的茅草啦，還有部分圍籬笆啦，紛紛散落，七上八下，隨著旋風空中悠盪。她的鳥窩只剩下四面透風的空殼，其實就剩下了幾根柱子，那也是因為她提前用繩綁上的好處。

饅頭大娘緊緊抱住那橫杈，哭泣起來。

她見自己鳥窩被吹散架，十分傷心。

她不由得憤怒起來。衝那白色的柱子吐唾沫。

她又唱罵道：

「大風啊大風奈何我，
老娘我有樹幹抱！
大風啊大風氣死你，
老娘就是刮不走！」

風也憤怒了，呼嘯著、衝捲著，用萬鈞之力擊打她那貼樹的身軀。那是一個很瘦弱的、簡直像「貼樹皮」蟲般的嬌小軀體。沒有多久，風力就把她軀體給吹離了樹幹。但是，綁拴的繩子又把她給拉了回來。於是，她的身體就在橫樹杈下來回擺盪起來，像一個盪鞦韆的遊戲者。

就是這樣，饅頭大娘仍然沒有放棄。她又行動起來。

她伸出雙手抓住拴繩，費力地一點一點往上爬，她引體向上。她的手掌抓出了血，她已經是半昏迷半清醒狀態，只是腦子裏有個強烈的求生慾望和不服輸的勁頭，潛意識中鼓動著她。另外一個就是她放心不下的她那唯一的一條根——孫子「小丫頭」，使她始終未鬆開那條上爬的繩子。

她的手這會兒完全是在下意識地掙爬，她的手也已不知道了疼痛。甚至她已經沒有了身軀物體的感覺，唯剩下上爬的意念，其實，是她的意念在往上爬。

還抗爭著那麼強力的旋風。

她又一次成功了。

血肉模糊的手終於使她一點一點引體向上，攀上那根橫杈。她抱著橫杈平躺上邊，又用那根繩子把自己纏繞綁在橫杈上，雙手死死抱住樹幹，那十根手指都一個一個嵌進了樹皮。

她再也不會被風力吹走了。除非風把老樹連根兒拔起。可是削去上半截招風的樹冠的老樹樹幹，此時已變得輕鬆之極，那些白色的煙柱也好像失去了纏住它的興趣。

饅頭大娘放心地昏迷過去了。也顧不上那些折落的樹杈斷枝和風吹來的沙石擊傷她的肩頭了，後背了，腿部了，反正是全身沒有一個好地方，被撕成碎條的衣褲下遮不住也快被撕成碎片的血肉模糊的軀體。

她居然半夜還醒過來一次。

天黑得伸手不見五指，風完全停了。黑夜中她感到非常孤獨，甚至感覺得自己在暗無天日的萬丈深淵中，自己處在世界末日。

我的「小丫頭」怎麼樣了呢？這是她再次昏迷前腦子裏出現的唯一的問題。

第二天，政府又來救助受龍捲風災害的地區。

沙崗新村是沒了，地處高崗，可躲洪水，卻正好受風。龍捲風掀了本不牢固的豆腐渣新蓋的房屋，死傷失蹤好多人，其中就有饅頭大娘的那條根——「小丫頭」。他是被大風不知衝捲到何處，始終沒有找到。

活著的人們到了下午才想起來老樹鳥窩裏還有個饅頭大娘。當救死扶傷者們趕到河灘老樹那兒時，發現饅頭大娘還活著，可那棵老樹卻只剩下半截樹幹，沒有了樹冠，饅頭大娘正一瘸一拐地哼哼著。

人們問：「大娘，你沒事啊？」好像她應該有事似的。

饅頭大娘說：「沒事，沒事。我好好的。就是我的老樹不行了。」

人們說：「哎呀，大娘，你真是神人，洪水颶風都奈何不了你！」

饅頭大娘用衣袖擦一下嘴角的血跡說：「哪裏，哪裏，做人得活著不是。你看著我的孫子沒有？他怎麼不回來看我？」

人們便緘默了。

還是她那位瘸了一條腿的遠房侄子答對她：「『小丫頭』沒事，在我家呢，等你老身體恢復了讓他回來見你老……」

「我知道了。」饅頭大娘再沒有問一句孫子「小丫頭」的事兒。

她又央求著政府的幹部們在原址上幫她復建她的「鳥窩」。她說啥也不下來在地上蓋房居住，仍說樹上安全，固執得像一頭牛。

幹部們拗不過她，只好在那棵沒有了樹冠的老樹橫杈上復修了她的「鳥窩」。這回她沒有拍手樂，默默地爬上去躺下後，她再也沒有出來。

據說也來了好多記者，想再次炒一炒這位神奇的住樹「鳥人」饅頭大娘。可她一概不接見不回答，人們也無法看到她，她把那根木梯子撤到樹上去了。

仍有鍥而不捨者，樹下仰起頭提問。

「大娘，這回禿冠樹上的感覺如何？」

「……」

「大娘，這回龍捲風跟洪水哪個更可怕？」

「……」

「大娘，你真是與天鬥其樂無窮與地鬥其樂無窮啊！」

有人從旁揶揄：「讓你去鬥一鬥，還樂不樂！站著提問不腰疼，那天地是能鬥的嗎？」

據說也來了好多捐錢捐物慰問信，饅頭大娘也一概不接受。

好多天後的一個漆黑的夜晚，有人聽見她在樹上「鳥窩」裏喊：「『小丫頭』，你在哪裏？你在哪裏？奶奶給你講故事：從前有棵樹，樹上有個窩，窩裏有兩人，大人給小人講故事……」

然後是一陣笑，笑聲很輕，聞者色變，毛髮直豎。

三天後人們發現，她已在她的「鳥窩」裏嚥氣多時。

人們埋了她，但沒有拆那個神奇的「鳥窩」，現在還留在禿頂的老樹上。

據說，她插的那些條子倒成活了不少，將來也能成大樹。只是不知道將來再下來洪水和颶風時，還有沒有人去抱那些樹。反正有一點是肯定的，地上不安全，地上不太平，那洪水和颶風肯定還會來。

荒漠槍事

那輛員警的摩托車在出鎮子的北山口追上了天氐兄弟的馬車。

員警革兵從摩托車上跳下來，對他們說：「回去。」

「回哪兒啊？唷——」大哥天龍拉住轠繩停下車。

「回鎮上去，裝什麼傻！」員警革兵翻白眼。

「俺們不回去，這西瓜俺們不賣了還不成？」馬車上拉的是天氐兄弟新下來的沙地西瓜，天龍瞅了瞅如今招他心煩的這車西瓜。

「不回去也得回去，你們打傷了人還想逃？」

「誰叫他們強卸俺們西瓜的！你們講不講理！」

「講理，讓你們回鎮上派出所講清楚講個夠，這麼走可不行，黑三兒他們告了你們。」

天龍看了看下車站在他身旁的兩個弟弟天虎和天彪，嚥了一下口水，嗓子發乾，抓破的耳根下滲著血滴。天虎瘸著一條腿，天彪則傷著了手，手腕抬不起來。

剛才他們同鎮上的黑三兒一夥兒打架，也傷得不輕。新下來的沙地西瓜又沙又甜，庫倫鎮北部羊西木河兩岸沙鄉，夏天全種西瓜賣幾個錢、鎮上倒西瓜的黑三兒一夥兒瞄上了鎮北沙鄉的西瓜，搗亂農民自個兒擺攤兒賣，逼著農民由他們低價包園兒轉售。同村的幾個瓜車農民怕這夥兒「鎮霸」，不敢得罪，去年有人因得罪過黑三兒每次進城都挨打，這次就順溜兒卸了瓜車也省了一天的吆喝。吃虧是吃些虧但省了事。可天氏兄弟不幹，仗著兄弟三個各個兒虎背熊腰，人高馬大，又加上血性脾氣，在沙鄉被人稱作「沙鄉三傑」，豈能輕易叫人欺負住了。於是就舉起反抗的大旗，經一場護瓜卸瓜，以武對武的切磋混戰，就撂趴下了黑三兒兄弟們，駕著瓜車安全撤出了庫倫鎮。這會兒，天氏兄弟又傻了眼，人家請出了員警。可回到那鎮子上，有仙們奸果子吃嗎？

「俺們不能跟你回鎮上去，有事你到俺們村上鄉上說去，俺們陪著你就是。」

「那不成呵，你們哥兒三個在鎮上打人，就得回鎮上說。」

「俺們也挨打了，你看我的臉，還有他們倆的胳膊腿……」

「所以啊，這是一次嚴重的鬥毆事件，雙方都有傷害，一方告到我們那兒，我們就得有義務處理。你們就這麼走了，我沒法兒交差。」

「俺們是說啥也不回去的。」

天龍說完，「駕」的一聲，趕起了馬車，他的兩個兄弟山跳上了車。

「站住！」

員警革兵變了臉。「你們回去不回去？」

「不回去。」

員警革兵「噌」地掏出了手槍，對準了天氏兄弟，厲聲喝斥說：「回鎮上去！」

天氏兄弟又一次傻眼了。那黑洞洞的槍口瞄著他們的胸窩兒，那員警革兵的右手食指扣著那扳機，只要再使點勁兒，那黑洞洞的槍口就會射出仇恨的子彈擊中他們兄弟三人中的一個，那一個就會沒命。天龍天虎天彪們的心臟嘭嘭如砸夯般震響，你看我，我看你，又一起看著那黑洞洞的槍口。這種場面只在村中放映電影時見過。

「你、你、員警，人民警察不能拿槍對準老百姓！」天龍說得結結巴巴，口氣抖抖的。

「不用廢話，給我老實回鎮上去！」

看著手裏威懾人的手槍，員警革兵的口氣也張狂了許多，那槍口點著天氏兄弟，向鎮子方向指了指。

大哥天龍的舌頭舔了一下乾裂的嘴唇。天氣燥熱，撕裂的汗衫兒業已濕透，那輪頭頂上的太陽如火盆般炙烤得他們胸口發悶，透不過氣來。這麼熱這麼渴他們都沒捨得開一個瓜吃。兄弟三人中還有兩個沒娶上媳婦，沙鄉窮，一個瓜一顆心，都懸著娶媳婦的一顆紅心一分希望。今天這事兒，逼得他們沒招兒了，六神無主了，隨員警回鎮上不行，不回也不行。天龍舔著嘴巴又看了看兩個兄弟。小弟天彪的眼神裏有火，向他示意著一種意思。二弟天虎注視著那槍口，眼睛直直的，似乎也想定了一個主意。大哥天龍生出某種欣慰，感覺到兄弟們不賴，沒有一個有懼意，到了這份兒上，都表現出了豁出去的意思。當然當大哥的要走在前。

於是，天龍把長鞭戳在車沿兒上，向員警革兵走過去，右手指著左胸窩兒，說：「你有尿兒就朝這兒開槍，這鎮子，俺們是不回去了。」他的身後跟著兩個兄弟，攥著拳頭。怒目圓睜。個個視死如歸的樣子。

輪到員警革兵傻眼了。本想拿槍嚇唬嚇唬這些老實巴交的農民，真開槍他哪兒敢啊。

「你們別過來，別過來……」

還沒等他說完，靠過來的天龍一下抓住了他的槍，天虎天彪抱住了他的身子，隨著三兩下他的手槍就到了天龍的手上，他被摺倒在地上。

「走。」

天龍一吆喝，兄弟三人就跳上了馬車。

「等一等。」小弟天彪又跳下車，跑過去，拔了員警革兵騎來的摩托車鑰匙，遠遠扔進旁邊的壕溝。

他們的馬車飛滾起來了。車上的西瓜嘰哩咕嚕往下掉落，瓜碎了，紅紅瓜瓤濺了一路。他們也顧不上了，心中唯有一個念頭：掄了槍趕緊逃，逃離這是非之地，回了家再說。

他們當時當然不清楚自己惹下的是什麼大禍。

一路狂奔，三十里油渣路沒有多大功夫就趕完，回到村裏，天龍顧不上卸車拿著那把搶來的槍就去找了村長白山。老母親和媳婦珊丹見套車的兩匹馬水洗了般大汗淋漓，車上的西瓜所剩無幾又都顛碎顛裂，心都提到嗓子眼兒上，追問闖了什麼禍，出了啥事。留家裏的那哥兒倆也誰都顧不上搭理她們，天虎忙著卸車把馬牽到房後草甸吃草，天彪爬上房頂莊遠處的庫倫鎮方向瞭望有無警車員警出現。

天龍心急火燎走進村長白山家時，那裏正熱鬧非凡，酒香撲鼻，菜肴滿桌。原來白村長在北京當教授的大哥回家探親，一家人正為他接風。天龍想悄悄把白村長叫到外邊說，可白村長不肯下酒席，叫他有話當大哥面兒說無妨。他只好吞吞吐吐嚥著口水兒把經過說了一遍，求村長還有村長的教授大哥給拿個主意。

「啥啥？你們搶了員警的槍？」

白山村長一下子叫起來，滿桌人一聽搶槍也均顯出驚訝，唏噓不已。

「嗯哪，槍在這兒，俺把它交給村上村政府白村長……」天龍撩開撕破的汗衫兒，從褲腰帶貼小腹處掏出那把槍，遞到白山村長鼻子下酒桌上。槍是真槍，烏黑鋥亮，擦得乾淨，保管得也不錯，除了沾了些許天龍小腹處的汗漬之外一塵不染。

「拿開！你把槍拿開！」

白山的眼睛如視一邪物般盯著那把鼻子下邊的槍，頭往後仰著嚷叫。天龍聽話地把槍縮回來些，但沒有收起來，仍舊執地陳述著自己的理由。「是黑三兒他們先動的手，是員警先拿槍對準俺們的，俺們沒法，憑啥拿槍對準俺們……」

白山村長稍為鎮靜了一下情緒說：「你先把槍放在桌子上，我的祖宗，別老瞄著我，走了火兒咋辦？」

天龍就把槍放在了桌子上，把菜盤往裏挪了挪，嘴裏嘟囔說裏邊有五顆子彈，沒打開保險蓋兒走不了火兒。白山村長這才想起天龍當民兵接受過訓練，懂槍。然後又讓天龍把整個事件過程複述了一遍，詳詳細細，像是聽一段驚險故事一般。

「你們這事可捅大了，吃了豹子膽了？」

「是他先拿槍瞄俺們……。」

「員警是執行公務！」

「俺們沒犯法憑啥拿槍對準老百姓？」

「唉，你們這幫蠢蛋啊，那也不能卸他的槍啊！那是員警！」

「那咋辦呢？白村長，咱們兩家還是親戚，你得幫幫俺們……」

「這事你叫我咋幫喲，我的小祖宗，你們捅了這麼大的漏子，讓我這小村長咋幫你？啊？」

白山村長訓斥著天龍又看看大哥——北京教授的臉，徵求他的說法兒。「大哥，你看這事兒……」

那位北京教授端詳了一下槍，又端詳了一下天龍惶惶然的臉，慢條斯理地說出一番道理：

「搶奪解放軍和人民警察的槍是嚴重的觸犯刑律觸犯國法的行為，輕則坐牢重則死刑。你是構成了違法行為。唯一的出路，趕緊帶著槍去離這兒最近的派出所或執法機構投案自首。不能再遲，必須搶在員警們來抓你之前自首，不然。麻煩很大。」

說完，北京教授嗞兒地飲下一盅酒，再不說話，顯得高深。

天龍聽了這番闡說，愣住了。投案自首？投案自首……俺沒犯法，是員警先拿槍瞄俺……

「還愣著幹啥？趕緊走吧，我大哥教給你出路了，快去自首吧！」

「自首了會咋樣？」天龍疑疑惑惑地問。

「自首了也坐牢。」北京教授答。

「自首了還坐牢？那俺自首幹啥？」

「自首了坐得短一些，他們來抓你進去，那要多長有多長。」

「別磨蹭了，快去自首吧！還等著人家來非要把你們請過去不可呀！」

白山村長半推半勸著，把天龍送出了家門，還沒忘了把那邪物——槍讓他帶走。那把槍又塞進了天龍汗漬漬的貼小腹處。他有些失望地回頭望了望已關緊的白村長的紅漆家門，搖搖頭，戀戀不捨地往家走。他要跟兩個弟弟商量一下，到底是自首還是怎麼著。就是自首也他一個人去，兩個弟弟還沒娶媳婦呢，不能壞了他倆的名聲，啥事都他一個人頂著就是，反正他娶了媳婦有了兒子，沒啥顧慮的。

就這麼心思著快到他那挨著村北坨子根的三間土房時，他看到了也只有在電影電視能看到的一幕：幾十個白衣員警包圍著他們家，門口還停了幾輛警車。可靜悄悄的，沒有那種警車叫，汽笛響，鬼子進村那般威風八面的場面，一切都在安安靜靜中進行。狗日的，來得真快。天龍暗暗罵著躲在一處舊牆豁子裏。他看見兩個弟弟從門外地窯裏抓出來，被員警推搡著如草物般塞進警車裏，聽得見小弟天彪挨打後的喊叫聲。

「別抓他們，放開他們！是俺搶的槍，俺現在自首，槍在這兒呢！」天龍從牆豁子裏跳出來，嘴裏高喊著，手裏舉著槍，向門口的警車跑過去。

一見有一黑漢子手裏舉著槍向警車跑來，車周圍的員警們慌了手腳，以為有人劫囚車，紛紛掏出手槍，瞄上天龍，並向他喊話：「站住！不許動！我們是員警，再動就開槍了！」

天龍又一次傻眼了，五六支槍口一齊黑乎乎地對準著自己，他心中又忍不住惱火了。俺要自首他們還拿槍對準自己，這太氣人了。他的沒有讀過書的大腦裏只有電影電視灌輸的鏡頭，凡是被員警們拿槍瞄著的都不是好東西，偷盜奸殺走私販毒無惡不作的壞蛋們，可自己是老實百姓，只是個賣西瓜不願賣低價的老實農民，被逼無奈才動手打人以及不留神搶了員警的槍而已。「俺現在知道錯了，俺要自首，可你們還拿槍對準俺幹啥？」

員警當中自然包括那位丟槍的革兵員警。

「就是他！就是他搶走了我的槍！他是主犯！」革兵殺豬般地叫嚷起來，揮動著手裏那把從同事處借來的槍，向天龍衝過去。

天龍一見這架式害怕了，以為對方就要開槍打死自己，扭頭便跑。

「站住！不許跑！」員警們急忙追趕。

天龍收不住腿，由於害怕不顧一切地跑。

砰！員警們朝天空鳴槍示警。

天龍依舊瘋跑，聽見槍聲他更是心驚肉跳，當是員警們已經向他開了火，於是他也回首「磅」的一聲開了一槍。這一下亂了套了，員警們嚇得各個就地伏倒，好一會兒不敢抬頭，有的也直接從天龍身後向他射擊。可奇怪的是一槍也沒打中他。他依然是活蹦亂跳地逃跑著，也不向後開槍了，而是乘員警們臥倒的空隙跳上了坨子根吃草的自家那匹鐵青馬背上，狠拍兩掌馬屁股，驏騎（不加鞍轡光著馬背騎）著那匹馬飛也似的逃進那西北邊蒼莽沙坨子而去，一溜煙不見了蹤影。

「追！」

汽車摩托車一起出動，員警們追進沙坨子沒走幾百米，現代化的機動車們在這茫茫逶迤的坨包沙區中「噢噢」叫著，車輪往後噴射著沙土，一點也往前拱不動了，拋錨了。員警們乾瞅著那單騎從他們眼皮底下逃逸，在遠處沙梁上時隱時現，只有紛紛罵娘拍大腿。

「我去追！我一定抓住他，奪回我的槍！」

丟槍的革兵不甘心，跑回天龍的院子牽出另一匹馬，套上馬鞍子，一翻身騎上馬背，也不聽同伴勸阻，飛馳而去。

於是開始了一場沙漠中的逃亡和追逐。

這是一場艱難的追蹤。西北那片沙坨地區則是植物稀落，方圓百里荒無人煙的半沙化和全沙化的可怕地帶，沒有足夠的水和食物，活人別想活著走出來，老百姓稱作「莽左斯沙漠」，意即惡魔的沙漠，搞林業搞治沙的知識分子幹部們稱它為「科爾沁的羅布泊」，哲里木盟地區最令人頭疼的科爾沁草原沙化區域，都上過聯合國教科文組織的材料並派人來考察過，曾發出感嘆：「哇！好大一片死亡之海！」

在這半死亡或全死亡之海中，天龍在前邊跑，革兵在後邊追。中間隔好幾道沙梁和好幾片沙灣。但是革兵是窮追不捨，天龍是窮逃不輟。雙方都很固執。前邊逃的天龍固執地堅持唯一念頭：員警憑啥拿槍對準咱平民百姓？我決不投降。後邊追的革兵則想被一個農民卸了自己的槍，終身恥辱，死活要奪回槍以洗恥辱。他們不知不覺跑進沙漠很深的地區了，前邊逃得艱難，後邊追蹤得也艱難，好在沙地上人和畜的腳印很深很清晰，不至跟丟。沙漠裏的空氣很熱很熱，仲夏的毒太陽曬了一天，沙漠裏整個是一座蒸籠，窒悶而酷熱，空氣凝止而不紋動，四周蒸騰著熱氣，氣壓很低，低得令人透不出氣來。馬匹漸漸馱不動他們了，下了馬，牽著馬徒步走。他們就這樣一步一步在沙海裏跋涉著，一直跋涉到兩個人精疲力盡，跋涉到那西邊的太陽快要落山了。但他們誰也不放棄，都固執得要命，誰也不服誰，都咬牙堅持著。

終於熬到了天黑。

天龍在一處沙坡下的低窪子地站住了腳步。他打量著黑暗中的周圍，伸手摸一下腳下沙地，有些濕。他很快挖出一個深沙坑，等了一會兒，逐漸在那兩尺深的坑底汪出一捧水。脫下被黑三兒撕破的汗衫兒放進坑底水中，沾夠了，就提上來，仰著頭張口接飲雙手絞擰下來的滴水。喝夠了帶有自己汗鹼味的沙水，癱倒在沙地上喘氣兒。他倒不必害怕員警會追上來，天已暗黑，看不見腳印，員警是摸不到這裏來的，員警肯定在原地等候天亮。

他開始盤算起來。

如果明後天穿過前邊五六十里長的「莽古斯沙漠」便可進入鄰縣奈曼旗的地界，再穿過奈曼旗往北走就可進入扎魯特旗和小興安嶺森林地帶，那就好辦了，那邊兒好活人，混幾年事情平息了再找機會回來看看情況。到了這份上只能走一步算一步，只是委屈了兩個弟弟了，還有老母親和老婆珊丹，家裏一下子沒有男人了，她們的日子可咋過喲。想到此，他不禁潸然淚下，用粗糙而沾滿沙子的手背擦了擦眼角。都怪自己好強不肯吃虧惹下黑三兒一夥鎮霸們。他又想到要闖出這「莽古斯沙漠」談何容易，沒有食物，沒有裝水的東西，起碼兩天時間不好熬；後邊還跟著一個員警，甩掉他也很困難，乾脆自己趁黑夜往後摸過去趁對方肯定不防備時幹掉他算了，可自己從來沒有殺過人，懷疑自己到時能不能下得了手，天龍最後還是取消了返回去殺員警的念頭，他不想手上沾染血腥，自己畢竟不是那種人。還是快逃吧，沙漠裏那員警肯定熬不過自己，儘量甩掉他就是。

想定了主意，天龍就闔眼睡下。雖然肚子餓得咕咕叫，也沒辦法，黑夜的沙漠裏哪有食物充饑，只好硬熬了。等天亮看看沿路能否抓到一隻沙鼠什麼的。

可他不去摸員警，員警卻摸上來了。

沙坑邊臥著的鐵青馬一下子「噴兒噴兒」響著鼻子翻身而起，也把天龍給驚醒了。這時天稍有亮色，遠近物體還黑糊糊的看不清楚。可是員警革兵一是視力好，二是靠微弱星光和東方亮色，幾乎臉貼地般查看著天龍腳印，摸過來了。

天龍揉著眼睛，發現來路上匍匐著一個黑物，正朝自己這邊靠近。火龍罵著狗日的真能跟，趕緊牽上馬上路要逃。

後邊的革兵同時也發現了五六十米遠處的目標，正動身又要逃走，情急之下，掏出槍朝那黑影「砰」地開了一槍。

凌晨中寧靜而空曠的沙漠被這好大的槍聲弄震顫了，天空和沙漠一起迴響，鋥嘎嘎——，如天塌地裂般，回盪不絕。

天龍的馬受驚了，掙脫開天龍的草繩，「嗚咿——」地嘶叫一聲，撒蹄子跑走了。

天龍生氣了，趴在地上也朝革兵牽的馬其實也是自己的另一匹馬開了一槍。「磅」的一下，也同樣驚嚇了那匹馬，牠怎麼也不聽革兵的招呼，尥蹶子咆哮著掙脫到自由，撒著歡兒跟隨同伴而去。農民的馬跟它們的主人一樣老實，哪兒經歷過這種驚心動魄的射擊場面，又不是訓練有素的軍馬，當然是很本能地掙脫奔逃了，撇下了那兩位玩命的主人繼續玩命。

革兵恨得咬牙切齒，又朝正站起來朝前跑的天龍開起槍來。天龍也不閒著，一邊逃，一邊回頭射擊，直到一顆子彈卡在槍裏射不出來為止。他又把槍塞進汗漬漬的貼小腹處，向前跑。後邊的革兵也很快把子彈打完了，依稀可辨的黑暗模糊中，本來槍法就不準，現在更是不準了。他們開槍，只不過是放空槍，嚇唬嚇唬對方而已。嚇唬夠了，還是得站起來，拼兩條腿了。革兵跑過天龍剛才睡過的地方時發現了那汪水的沙坑，高興了，罵著這小子還真有招兒居然挖出了水解渴，便俯身想飲夠不著，想了一下就摘下大蓋兒帽舀起沙坑水喝起來。痛飲夠了，接著追，嘴裏喊著站住投降之類的話，沙漠上演繹著一場老掉牙的員警追強盜的故事。

太陽又出來曬了。

夜晚的那點涼氣很快被那輪紅彤彤紅彤彤的太陽蒸烤成乾熱窒悶的空氣，而且還蒸發擠壓著沙漠裏所有生命體所保存的水分，無情而殘忍。倘若，整個大沙漠好比一口大烤爐，那麼，天龍和革兵就如關進大烤爐中的兩隻老鼠，一個在前，一個在後，相互追逐首尾相接，讓天上的那輪火球看著好可笑好可憐，說：這人喲，幹嗎嘛這是。

當然，人有人的道道。員警就得追認準的強盜，強盜就得逃避追蹤的員警，儘管這是句廢話，可那兩位都付注了生命在完成這命題，演試這句廢話。漸漸的，前邊的就張著嘴跑小動，站在那裏喘氣兒；後邊的也張著嘴跑不動；雙手扶攏呼吸著熱氣。

後邊的說：「別跑了，我叫你大爺。」

前邊的說：「別追了，我叫你爸爸。」

叫大爺叫爸爸都不行，還得追還得跑。跑不動了就走，走不動了歇口氣兒還走。其實，中間的距離也只有二三十米，可兩個人的生命力也只能維持這二三十米的距離，後邊的無力再縮短，前邊的無力再擴大，形成了這種奇特的可笑格局互相折騰。

眼瞅著永遠也不可能再縮短這距離了，後邊的革兵大喘著氣兒說話了。

「我叫你爺爺，我給你跪下了。」

「你跪你的，俺走俺的。」

「我追不動你了，我放你走。」

「那好吧，你回去吧，不用再送了。」

「可我有個請求，你答應我。」

「啥老二請求，說得這軟裏巴嘰的。」

「把槍還給我，反正你用不著了，那是我吃飯的傢伙兒。」

「不還給你咋著？」

「我就受處分，這一輩就完了。我在這兒給你磕頭了，你就發發慈悲，別毀了我吧……」

這革兵果真一邊磕頭一邊眼淚鼻涕一起流，可憐巴巴。見一個七尺男兒，還是縣城裏的那個平時橫著走百姓繞著躲的大員警，就那麼在光滑萬里的沙漠上直挺挺地跪著向你磕頭，天龍的那顆見不得軟招的心就震動了。疑疑惑惑地也站下，回頭瞅著。

「槍對你真的那麼重要？」

「是的。」

「真的毀了前程，就完了？」

「是的。」

「真的放俺走，不追了？」

「是的。」

天龍猶豫著。那右手就伸進褲腰帶裏，摸出貼小腹處全被他臭汗浸濕的那把槍，端詳著。槍裏最後一顆子彈，卡在槍膛裏，沒法兒使了，自個兒帶著它也是個麻煩，沒有子彈還不如燒火棍，走進奈曼小興安嶺境界還成了累贅。萬一被人查出來，又惹出麻煩，逃不了干係，還真不如現在還給他做一個人情，將來重返家園時給點面子。

天龍還槍的念頭占了上風。

「求求你了，把槍扔過來吧，我拿了槍掉頭就走人，不走，你就操我八輩兒祖宗，我就三五輩兒當豬當狗當老鼠做不成人種……」

眼淚洶湧，發誓賭咒，真心實意恨不得掏出那顆紅心讓天龍過來瞧一瞧是人心還是狗心。

就這樣，天龍就徹頭徹尾地決定了把槍還給人家，自己何必為難人家呢，沙漠裏相處兩天還相處出了人之常情，從心眼裏可憐起那個回去就毀了前程受處分的員警。善良的人都會如此，何況還是個老實巴交從無劣跡的農民。

「好吧，俺拿著它還真不習慣，還給你吧！」

天龍從三十米之處就把槍扔過去。

「謝謝，謝謝，謝謝你大爺。」

革兵詭地站起來，從地上撿起告別了兩天的手槍，如獲至寶地擦拭著天龍留下的汗漬。接著，他查看槍膛，於是就看到了那顆卡在裏邊的子彈。他一下子樂了，樂得那麼甜，那麼舒心，就如一個見到姥姥得到了蜜餞或遊戲卡獎賞的男童，嘴巴都歪裂到一邊了。他熟悉自己槍的毛病，輕而易舉地退出那顆子彈，重新又裝進槍膛，舉起來了。

「孫子哎，今天你跑不掉了！」

開始天龍沒聽明白，沒聽懂這句話的含意。他回頭瞅了瞅，這才看見已經站起來了的員警革兵，正舉著他還過去的那把槍，又從後邊瞄著自己嘴巴喊著你跑不掉了。

「呵呵呵，你這狗日的，真會耍玩，那槍沒法兒打了，可你狗日的真是個小人，俺還真得操你八輩兒祖宗了，哈哈哈……」

「你去操吧，反正都是死人，可你給我老實舉手投降，隨我回鎮上去，要不大爺不客氣了！」

「不客氣能咋著？」

「大爺就開槍！你忘了卡在槍膛裏的那顆子彈嗎？老子退出來了，就這顆子彈可以要你的狗命！」

天龍這才感到問題嚴重了。他小兒子語文課上講的農夫與蛇的故事，今天他自個兒應著了，還有那個東郭先生也是他。他又面對著那個黑洞洞的槍口。

「你狗日的真不是人！你開槍吧，反正你槍法不準，那麼多子彈你都沒打中，這顆也不見得打中俺老子，俺走了，不陪你玩了！」

說完，天龍轉過身去，理也不理後邊的革兵，義無反顧地向沙漠中走去，顯得那麼固執。

「磅」地一聲槍響了。

沙漠為之震顫，天空為之震顫，他自個兒的心臟也為之震顫。

天龍如一捆乾草般輕輕鬆鬆地倒下了。那唯一一粒子彈，就那麼趕巧地撞進了他的左胸窩兒。他捂著咕咕冒血的胸窩兒，牙咬得鐵緊，依舊那麼固執地向前爬著，爬著……

他看到了前邊的一片藍天，一下子顛倒了過來，沙漠在上邊，藍天在下邊，接著，那藍天和沙漠都變得一片漆黑。

看來俺要死了，他娘，這倒好了。

他真的死了。臉朝黃土背朝天，不見天日唯親黃土。

沙漠裏死一般地寂靜。

木犁

嘎嘣一聲，犁尖折斷了。

奧七老爹蹲在壟溝裏，懊喪地瞅著那半截犁尖，半天不出聲。黑牛趁機會耷拉下腦袋歇息，拉邊套的灰驢叉開後腿撒尿。坨子上有灰色的光迷濛，大地還沒泛綠，太陽還在遙遠的南天徘徊。

奧七老爹「唉」地嘆出聲，從嘴巴上拔掉咬了半天的煙袋桿，別進後腰帶上。他跪在那裏扒開乾軟的黃土，像一條掘鼠洞的老狗。「邪性，這大沙坨子裏哪兒來的石頭呢？用木犁拱了一輩子坨子，還從未遇到過這路事。」

果然有石頭。洗臉盆大的一塊青石板。老爹想，扛回去壓酸菜缸，倒也不瞎了材料，沙坨子裏石頭也是寶。哈腰抱起石板時，差點閃了腰。接著老爹就發現了那瓦罐兒。埋在青石板下邊的瓦罐兒，原來青石板是蓋那瓦罐用的。又接著，他就發現了瓦罐裏的東西——按照他對老兒子門秀羅鍋說的話就是：幾條黑綠黑綠的蛇，擠擠插插地盤臥在罐裏，米粒大的眼睛閃出寒光，嘶嘶地吐舌信子。

這故事，全從這瓦罐裏的蛇引發開來，弄到了不可收拾的地步。這是活了一大把年紀的奧七老爹所料想不及的。

羅鍋奧門秀是奧七老爹的第五個兒子，在村小學當民辦老師。他一回來，就發現了扔在院門旁的半截犁鏵子。

「爹，這鏵子咋了？」

「咋了？咋了你沒看見？」老爹神色有異樣，說話沒好氣，搓繩子的手也挺忙亂。這引起了兒子的注意。繼續追問：

「爹，今日個翻哪塊地了？」

「南坨子，老樹根旁邊那塊地。」

「那地是種了多年的老地，咋就折斷鏵子了呢？」

「碰上石頭了。犁拱深了點，今年地有些乾。」

「石頭？坨子上有石頭？出鬼了。」羅鍋門秀把裝學生作業本的包放在窗臺上，揀起那半截鏵子查看。「啥樣個石頭？」

「在那兒呢，你自個兒看吧……」老爹欲言又止，眼睛往旁邊瞅了瞅。

「一塊石板？」門秀羅鍋的眼睛亮了一下，似乎更有興趣了。全村裏他是唯一讀過農業中學的大秀才，平時又愛看些雜七雜八的書，頗有些邪門歪道的知識，如：給老太太圓圓、給新生嬰兒看看相、說說人臉上的痣，或者看墳地、瞅風水，五行入門，都能來一套，也挺唬人的。

「爹，光是一塊石板嗎？石板下邊有沒有個洞？」

「洞？沒見洞。」奧七老爹說。

「那有啥？」

「有、有、有一個瓦罐……」奧七老爹還是說了出來。

「瓦罐？著！罐裏有啥？快說！」門秀羅鍋急了。

「有、有……」

「有啥呀？爹，你倒快點說呀！」

「幾條黑綠黑綠的蛇，盤在裏邊……」

「蛇？」這倒出乎羅鍋的意料，有些洩氣，沉吟片刻，突然想到了什麼，又叫起來，「這就對了，有句傳下來的老話：地下的金銀財寶，在有福氣的人眼裏呈本色，沒福氣的人眼裏成蛇蠍。爹，你是看花眼了！對，看花眼了！」

「沒，沒、沒，是黑綠色的蛇……」

「這事你對誰說過嗎？」

「沒有，沒有啊……」

「太好了！」門秀羅鍋差點跳起來，只是限於哈腰拱背不方便，只把拄棍猛蹾了幾下便罷。旋即，他轉身走出院子，奔向南坨子。別看他背負青天朝下看，可走起路來倒也飄然輕捷。他是農中畢業娶媳婦後變羅鍋的，有人說他是叫那個女人吸乾了骨髓，他聽後也不在乎，照樣從那個女人身上鼓搗出三男兩女來。奧七老爹衝兒子的後影搖了搖頭，又搓起繩子來，默默地。

門秀羅鍋堅信自己的造化勝過老爹，那些個黑綠蛇在他眼裏定會變成價值連城的金銀財寶。他羅鍋出頭發財的日子，終於熬來了。難怪昨夜夢見幾條大蛇鑽進自己的被窩，原來是應了今天這事的徵兆。他沒怎麼費功夫就找到了那個瓦罐，上半截已破，可裏邊並不見金銀財寶。連爹說的黑綠蛇也無影無蹤，只是一個破碎的空瓦罐兒！門秀羅鍋差點氣暈過去。他跪在那裏挖起罐下邊的土，除了黃土就是黃土，沒有絲毫金銀財寶的跡象。他纍起那個破損的半拉空罐，狠狠往地下摔去。罐很容易地碎了。

「爹！你咋唬人呢？那個罐裏毬也沒有！」

「這……怪了，我是看見了蛇呀！」

「你回來時碰見誰沒有？」

「哦，對了，村口碰上過楊歪脖兒。」

「說啥沒有？」

「也沒說啥，他問我咋這麼早歇犁了，我說犁鏵子碰上石頭毀了。」

「還有呢？」

「沒了，他飲牲口去了，我回家來了。」

門秀羅鍋一拍火腿，「噔噔噔」走出院去，一邊叨咕：「我說呢，準是叫龜孫子楊歪脖兒撈去了，不行，這事兒不能叫他獨吞了！」結果楊歪脖指天跺地發誓說，一下晌沒離開過家門口，飲完牲口就回家幫老婆子推了半天碾子。

門秀羅鍋大惑不解。注視著默默搓繩的老爹，心想：難道是他……他走過去坐在爹的身旁，幫著續麻線，溫和地說：「爹，你把金銀財寶都藏起來了，還溜我腿兒！」

「你胡謅個啥！抽風了？」奧七老爹吼了聲。一見爹火了，門秀羅鍋站起來走了。不過他更認定：這鬼，肯定在爹身上！

吃罷飯，門秀羅鍋串門去了。

奧七老爹坐在靠北牆搭的一條單人土炕上，悶頭抽煙。南炕上，門秀羅鍋的三男兩女在嬉笑，他們的媽，一個傻乎乎的長臉婆正用笤帚疙瘩抽兒女們的光屁股，催他們快睡，燈油耗不起。奧七老爹自覺地收起煙袋，脫掉褂子，裸露出光板上身子，前胸後背地咯吱咯吱撓了幾下，又從褂子的縫裏抓了抓蝨子，爾後躺下去，拽過一條破線毯子蓋在身上。他在毯子裏蹬掉褲子，抽出來，放在腳邊，這樣他就渾身一絲不掛地仰躺在硬梆梆的土炕上，極舒服地長出一口氣，準備入睡了。

老爹的五兒一女從外邊一下子擁進屋裏時，老爹幾乎是睡著了。一天的勞累使他萬念俱淡，頭沾枕就能睡著。今晚稍有不同，有個啥掛心的事撩著他，渾沌朦朧中還有一絲清醒。大兒子奧門龍、二兒子奧門虎、三兒子奧門豹、四兒子奧門熊、五兒子奧門秀，外加一個女兒奧門鳳，一起擁向老爹的北炕。

「爹……」

五兒一女同聲輕喚，柔聲柔氣，溫和孝順。

老爹睜開眼睛，嚇了一跳。渾濁的油燈，模模糊糊地照出一張張呲牙咧嘴的笑臉，老爹忙問：「出……出啥事了？」

「爹，我們聽老疙瘩講了。我們琢磨著，爹一人留著那麼多財寶也沒啥用，分給孩兒們得了，等你走那天我們好好發送就是了。」老大奧門龍先開口。

「啥財寶？」

「就是那個罐裏的財寶啊！」

「別聽老五胡扯！哪兒來的財寶，吃飽撐的！」

「爹，你別這樣，我們知道，老地主王疤癩眼土改時在南坨子上埋過財寶，你揀到的就是那個了，沒跑！」老二門虎說。老三門豹接過話頭又說：「爹，我們也知道你老人家跟東院的孤老寡婦劉奶奶那個、那個相好，也行，過去我們反對，今日個我們合計了，成全你老人家的心思，這行了吧？也同意你留給劉奶奶一點兒，可話說回來，要讓她獨吞，我們可不依！」

「對，我們不依！」老四門熊、女兒門鳳也附和道。

奧七老爹挨個兒瞅著自己的五子一女龍虎豹熊鳳和一羅鍋，一時瞠目結舌，差點背過氣去。

「你……你們……」

「爹，你別生氣嘛，啥事都好商量的……」女兒門鳳笑吟吟地走上前，親熱地開導著。「咋說，我們也是你的親骨肉不是，比旁人強不是，到了兒還是靠我們幾個給你老人家送終哭靈不是，幹嗎老惦記著那個老不死的騷貨？」

「你們、你們……孽種！給我滾！滾！」奧七老爹終於吼出聲，怒不可遏地掀開毯子「騰」地站起來，赤裸著一條乾乾巴巴的光身子，手腳哆嗦。兒女們嚇了一跳，紛紛後退。老爹這才發現自己一絲不掛，拽過褲子穿起來。他是傷心又生氣，氣糊塗了。自己辛苦一輩子拉扯大的這幾個孩子，翅膀一硬都分出去過了，把他一個老頭子摔給最沒本事的羅鍋弟弟，成天嚥窩窩頭蘸鹹鹽麵兒不說，一年四季做繁重的農活兒，無人來過問過。隔壁的劉老太太見著可憐，有時叫他過去吃頓麵疙瘩湯，龍虎們卻覺得爹老糊塗了、胡來了，給他們丟臉了，三番五次找他說勸，現在又鬧出這齣戲，老爹真想一一揍扁了這幾個孽種！

奧七老爹到底沒穿成那條褲子，光著屁股氣倒在地上，一口痰憋在喉嚨裏，呼嚕呼嚕的。龍虎們慌了，七手八腳地把老人抬到土炕上，蓋上毯子。然後撤到外屋，嘰嘰咕咕又議論半時才各自悻悻回家。

第二天，奧七老爹照舊早起去南坨子扶犁翻耕地。雖然渾身不得勁，可又不能誤了活兒，誤了節氣，要不一年吃啥呀。羅鍋兒子除了算計歪門邪道的鬼點子，成天五迷三道外，啥啥幹不了，指他全家人都得餓死。老爹一邊扶犁，一邊不時地瞅瞅離他不遠的一個老樹根。半坡上的那棵老樹根，盤根錯節，粗壯威風，占去一大片地，鋸掉了樹幹後遠遠看去活像一只蹲在那裏的大黑熊。土改那年，老爹是積極分子，鬥老地主王疤瘌眼他最狠最勇敢，吊在房樑上抽打著叫他交出藏起來的財寶。老地主寧死不講，夜裏跑到坨子上在這棵老樹上吊死了。「文化革命」中，村裏鬧紅衛兵，又批鬥王疤瘌眼的大兒子王茂生，讓他說出他老子埋起來的財寶。王茂生經不起折騰，也走了他老子的路，在這棵老樹上吊死了。後來老樹鬧鬼了，老有哭聲叫聲鞭打聲，造反派們不聽邪，乾脆用大鋸把樹幹放倒了，空留出一個粗大的樹根，黑乎乎地盤臥在坨子上，很是威風。

老爹久久注視著那棵老樹根，不覺又嘆出一口氣。他吆喝住牛，放下木犁把，抬腳向那老樹根走去。步子有些急而重。他走到樹根前站住，拍了拍樹根，接著蹲下來，手伸進樹根底部的一個洞裏，摸索著，不一會兒拿出一個用一頂布帽子包著的東西。他小心翼翼地打開，凝視著，自言自語地嘆道：「兩條人命啊，就為了這點該死的生不帶來死不帶走的鬼東西！好吧，你們父子的地下之靈聽著，我老漢欠你們的，這回還清了，你們的東西我照數留給你們，在陰間你們好有個靠頭，心裏好踏實……」

老爹把那頂布帽子重新紮好，又放進樹根底部的那個深洞裏，然後填進土堵死，一直弄到不被人發現為止。其實，老爹的一舉一動都被藏在樹毛子中的羅鍋兒子看在眼裏。等老爹走回地頭，重新扶起犁杖時，門秀羅鍋悄悄靠近老樹根，很快挖出了那包東西。大洋！他一驚一喜，很快又失望了。統共十九個大洋！門秀羅鍋簡直不敢相信自己的眼睛。就為了這十九個大洋，人們逼死了王氏父子，雙雙上吊在這棵老樹上？真是不可思議。人啊。門秀羅鍋的夢破了，心裏愀然，半天不是滋味。他把大洋揣在懷裏，可又覺得很燙。正這時，他的面前出現了他的四個哥哥一個姐姐龍虎豹熊鳳們。

「老疙瘩，也別一人獨吞啊，不怕噎著？」

門秀羅鍋瞅著逼近過來的兄長們，害怕了，趕緊把包交給了大哥門龍。

「啊？才十九個大洋？」

他們驚疑，很難相信和接受這一事實。他們把目光齊刷刷轉向不遠處扶犁耕地的老爹。像誰發了號令，一起抬步走向老爹。眼睛有些發紅。

他們遠遠看見，他們的老爹正扶著犁站著。走到跟前時發現，套犁杖的黑牛和灰驢也不拉犁，異乎尋常地驚慌不安，黑牛哞叫，灰驢豎耳噴鼻四蹄刨地。

原來他們的老爹僵死在原地，斷氣了。

奧七老爹是扶著犁，站著死的。享年七十七歲。他帶走了謎，也留下了謎。

只有他扶著的那個古老而沉重的木犁，深深插進黃土裏，似乎向大地詢問著什麼。

現代文學典藏

郭雪波小說選集

叢書主編◆綠蒂
作者◆郭雪波
發行人◆王學哲
總編輯◆方鵬程
主編◆葉幗英
責任編輯◆徐平
校對◆許素華
美術設計◆吳郁婷

出版發行：臺灣商務印書館股份有限公司
台北市重慶南路一段三十七號
電話：(02)2371-3712
讀者服務專線：0800056196
郵撥：0000165-1
網路書店：www.cptw.com.tw
E-mail：ecptw@cptw.com.tw
網址：www.cptw.com.tw

局版北市業字第 993 號
初版一刷：2009 年 10 月
定價：新台幣 350 元

ISBN 978-957-05-2409-3
版權所有 翻印必究

國家圖書館出版品預行編目資料

郭雪波小說選集 ／ 郭雪波著；-- 初版. -- 臺
北市 ： 臺灣商務， 2009.10
面 ； 公分. --（現代文學典藏）

ISBN 978-957-05-2409-3（平裝）

857.63 98015014

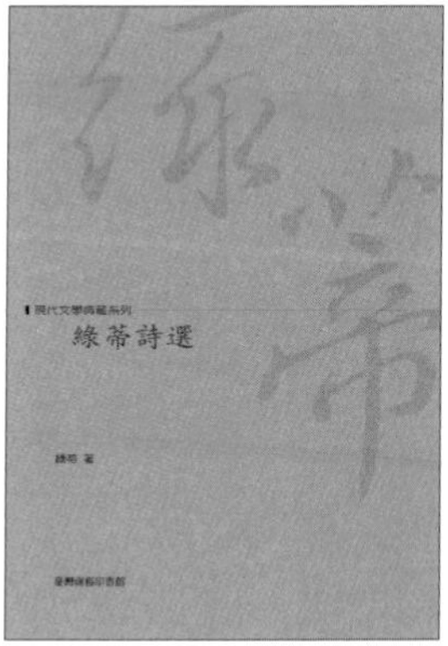

《綠蒂詩選》

作者　綠蒂

定價　300元

書系　現代文學典藏

你試圖在喧囂的人潮中。尋找一片寧靜的空間？

你想分享詩人探索生命中，一切的美麗的風景和事物嗎？詩人綠蒂的每一首詩，皆能以平易的文字，書寫生命的雍容自在，讓生命處於孤寂而不覺得孤寂。

青鳥飛過，青鳥還在；鐘聲遠去，鐘聲還在；所見所聞，風花雪月在展演的瞬間即成過去，記憶是唯一的真實，意念是瞬間的不滅。

每天的日升日落，每回的風起雲湧，皆因感覺與文字不同的組合而記憶、而存在，存在不一樣美麗的瞬間。

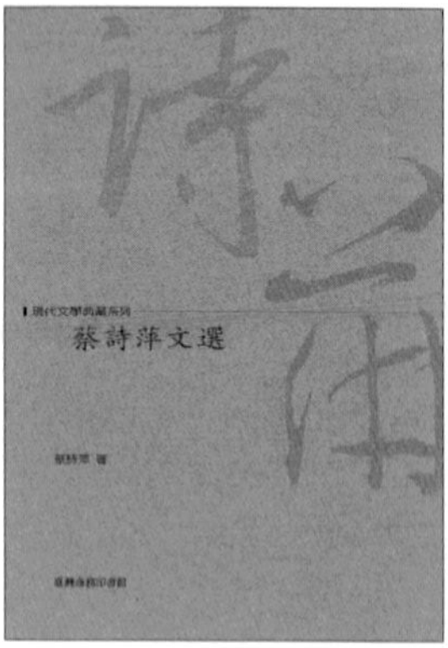

《蔡詩萍文選》

作者　蔡詩萍

定價　320 元

書系　現代文學典藏

蔡詩萍的散文，融合了知識、文采、閱歷，通過筆端，成就出另一種文字美學。

「評書、論人，談風月」一直是蔡詩萍日常生活的常態，既觀察文化生態，介紹管理大師的理念，對流行文化進行深度捕捉，很能彰顯出閱讀興趣的駁雜。

蔡詩萍常常說，出身社會科學的訓練與自幼對文學的喜好，還有廣泛閱讀的興趣，使他在不同領域、不同文類寫作當中，找到悠遊出入的樂趣。這本文集，可以見證這個特質。

由於作者的取捨，除了看不到政治評論、文化評論之外，這本選集包括了蔡詩萍擅長的抒情散文，以及「散文體論述」的議論與書評；而且，蔡詩萍近年來轉入管理領域的成果，亦可見於這部選集。蔡詩萍一直相信，散文是作者融合知識、文采與閱歷的一種筆耕，一種文字美學，這本選集應該可以證明作者為「散文寫作」所做的努力。

廣　告　回　信
台灣北區郵政管理局登記證
第 6 5 4 0 號

100臺北市重慶南路一段37號

臺灣商務印書館　收

對摺寄回，謝謝！

傳統現代　並翼而翔

Flying with the wings of tradition and modernity.

讀者回函卡

感謝您對本館的支持，為加強對您的服務，請填妥此卡，免付郵資寄回，可隨時收到本館最新出版訊息，及享受各種優惠。

■ 姓名：________________ 性別：□ 男 □ 女

■ 出生日期：______年______月______日

■ 職業：□ 學生 □ 公務(含軍警) □ 家管 □ 服務 □ 金融 □ 製造
□ 資訊 □大眾傳播 □ 自由業 □ 農漁牧 □ 退休 □ 其他

■ 學歷：□ 高中以下(含高中) □ 大專 □ 研究所(含以上)

■ 地址：________________________________

____

■ 電話：(H)________________(O)________________

■ E-mail：________________________________

■ 購買書名：________________________________

■ 您從何處得知本書？

□ 網路 □ 書店 □ 報紙廣告 □ 報紙專欄 □ 雜誌廣告
□ DM 廣告 □ 傳單 □ 親友介紹 □ 電視廣播 □ 其他

■ 您喜歡閱讀哪一類別的書籍？

□ 哲學・宗教 □ 藝術・心靈 □ 人文・科普 □ 商業・投資
□ 社會・文化 □ 親子・學習 □ 生活・休閒 □ 醫學・養生
□ 文學・小說 □ 歷史・傳記

■ 您對本書的意見？（A/滿意 B/尚可 C/須改進）

內容______ 編輯______ 校對______ 翻譯______
封面設計______ 價格______ 其他______

■ 您的建議：________________________________

____

※ 歡迎您至本館網路書店發表書評及留下任何意見

臺灣商務印書館 The Commercial Press, Ltd.

台北市100重慶南路一段三十七號 電話：(02)23115538
讀者服務專線：0800056196 傳真：(02)23710274
郵撥：0000165-1 E-mail:ecptw@cptw.com.tw 網址：http://www.cptw.com.tw
部落格：http://blog.yam.com/ecptw http://blog.yam.com/jptw